MICHAEL GERWIEN

Krautkiller

TÖDLICHE DIÄT Der Münchner Hauptkommissar Franz Wurmdobler befindet sich auf Diät-Kur in Bad Endorf. Als ihn sein alter Freund und Exkollege Max Raintaler mitsamt Freundin Monika und Franz' Frau Sandra besucht, wird eine Leiche gefunden. Wenig später die nächste. Und eine weitere. Irgendjemand scheint die gesamte Küchenmannschaft des herrlich gelegenen ›Chiemgauer Seehofs‹ beseitigen zu wollen. Ist Eifersucht das Motiv? Der tote Chefkoch Sollner hatte jedenfalls etliche Verhältnisse.

Hotelchefin Maria Hochfellner beauftragt den jetzigen Privatdetektiv Max mit der schnellen Aufklärung der Angelegenheit, bevor ihr die Gäste davonlaufen.

Während Franz unter seiner strengen Diät und unter seiner mindestens ebenso strengen Frau Sandra leidet, sieht sich Max mit einer Menge Fragen konfrontiert. Warum mussten die anderen Opfer sterben? Ebenfalls aus Eifersucht? Oder steckt mehr dahinter? Ein skrupelloser Drogenhändler aus München? Die Russenmafia? Und was um alles in der Welt ist eigentlich ein Schwarzreiter?

© Beate Winter

Michael Gerwien, geboren 1957 in Biberach an der Riß, aufgewachsen in Mittenwald, lebt seit 1972 in München. Seit 1983 in Untergiesing, dem Nachbarviertel seines Thalkirchner Exkommissars Max Raintaler. Er arbeitet dort als Autor und Texter. Bis heute hat Michael Gerwien auch zahlreiche CDs als Musiker veröffentlicht. Seine liebsten Hobbys außer Schreiben und Musik sind Skifahren, Kochen, Tennisspielen, Schwimmen, Radfahren, Bergwandern und bayrische Biergärten. ›Krautkiller‹ ist sein achter Kriminalroman.

Bisherige Veröffentlichungen im Gmeiner-Verlag:
Andechser Tod (2014)
Wer mordet schon am Chiemsee? (2014)
Alpentod (2014)
Mordswiesn (2013)
Raintaler ermittelt (2013)
Isarhaie (2013)
Isarblues (2012)
Isarbrodeln (2011)
Alpengrollen (2011)

MICHAEL GERWIEN

Krautkiller

Ein Fall für Exkommissar Max Raintaler

GMEINER SPANNUNG

Personen und Handlung sind frei erfunden.
Ähnlichkeiten mit lebenden oder toten Personen
sind rein zufällig und nicht beabsichtigt.

Besuchen Sie uns im Internet:
www.gmeiner-verlag.de

Im Ehnried 5, 88605 Meßkirch
Telefon 07575/2095-0
info@gmeiner-verlag.de

1. Auflage 2015

Lektorat: Claudia Senghaas, Kirchardt
Herstellung: Mirjam Hecht
Umschlaggestaltung: U.O.R.G. Lutz Eberle, Stuttgart
unter Verwendung der Fotos von:
© kikujungboy / Fotolia.com
© dragi52 / Fotolia.com
Druck: GGP Media GmbH, Pößneck
Printed in Germany
ISBN 978-3-8392-1670-5

Sakrischen Dank an Lilli und Patrick und vor allem an
Claudia Senghaas

1

»Hilfe! Hilfe! Der Peter! Der Peter! Hilfe!« Die hübsche polnische Beiköchin des *Chiemgauer Seehofs*, Tanja Dimitrowsky, stürmte laut schreiend und wild gestikulierend aus dem Vorratsraum im Keller, der nur zwei Ecken weit von der Sauna entfernt lag. Dabei lief sie dem Exkommissar und jetzigen Privatdetektiv Max Raintaler und seinem Freund und Exkollegen Hauptkommissar Franz Wurmdobler direkt in die Arme.

Es war Montag früh. Beide hatten gerade ihren dritten Saunagang beendet und waren in Badehosen und weißen Hotelbademänteln auf dem Weg zum Hallenbad, das sich ebenfalls hier unten im Keller befand. Das Hotel war mit seinen 40 Zimmern nicht gerade groß, dafür aber sehr gepflegt, und überall im Haus herrschte eine sehr freundliche, familiäre Atmosphäre.

»Hoppala«, rief Franz, als Tanja gegen ihn und Max prallte. »Was ist denn passiert, junge Frau?« Er zog den Gürtel seines Bademantels enger und sah sie neugierig an.

»Genau. Und wer ist denn dieser Peter?«, erkundigte sich Max freundlich lächelnd.

»Der Peter ist … ist unser … unser Chefkoch, Peter Sollner«, stammelte sie aufgeregt, während sie fahrig ihre langen blonden Haare hinter die Ohren zurückstrich. »Er sitzt im Vorratsraum und rührt sich nicht.« Sie war leichenblass, stöhnte laut auf. Tränen stiegen ihr in die hellblauen Augen.

»Vielleicht schläft er ja. Obwohl … es ist gleich halb neun. Da sollte ein Koch eigentlich wach sein, wegen der ersten Vorbereitungen fürs Mittagessen.« Der kurz geratene, übergewichtige Franz nickte ihr aufmunternd zu. Der Schweiß lief ihm aus allen Poren. Sein Kopf hatte die Farbe einer gut gereiften Tomate. Er war immer noch völlig überhitzt.

»Oder er meditiert«, fügte der große durchtrainierte Max gutgelaunt hinzu.

Er hatte Franz vorhin ausdrücklich vor dem dritten Mal Sauna gewarnt, weil er die schlechte Kondition seines alten Freundes kannte. Aber Franz wollte wie so oft nicht auf ihn hören. Selber schuld, wenn es ihn gleich zerreißt, sagte sich Max jetzt und wandte sich wieder der attraktiven Tanja zu.

»Peter und meditieren, niemals. Nein. Ich glaube, es ist etwas Schlimmes passiert. Er bewegt sich wirklich nicht mehr. Gar nicht mehr.«

»Sie meinen, er ist tot? Wie heißen Sie denn?« Max zog überrascht die Brauen hoch. Ein toter Koch im Vorratsraum. Was mochte da wohl passiert sein? Waren ihm seine eigenen Vorräte nicht bekommen?

»Ich bin Tanja. Kann sein, dass Peter tot ist. Ich weiß es nicht. Vielleicht ist er auch nur ohnmächtig.« Sie schaute hilflos von einem zum anderen.

»Was ist denn passiert? Ist er umgekippt? Ein Anfall?« Franz sah sie mit großen Augen an.

»Ich weiß es nicht. Ich kam in den Vorratsraum, um Salat zu holen, da habe ich ihn mit dem Kopf auf dem Tisch daliegen gesehen. Er hat sich nicht gerührt. Auch als ich ihn an der Schulter geschüttelt habe.«

»Ja, dann rufen Sie doch einen Krankenwagen. Oder einen Ihrer Ärzte vom Haus.« Franz wischte sich mit dem Handrücken den Schweiß von der Stirn.

»Wollte ich ja gerade.«

»Na dann schnell. Auf geht's. Aber gehen Sie nicht aus dem Haus, bis die Sache geklärt ist.«

»Gut, mache ich.« Sie nickte gehorsam, obgleich sie gar nicht wissen konnte, dass sie es hier mit zwei altgedienten Kriminalern zu tun hatte. Aber sie war es einfach gewohnt, zu gehorchen. Bereits in ihrer Kindheit hatte sie immer getan, was man ihr gesagt hatte. Später im Erwachsenenleben erst recht. Und für eine Ausländerin hier in Deutschland war Gehorsam besonders zwingend. Einmal gegenüber den Behörden und ihren Handlangern. Und dann natürlich gegenüber den Vorgesetzten im Beruf. Vorausgesetzt man wollte seinen Job behalten.

»Wo ist denn dieser Vorratsraum?«, wollte Max noch von ihr wissen, bevor sie sich auf den Weg machte.

»Da vorne ums Eck den Flur entlang und ganz hinten rechts.« Sie zeigte im Rückwärtsgehen auf den Gang, der neben der Treppe links abzweigte. Dann drehte sie sich blitzschnell um, spurtete zur Treppe vor und lief, immer zwei Stufen auf einmal nehmend, nach oben, wo sich die Rezeption und der Speisesaal befanden.

Franz war vor vier Wochen angereist, um etwas gegen sein Übergewicht zu tun. Nicht ganz freiwillig. Sein Arzt hatte es ihm zum wiederholten Mal dringend angeraten, zumal der pummelige Kripobeamte auch noch regelmäßig einige Biere wegschluckte und rauchte wie ein Schlot. Da ihm der Mediziner diesmal dringlicher als sonst ins Gewissen geredet hatte, war er, gleich, als er wieder zu

Hause war, an seinen PC gegangen und hatte eine Diätkur bei seiner Kasse beantragt, die ihm letztlich auch gewährt wurde.

»Willst du dich da wirklich einmischen? Die Rettung kommt doch sowieso gleich. Und Ärzte für die Kurgäste haben die hier auch im Haus.« Er blickte fragend in Max' sonnengebräuntes unrasiertes Antlitz.

»Logisch.«

»Also ich hab im Moment wirklich null Bock auf so was. Mir reicht schon der Stress mit dem mageren Essen und der andauernden Turnerei hier.« Franz schüttelte energisch den Kopf. »Herrje, Max, ich dachte, wenn du und Moni schon mit Sandra zu Besuch kommen, genießen wir hier alle wenigstens in meiner letzten Diätwoche ein bisschen das Leben.«

»Das machen wir auch, versprochen. Ich will ja bloß mal nachschauen, was mit diesem Koch los ist.« Max konnte nicht anders. Sein Schnüfflerinstinkt war geweckt. Außerdem konnte es gut sein, dass sich diese Tanja geirrt hatte und der Koch noch am Leben war. Dann musste ihm auf jeden Fall so schnell wie möglich jemand helfen. »Du kannst ja schon mal in das hübsche kleine Hallenbad vorgehen. Ich komme so bald wie möglich nach.«

»Du wirst lachen, das mache ich glatt.« Franz nickte ihm mit einer knappen Kopfbewegung zu und marschierte los.

Franzi ist der Koch anscheinend echt scheißegal, dachte Max. Das hätte es zu früheren Zeiten nicht gegeben. Ja mei, wir werden halt alle nicht jünger. Oder hat er den Ernst der Lage vor lauter Schwitzen nicht wahrgenommen? Kann natürlich auch sein.

Er rannte den Flur, den Tanja ihnen gezeigt hatte, hinunter und trat in den letzten Raum auf der rechten Seite ein. Da saß er, der Koch. Regungslos vornüber gebeugt an einem kleinen Tischchen neben zwei deckenhohen Wandregalen, in denen sich etliche Gemüse- und Obstkisten stapelten. Sein Gesicht war in den riesigen Teller voller Sauerkraut vor ihm gesunken.

Max beugte sich zu ihm hinunter, prüfte seinen Puls, horchte nach seinem Atem. Nichts. So wie es aussah, war der Mann in der weißen Jacke definitiv mausetot. Würgemale, Beulen oder Blut waren nicht zu sehen. Altersschwäche? Schmarrn, dafür war er viel zu jung. Vielleicht gerade einmal 40. Also vielleicht ein Hirnschlag oder ein Herzinfarkt. Oder er hatte sich an seinem Sauerkraut verschluckt und war daran erstickt. Aber wäre er in diesem Fall so ruhig an seinem Tisch sitzen geblieben? Eher weniger. Merkwürdig. Vielleicht hatte ihm aber auch jemand das Genick gebrochen und dann aus irgendeinem speziellen Grund sein Gesicht in den Teller gelegt. Rache könnte zum Beispiel ein Motiv dafür sein.

Der blonde Münchner Exkommissar richtete sich auf und sah sich im Raum nach verdächtigen Spuren um. Nichts deutete auf einen Kampf hin.

»Was machen Sie hier?« Der weiß gekleidete dunkelhaarige Mediziner, der wie aus dem Nichts in der Tür stand, blaffte Max unfreundlich an.

»Ihre Arbeit, Herr Doktor«, blaffte Max genauso unfreundlich zurück. »Raintaler, mein Name. Exkommissar aus München.«

»Das ist einer der beiden Männer, denen ich vorhin Bescheid gesagt habe«, meldete sich Tanja zu Wort, die gerade neben dem Arzt auftauchte.

»Ach so. Entschuldigen Sie, Herr Kommissar. Ich wusste nicht … Mein Name ist Müller. Ich bin hier im Haus als Kurarzt tätig. Und? Lebt er noch?«

»Soweit ich es beurteilen kann, nein.« Max machte Dr. Müller nicht darauf aufmerksam, dass er sich ihm als Exkommissar und nicht als Kommissar vorgestellt hatte. Warum genau er das tat, wusste er nicht. Es geschah eher intuitiv. Er hoffte wohl unterschwellig, dass ihm der Titel *Kommissar* nützlich dabei sein konnte, mehr über den Toten zu erfahren. Wer hatte schon großen Respekt vor einem Exbeamten oder einem Privatdetektiv. »Aber überzeugen Sie sich selbst, Herr Müller. Sie sind schließlich vom Fach.« Max trat einen Schritt zurück, um den Weg zum Koch freizumachen.

»Sieht ganz so aus, als wäre er erstickt«, meinte Müller, nachdem er Peter Sollner eingehender untersucht hatte. »Er ist schon eine Weile lang tot. Um die 10 bis 12 Stunden, schätze ich.«

»Erstickt? An seinem Kraut?«

»Kann gut sein.«

»Da schau her, Sachen gibt's.« Ist ihm also doch sein eigenes Sauerkraut zum Verhängnis geworden, dachte Max. Zu viel Gemüse schadet der Gesundheit. Wusste ich's doch schon immer.

»Es könnte allerdings auch sein, dass man es ihm mit Gewalt in den Schlund gestopft hat«, meinte der schlanke, fast schon magere Müller noch. »Die kleinen Risse in seinen Lippen lassen möglicherweise darauf schließen. Aber sicher bin ich mir da nicht, genau wie beim exakten Todeszeitpunkt. Der Polizeiarzt und der Rechtsmediziner können dazu sicher mehr sagen.«

»Ein Krautkiller also. Na ja. Reichlich unschön.« Max war mit einem Mal hellwach. »Er muss sein Opfer irgendwie bedroht haben«, dachte er laut. »Vielleicht mit einer Waffe. Das würde auch erklären, warum der Koch so ruhig sitzen geblieben ist, während er am Ersticken war.«

»Ja. Das würde es wohl.« Müller, der wie Tanja unfreiwillig zugehört hatte, nickte.

»Dann sollte jemand schnellstens die Polizei verständigen. Am besten gleich die hiesige Mordkommission.« Max blickte sachlich von einem zum anderen.

Tanja reagierte als Erste. »Ich gehe hoch und rufe von der Rezeption aus an.« Sprach's und verschwand auf der Stelle.

»Warten Sie hier, bis die Herrschaften da sind?« Max sah Müller fragend an.

»Mach ich, Herr Kommissar.«

»Gut, dann gehe ich jetzt erst mal auf mein Zimmer und ziehe mir etwas an. Ich komme später noch mal vorbei, falls die hiesige Kripo Fragen an mich hat.« Max wollte liebend gerne wissen, wie sich die Sache hier weiter entwickelte. Aber es klang besser, die Vermutung in den Raum zu stellen, dass jemand etwas von ihm wollte, als umgekehrt. Nicht dass ihm am Ende noch jemand übertriebene Neugier unterstellte. Oder gar ungefragte Einmischung in die Arbeit der örtlichen Behörden.

»Ist gut.« Der Kurarzt setzte sich auf den freien Stuhl neben dem Toten. Er schüttelte langsam den Kopf. »Ein lebenslustiger und fröhlicher Mensch war er, der Peter Sollner. Er hat gelegentlich ein bisschen zu ausschweifend gelebt, aber an und für sich war er schwer in Ordnung.«

»Haben Sie ihn gut gekannt?«, erkundigte sich Max.

»Geht so. Nicht besonders. Aber in einer Einrichtung wie dieser hier läuft man sich zwangsläufig immer wieder über den Weg.«

»Aha. Na dann, bis später.«

»Bis später, Herr Kommissar.«

Beim Hinausgehen fiel Max ein längliches Metallrohr, das neben der Tür an der Wand lehnte, auf. Da schau her. Hat man mit so etwas früher nicht die Gänse gemästet?, überlegte er kurz. »Das Mastrohr hier sollten Sie der Kripo zeigen, falls ich nicht rechtzeitig zurück bin, Herr Doktor. Vielleicht hat es der Täter benützt, um Sollner zu füttern.«

»Mach ich.«

»Aber nicht anfassen.«

»Nein. Äh, aber warum?«

»Wegen der Fingerabdrücke, Sie wissen schon.« Moment mal, Raintaler. War der Täter wirklich so blöd und hat sein Tatwerkzeug hier stehen gelassen? Und dann noch mit seinen Fingerabdrücken darauf? Kaum zu glauben. Aber möglich ist alles. Irgendeinen Fehler macht jeder Täter. Weißt du doch. Ist schließlich nicht dein erster Mordfall.

»Na gut, ich fasse nichts an.« Müller lächelte verbindlich.

Während Max nachdenklich die Treppe hinaufstieg, kam ihm Franz entgegen.

»Und? Was ist mit ihm?«, fragte er flüsternd, sobald sie auf gleicher Höhe waren.

»Er ist tot.« Max sprach ebenfalls leise. Es musste vorerst ja niemand sonst von der Sache erfahren.

»Weißt du schon, wie es passiert ist?« Franz kratzte sich nachdenklich am kahlen Kopf.

»Auf einmal so interessiert?« Max grinste flüchtig. Den guten Franzi hat wohl doch noch die Neugier gepackt, dachte er. Hätte mich auch gewundert, wenn nicht. Einmal Kriminaler immer Kriminaler. Diätkur hin, Diätkur her. So ist das nun mal.

»Sicher, Max. Nach der Sauna war mir einfach zu heiß zum Denken. Auch noch im Hallenbad. Da bin ich in den Außenpool oben gegangen, und während ich mich abkühlte, wurde mir mein albernes Benehmen von vorhin klar.« Franz grinste schief zurück.

»Also doch noch Hauptkommissar mit Leib und Seele?«

»Logisch. Gelegentlich zumindest.«

»Gott sei Dank. Ich hab mir schon Sorgen gemacht. Also gut, Franzi. Er lag in einem riesigen Teller voller Sauerkraut. Wurde möglicherweise erstickt.«

»Mit Sauerkraut?«

»Schaut so aus.«

»Herrje. Ich weiß schon, warum ich kein Gemüse mag.«

»Ich auch. Ist ungesund.«

»Nicht nur ungesund, sogar tödlich, wie du siehst.«

»Stimmt.«

»Du glaubst ja nicht, was ich hier in den letzten Wochen alles essen musste. Brokkoli, Blumenkohl, Rosenkohl, Weißkraut, gelbe Rüben, Erbsen, und am allerschlimmsten ist der riesige Salat jeden Tag. Rohkost mit Salatblättern, Gurken, Tomaten und Gemüsezeug wie Sellerie und Fenchel. Garniert mit einem halben

Pfund Frühlingszwiebeln. Mir wird schon ganz schlecht, wenn ich bloß daran denke.« Franz schüttelte sich.

»Du hast mein volles Mitleid, alter Freund. Das ist ja nicht auszuhalten. Und die haben dir nicht mal einen einzigen Schweinsbraten mit Knödeln serviert?« Max musste innerlich grinsen.

»Nein, stell dir vor. Unglaublich, oder?«

Franz' empörter Gesichtsausdruck brachte das Fass zum Überlaufen. Max lachte laut auf.

»Das wundert mich wirklich sehr bei einer Diätkur«, keuchte er, während er sich trotz der ernsten allgemeinen Lage vor Gackern den Bauch hielt.

»Na ja. Stimmt schon. Egal, was soll's?« Franz wischte ärgerlich mit der Hand durch die Luft.

»Ich geh aufs Zimmer und zieh mich an. Du auch?« Max hatte sich wieder im Griff. Schließlich hatte er gerade einen Toten entdeckt. Das war alles andere als lustig. Er sah seinen alten Freund und Exkollegen neugierig an.

»Logisch. Hat jemand wegen dem Koch die hiesige Kripo gerufen?«

»Ja, diese Tanja.«

»Sehr gut. Ob sie etwas mit seinem Tod zu tun hat? Oder hat sie ihn wirklich nur gefunden?«

»Der Arzt meinte, Sollner wäre ungefähr seit gestern Abend zwischen halb neun und halb elf tot.«

»Aha. Dann hat sie es vorhin zumindest nicht getan.«

»Wäre auch reichlich blöd, wenn sie ihn in der Nacht umbringt und dann am nächsten Vormittag zum Tatort geht, auf dem Rückweg Alarm schlägt und so tut, als wäre sie geschockt.«

»Stimmt. Zu umständlich. Andererseits könnte es auch ein sehr geschicktes Ablenkungsmanöver von ihr sein.«

»Du meinst, dass sie davon ausgeht, dass man denkt, dass der Täter niemals dieselbe Person sein kann, die das Opfer auffindet. Das wäre dann aber schon wirklich sehr sehr geschickt. Traust du ihr das zu? So schlau sah sie doch gar nicht aus.« Max zog seinen Bademantel über der Brust zusammen.

»Ist ja gut, Max. Man spekuliert ja bloß. Schauen wir noch mal in den Vorratsraum runter, wenn die von der Kripo da sind?«

»Logisch. Schließlich geht es um einen Mord. Die hiesigen Kriminaler sind sicher froh über die Unterstützung durch zwei ausgebuffte Großstadtcops.«

»Aber danach machen wir gleich wieder Urlaub, okay.«

»Selbstredend, Franzi. Vielleicht finden wir dort unten auch ein Schnitzel für dich. Oder einen schönen Schinken.«

»Sehr witzig. Verarschen kann ich mich selber. Außerdem sind wir nicht zwei ausgebuffte Großstadtcops.«

»So? Was denn dann?«

»Ein ausgebuffter Großstadtcop und ein Exkommissar.«

»Ach so, ja. Stimmt.«

»Eben.«

2

Als Max das große Doppelzimmer betrat, das er gemeinsam mit seiner hübschen schwarzhaarigen Freundin Monika in der zweiten Etage bewohnte, begrüßte sie ihn nur flüchtig. Dann starrte sie wieder gebannt auf den Flachbildschirm, der an der Wand gegenüber dem Fußende ihres Bettes über einem dunklen Holztischchen befestigt war.

»Was schaust du denn Spannendes?«, erkundigte sich Max, während er seinen Bademantel auszog, um unter die Dusche zu gehen.

»Neue Krimiserie«, erwiderte die Thalkirchner Kneipenwirtin knapp.

»So früh am Tag Krimis? Die Welt wird echt immer verrückter.« Er verschwand kopfschüttelnd im Badezimmer.

»Und hat der Kommissar seinen Täter schon erwischt?«, fragte er, als er eine halbe Stunde später splitternackt wieder im Zimmer stand.

»Kommissar*in*.«

Der Fernseher war aus. Monika lag auf dem Bett und schaute nur grinsend an die Decke.

»Aha. Also hat die Kommissarin ihren Täter erwischt?«

»Ja.«

»Bleibt das jetzt den ganzen Tag so?«

»Was?«

»Dein Telegrammstil?«

»Wieso?« Sie grinste ein Stück breiter.

»Du könntest ja vielleicht mal wieder einen ganzen Satz bilden. So wie sonst. Oder hast du heimlich irgendein Gelübde abgelegt?« Er legte sich zu ihr.

»Nein.«

»Aha.«

Sie lachte laut.

»Du willst mich verarschen, stimmt's?«, wollte er wissen.

»Stimmt.«

»Aber wieso?«

»Mir war gerade danach.« Sie blickte ihm lang und tief in die stahlblauen Augen.

Er kannte diesen Blick nur zu genau. Ach so ist das, dachte er. Sie hat sich mit ihrer Blödelei in Stimmung gebracht. Das mache doch sonst nur ich. Na dann, nichts wie ran, Raintaler. Nutze die Gunst der Stunde. Wer weiß, wann es das nächste Mal wieder so weit ist.

Nachdem sie erschöpft nebeneinander in den Laken lagen, fiel Max auf einmal siedend heiß der Tote im Vorratsraum wieder ein. Wie hatte er ihn nur vergessen können? Verdrängung? Wahrscheinlich. Er sprang auf, duschte erneut und stand keine drei Minuten später wieder im Zimmer.

»So hektisch auf einmal? Was ist denn mit dir los?«, fragte sie verwundert.

»Moni, ich muss noch mal kurz weg«, erklärte er ihr, während er eilig seine schwarzen Jeans und ein kurzärmliges weißes Sommerhemd überzog. »Franzi und ich haben einen Termin mit den örtlichen Behörden.«

»Habt ihr was angestellt?«

»Nein.« *Habt ihr was angestellt?* Ging's noch? Immerzu vermutet sie gleich das Schlimmste. Ich bin doch kein Kleinkind, Herrschaftszeiten noch mal.

»Ist was passiert?«

»Nein.«

»Verarschst du mich jetzt auch?«

»Ja.«

»Na gut, hast gewonnen. Ich bin wieder normal, okay?«

»Okay.«

Sie lachten beide kurz über ihre Albernheit.

Seit sie gestern Abend hier im Hotel angekommen waren, hatte sich bei Monika schlagartig entspannte Urlaubsstimmung eingestellt. Wie immer, wenn sie zusammen wegfuhren. Genial. Im Urlaub bekam Max das von ihr, was er am liebsten dauerhaft gehabt hätte: ihre ganze Zuneigung und ihre ungeteilte Aufmerksamkeit. Anders als in München, wo sie sehr beschäftigt und viel ohne ihn unterwegs war. Na ja. Ehrlich gesagt war das bei ihm auch nicht viel anders. Aber letztlich hätte er doch immer wieder öfter Zeit für sie gehabt als sie für ihn. Egal. Jetzt war auf jeden Fall Urlaub, und sie hatten beide Zeit.

»Also gut, Moni. Es ist so. Im Keller liegt ein Koch im Vorratsraum. Ich habe ihn dort vorhin mit dem Gesicht in einem riesigen Teller voller Sauerkraut aufgefunden. Mausetot. Kann sein, dass er ermordet wurde.«

»Und wir haben Sex, obwohl du gerade von einem Toten kommst? Warum hast du es denn nicht gleich gesagt? Lässt dich so was inzwischen total kalt?« Sie zog erstaunt die Brauen hoch.

»Ich kannte ihn ja nicht näher.« Max zuckte unschuldig dreinblickend die Achseln.

»Unglaublich. Diese Kripozeit hat dich total verrohen lassen. Früher warst du ganz anders.« Sie schüttelte empört den Kopf.

»Mag sein. Trotzdem muss ich da jetzt runter. Wie gesagt, es handelt sich möglicherweise um Mord.« Was regt sie sich denn auf? Ich wollte sie halt nicht mit dem Thema belästigen. Soll sie doch froh sein. Oder hat sie recht? Bin ich wirklich schon total gefühllos dem Leid anderer gegenüber? Ich denke es ja manchmal schon selbst.

Wunder wäre es keins gewesen nach gut 20 Jahren Dienst bei der Münchner Kripo. Da hatte er etliche Leichen zu Gesicht bekommen. Gebrochene Gliedmaßen oder zertrümmerte Schädel waren dabei noch die harmloseren Varianten. Viele von ihnen hatten längst nicht mehr so intakt ausgeschaut wie der Koch da unten im Vorratsraum.

»Alles klar. Nicht mal im Urlaub hat man seine Ruhe.« Monika wurde laut. »Immer nur deine verflixten Fälle. Es ist doch wie verhext.«

»Aber zu Hause hast du doch selbst immer so viel zu tun«, widersprach Max vehement. »Da bist du jedes Mal froh, wenn ich einen Fall zu lösen habe. Dann musst du dich nicht andauernd um mich kümmern. Das sagst du doch selbst immer wieder.«

»Habe ich gesagt, stimmt. Aber jetzt ist Urlaub.« Sie klang wie eine Mutter, die geduldig ihr kleines Kind dazu ermahnt, links und rechts zu schauen, bevor es über die Straße geht. »Und Urlaub ist Urlaub, Max. Verdammt noch mal. Ich wollte heute Nachmittag mit dir einen

Ausflug machen bei dem herrlichen Wetter. Ich hab mich schon so darauf gefreut.«

»Machen wir auch. Keine Angst. Ich bin garantiert in spätestens einer halben Stunde zurück.«

Sein Blick verriet ihr eindeutig, dass er wohl eher nicht in einer halben Stunde zurück sein würde. Bestimmt würden sich Franz und er übergründlich in die Ermittlungen der ortsansässigen Polizei einmischen. Es wäre schließlich nicht das erste Mal.

»Wer's glaubt, wird selig.« Sie lachte spöttisch.

»Doch, Moni. In einer halben Stunde kannst du voll und ganz über mich verfügen. Ich schwöre es.«

»Klar, Max. Du schwörst es. Wie schon tausendmal vorher.« Sie schüttelte genervt den Kopf.

»Aber diesmal stimmt es wirklich.« Er machte Dackelaugen.

»Dass ich nicht lache. Ich bin dann auf jeden Fall später mit Sandra zum Kaffeetrinken im Ort. Ihr könnt ja nachkommen, wenn ihr der hiesigen Kripo genug auf die Nerven gegangen seid. Falls es euch überhaupt interessiert, mit uns etwas zu unternehmen.« Sie ging gar nicht weiter auf seine leichtfertigen Versprechungen ein, da sie wusste, dass es sinnlos war. Stattdessen stand sie ruckartig auf und patschte beleidigt ins Bad, um sich zu duschen. Auf ihrem Weg dorthin würdigte sie ihn keines Blickes mehr.

»Logisch interessiert es uns, Moni!«, rief er ihr noch hinterher, während sie die Tür hinter sich zuzog. »Falls ich es wirklich nicht pünktlich in einer halben Stunde schaffen sollte, was ich nicht glaube, kommen wir auf jeden Fall nach. Versprochen. Ehrenwort.«

Schon seltsam, dachte er noch. Sie nimmt sich immerzu alle Freiheiten raus, wie sie gerade Lust hat. Aber wenn ich einmal einer Sache nachgehe, die mich brennend interessiert, zickt sie rum. Verstehe einer diese Frau. Ich jedenfalls nicht.

3

Gerade als Max und Franz den Vorratsraum betreten wollten, kamen ihnen von dort zwei kräftige Männer mit einem grauen Plastiksarg in den Händen entgegen.

»Ihr seid aber schnell«, rief Max erstaunt aus, während sie sich grußlos an Franzi und ihm vorbeidrängten.

»Was kann ich für Sie tun, meine Herren?« Ein blasser blonder Jüngling im dunklen Geschäftsanzug stellte sich ihnen in den Weg.

»Ich habe den Toten vorhin tot aufgefunden«, erwiderte Max. »Raintaler ist mein Name. Und das hier ist mein Exkollege bei der Münchner Kripo, Hauptkommissar Wurmdobler.« Er zeigte auf Franz.

»Kripo aus der Stadt? Aha. Schön für Sie. Aber hier sind wir zuständig.« Der kurzhaarige Bursche im dunklen Anzug grinste arrogant. Er hielt es offenbar nicht einmal für nötig, ihnen seinen Namen zu verraten.

»Das wissen wir. Wir wollten Sie auch gar nicht weiter bei der Arbeit stören. Aber interessiert es Sie denn gar nicht, was ich auszusagen habe?« Max grinste nicht.

»Nein, äh, doch.« Der junge Mann kratzte sich nachdenklich am Kopf. »Moment, ich hol den Chef.«

Zwei Minuten später war er mit einem älteren Herrn an seiner Seite zurück. Er trug ebenfalls einen Anzug über seinem respektablen Bauch. Die wenigen mittellangen Haare, die auf seinem Kopf verblieben waren, hatte er stramm nach hinten gekämmt. Hinter seiner goldumrandeten Brille ließen sich misstrauisch dreinblickende braune Augen erkennen. Die dicken Tränensäcke darunter ließen den geübten Betrachter darauf schließen, dass er nach Feierabend gerne das eine oder andere Glas Bier stemmte.

»Sie haben den Toten also gefunden?«, fragte er Max, ohne sich mit einer Begrüßung aufzuhalten.

»Nein, entdeckt hat ihn eine Köchin aus dem Haus. Sie heißt Tanja. Ich war kurz nach ihr vor Ort und habe festgestellt, dass er tot war. Aber erst mal grüß Gott.« Max war nicht jemand, der Benimmkurse besuchte oder großen Wert auf übertriebene Etikette legte. Aber einen gewissen Grundrespekt sollte man seinem Gegenüber schon angedeihen lassen. So viel Zeit musste einfach sein, auch wenn die in unserer heutigen Welt immer knapper zu werden schien. Genauso wie gutes Benehmen.

»Äh, ach so, ja. Grüß Gott, die Herren. Hauptkommissar Berger, Kripo Traunstein.« Berger nickte ihnen knapp zu. »Und?«, wandte er sich dann an Max.

»Was und?« Max zog die Brauen hoch.

»Ist Ihnen etwas aufgefallen?« Berger sah ihn einigermaßen neugierig an.

»Wollen Sie gar nicht wissen, wer wir sind?« Wie ist der denn drauf? Alzheimer? Hat er gestern gesoffen? Oder ist ihm alles egal?

»Wieso?«

»Unsere Namen.«

»Ach so, ja. Also?«

»Was also?«

»Wer sind Sie?«

»Das hier ist Hauptkommissar Wurmdobler von der Münchner Kripo.« Max zeigte erneut auf Franz. »Und mein Name ist Max Raintaler. Ich bin ein Exkollege von Herrn Wurmdobler.«

Sie schüttelten sich die Hände.

»Ich heiße Leitner. Bin Herrn Bergers Assistent«, stellte sich der junge Mann neben Berger bei der Gelegenheit auch gleich noch vor.

»Na, dann hätten wir das ja geklärt«, brummte Berger.

»Wieso haben Sie den Toten denn so schnell abtransportieren lassen? War die Spurensuche schon beendet?« Max blickte Leitners Chef fragend ins Gesicht.

»Wozu sollten wir hier nach Spuren suchen?«, blaffte Berger grantig. »Die Sachlage ist eindeutig. Der Mann hat zu viel Sauerkraut gegessen, hat sich verschluckt und ist daran erstickt. Wahrscheinlich hat er zu schnell und zu gierig geschlungen. Was ich bei rohem Kraut allerdings wirklich nicht nachvollziehen kann.«

Franz nickte verständnisvoll.

»Aber wenn man erstickt, bleibt man doch nicht seelenruhig sitzen und legt dann gemütlich seinen Kopf in einen Sauerkrautteller«, protestierte Max.

»Warum nicht? Unser Polizeiarzt hat diese Möglichkeit ebenfalls eingeräumt.« Berger lächelte überheblich.

Bestimmt hasst er es einfach, von Münchner Kollegen bei seiner Arbeit gestört zu werden, sagte sich Max. Aber das ist mir gerade egal wie sonst noch was. Hier geht es um die Sache. Und die stinkt ganz offensichtlich.

»Das ist doch totaler Schwachsinn. Hat Ihr Polizeiarzt die Risse im Mund des Toten nicht bemerkt? Die lassen recht deutlich auf Gewalteinwirkung schließen.«

»Haben Sie im Mund des Toten Risse festgestellt, Herr Maier?«, rief Berger über seine rechte Schulter hinweg in den Vorratsraum hinein.

»Ja, so etwas kommt normalerweise von einer harten Brezn. Oder von einem scharfkantigen Weißbrot. Nichts Besonderes«, tönte es zurück.

»Nichts Besonderes? Und wenn die Verletzungen von einer Art Mästschlauch oder -rohr stammen, das dem Toten gewaltsam in den Schlund eingeführt wurde?« Max schüttelte ungläubig den Kopf. Es sah ganz so aus, als wollte hier nur jeder schauen, dass er möglichst schnell wieder nach Hause kam.

»Woher wissen Sie das mit den Rissen im Mund eigentlich, Herr Raintaler?« Berger setzte ein hochoffizielles Gesicht auf.

»Der Hausarzt des Hotels hier, der vorhin da war, hat mich darauf aufmerksam gemacht.«

»Soso. Hat er das?«

»Ja. Hat er.«

»Eine Nachforschung wäre die Sache mit dem gewaltsamen Mästen auf jeden Fall wert«, mischte sich Franz mit erhobenem Zeigefinger ins Gespräch. »Wenn Sie mich fragen.«

»Aha. Meinen Sie? Ich sage Ihnen jetzt mal was, meine Herren. Das hier war eindeutig ein Unfall. Ein selbst herbeigeführter Erstickungstod aus Gier, und Schluss. Außerdem ist es nicht Ihr Zuständigkeitsbereich, sondern unserer. Stimmt's oder habe ich recht?« Berger sah langsam von einem zum anderen.

»Logisch haben Sie recht, Herr Berger. Wir wollten ja bloß helfen.« Max schüttelte den Kopf über so viel betriebsblinde Selbstgerechtigkeit. Wahrscheinlich steht dieser alte Dackel kurz vor der Pension und will einfach keinen Ärger mehr haben, dachte er. Aber das letzte Wort in der Angelegenheit war noch nicht gesprochen. So viel war sicher. »Im Eck neben der Tür müsste so ein Rohr aus Metall stehen. Lassen Sie es doch wenigstens im Labor untersuchen.«

»Ach, das hat der Täter wohl hier stehen gelassen? Und seine Fingerabdrücke sind sicher auch noch drauf? Geh, jetzt hören Sie aber endgültig auf, Herr Raintaler.« Berger grinste verächtlich. »Ich hab ja schon viele Deppen in meiner Laufbahn erlebt, aber so blöd war noch keiner, dass er die Tatwaffe neben dem Opfer zurücklässt. Außer, er war in Panik. Aber nach Panik schaut das alles hier beim besten Willen nicht aus.«

»Na gut, mag sein«, erwiderte Max. »Bleibt aber immer noch die Frage, warum der Koch während des Erstickens so brav sitzen geblieben ist.«

»Vielleicht wollte er sich kurz ausruhen. Kann doch alles sein.« Berger grinste selbstgefällig seinen jungen Assistenten an. Der grinste selbstgefällig zurück.

»Ausruhen? Vom Ersticken? Na ja. Ich weiß nicht.« Max schüttelte genervt den Kopf. Vergiss es, Raintaler, die Herren hier wollen offenbar keine große Sache aus dem toten Koch machen. Fragte sich nur, warum. Hingen sie vielleicht selbst in der Sache mit drinnen? »Nehmen Sie das Metallrohr neben der Tür doch wenigstens mit, Herr Berger. Vielleicht wurde der Täter ja gestört und hat es in der Hektik hier vergessen.«

»Geh, Herr Raintaler. Hören Sie doch endlich mit Ihren wilden Spekulationen auf.« Berger bückte sich, packte das Rohr am obersten Ende und hob es hoch. »Das Ding schaut eher aus wie ein Stück von einem Abflussrohr. So etwas liegt hier überall in den Kellern herum. Ich kann Ihnen jetzt schon sagen, dass wir keine Spuren darauf finden werden.«

»Woher wollen Sie das denn so genau wissen? Oder wollen Sie am Ende gar keine Spuren darauf finden?« Jetzt war Max an der Reihe, misstrauisch dreinzuschauen.

»Werden Sie nicht unverschämt, Mann. Das sagt mir meine Berufserfahrung, dass da keine Spuren drauf sind. Außerdem, wie hätte der Täter den Koch denn in Schach halten sollen, während er ihn mit Kraut vollstopfte? Etwa mit Drohungen? *Wenn der Bub nicht brav aufisst, gibt es morgen kein schönes Wetter?* Fesseln am Toten sind jedenfalls keine zu entdecken. Auch eindeutige Spuren, dass er gefesselt war, haben sich nicht gefunden.«

»Mit einer Waffe?«, wandte Max ein.

»Sie glauben ernsthaft, dass einer so lange frisst, bis er stirbt, bloß weil man ihm eine Waffe an den Kopf hält?«

»Warum nicht?« Max merkte, dass es nun er selbst war, der sich auf spekulatives Glatteis begab. Dennoch machte er keinen Rückzieher.

»Weil das nicht geht. Außerdem, in einer Hand die Waffe und in der anderen das Mästrohr? Wer stopft denn da das Kraut von oben ins Rohr? In diesem Fall müssten es ja zwei Täter gewesen sein.«

»Ja und? Warum denn nicht?«

»Weil das alles ein völliger Schmarrn ist. Schauen Sie das Rohr doch bloß einmal genau an. Das ist doch viel zu dünn, um Sauerkraut durchzudrücken.«

»Das sagen Sie.«

»Ja, das sage ich.« Bergers Blick wurde abweisend. So wie es aussah, war das Gespräch für ihn an dieser Stelle beendet.

»Sie können es aber doch zumindest mal auf Kraut-, Speichel- und Blutspuren des Toten untersuchen lassen«, fügte Max noch hinzu. »Was wäre denn so schlimm daran. So groß ist der Aufwand dabei nun auch wieder nicht.«

»Na gut, wir werden sehen. Und jetzt lassen Sie uns bitte unsere Arbeit machen, meine Herren. Falls wir Unterstützung aus der Landeshauptstadt brauchen sollten, fordern wir sie offiziell an.« Berger nickte ihnen knapp zu. Dann drehte er sich brüsk um und verschwand samt seinem blassen Assistenten wieder im Vorratsraum.

»Hab ich's dir nicht gesagt? Gemüse ist tödlich. So oder so.« Franz drehte sich ebenfalls um und ging den Flur in Richtung Treppe zurück.

Max trottete nachdenklich hinter ihm her. »Wieso sollte sich ein Koch in seinen Vorratsraum setzen und heimlich Kraut in sich reinschaufeln, bis er erstickt?«, fragte er, nachdem er Franz eingeholt hatte. »Das macht doch nicht den geringsten Sinn, Franzi.«

»Muss alles immer Sinn machen?«

Sie stiegen nebeneinander die mit Teppichboden belegten Stufen zum Empfangsraum hinauf.

»Na ja. Nein. Doch. Irgendwie schon. Zumindest wenn es um Logik geht.«

»Mein Gott, es kann so oder so gewesen sein. Allwissend sind wir auch nicht, Max.«

»Und wenn der Koch doch gefesselt war? Zum Beispiel mit Klebeband. Und danach hat der Täter das Klebeband entfernt, um alles wie einen Unfall aussehen zu lassen?«

»Kann sein. Muss aber nicht sein.« Franz zuckte die Achseln.

»Ich sage Berger auf jeden Fall noch, dass Sie wenigstens die Füße und Hände des Toten noch mal genau nach Klebstoffresten untersuchen sollen.« Max wollte sich umdrehen und zurücklaufen. Franz hielt in fest.

»Lass ihn jetzt lieber in Ruhe. Du hast doch gesehen, wie genervt er von uns war. Du kannst ihn ja später auf dem Revier anrufen. Außerdem solltest du nicht vergessen, dass wir hier zu viert Urlaub machen.«

»Okay, hast recht.« Max blickte auf seine Uhr. »Herrje. Eine Dreiviertelstunde vorbei. Moni bringt mich um. Ich wollte doch pünktlich zurück sein. Bestimmt ist sie schon mit Sandra unterwegs in den Ort.«

»Na, dann nichts wie hinterher. Noch einen Toten brauchen wir im Moment nicht.«

4

»Schon herrlich, unsere Berge.« Monika zeigte auf die Umrisse der mächtigen Alpennordkette, die südlich von ihnen ins strahlende Blau des Himmels hineinragte. »Am liebsten würde ich auf der Stelle irgendwo da hinaufsteigen.«

»Ist doch kein Problem, Moni«, erwiderte Sandra. »Das machen wir einfach.«

Sie waren gemeinsam auf dem Weg in die Ortsmitte von Bad Endorf. Auf den üppigen Wiesen um sie herum blühten die Blumen in voller Pracht. Die Bäume trugen Blätter in satten Grüntönen. Bienen, Hummeln, Käfer und Fliegen summten eilig vorbei. Die Luft roch nach Sommer.

»Meinst du?«

»Logisch. Wir haben die ganze Woche Zeit. Wir können zum Beispiel an den Königssee fahren oder ein Stück weit den Watzmann hinaufsteigen. Oder wir besteigen die Kampenwand. Jetzt im Juni sind die Bedingungen ideal. Ich sag nur: *Urlaub*.«

»Hoffentlich erinnert sich Max auch ganz schnell wieder daran.« Monika seufzte kurz genervt auf. »Bei der Kampenwandtour müssten wir deinen Franzi allerdings im Hotel lassen«, fuhr sie dann grinsend fort.

»Wieso?«

»Kennnst du nicht den Spruch ›Ich ging gern auf die Kampenwand, wenn ich mit meiner Wampen kannt‹?«

»Mein Gott, bist du böse. Der arme Franzi. Wo er doch mindestens 500 Gramm abgenommen hat in seinen drei Wochen knallharter Diätkur.« Sandra tätschelte ihren eigenen flachen durchtrainierten Bauch.

Dann prusteten beide laut los vor Lachen. Wäre Franz gerade bei ihnen gewesen, hätte er wie bereits einige Mal zuvor zu seinem Leidwesen feststellen müssen, dass, wer den Schaden hatte, nicht für den Spott zu sorgen brauchte.

»Aber im Ernst«, meinte Monika, sobald sie wieder reden konnte. »Ich mache mir wirklich Sorgen, dass uns Max mit seinem blinden Arbeitseifer den ganzen schönen Urlaub hier versaut.«

»Aber geh, Moni.« Sandra winkte ab. »Er und Franzi machen sich ein bisschen wichtig wegen dem Toten im Keller, Großstadtsheriffs und so, und dann sind sie wieder ganz normal. Du wirst schon sehen. Max reißt sich doch sonst auch kein Bein aus.«

Sie klang so zuversichtlich, dass Monika fast geneigt war, ihr zu glauben, obwohl sie Max besser kannte. Bestimmt würde er so schnell nicht aufgeben, wenn im Keller des Hotels tatsächlich ein Mord geschehen war. Seine manchmal fast schon provozierende Faulheit im Privatleben war eine Sache. Seine berufsbedingte Neugier als Exkommissar und Privatdetektiv eine ganz andere.

»Warten wir's ab, Sandra.« Monika versuchte, alle unguten Gedanken abzuschütteln. »Aber jetzt freu ich mich sowieso erst mal auf einen Cappuccino und ein schönes großes Stück Kuchen mit Sahne.« Voller Vorfreude rieb sie sich die Hände.

»Nicht nur du. Ich hab die letzte Woche fast nichts gegessen, damit ich unseren Aufenthalt hier in vollen Zügen genießen kann.«

Sandra lachte fröhlich. Zu Hause war sie das glatte Gegenteil von Franz. Sie trank keinen Alkohol, trieb Sport, tanzte Tango und achtete auf ihre Ernährung, was ihr zur Belohnung den durchtrainierten attraktiven Körper einer 30-Jährigen bescherte. Zusammen mit ihren schulterlangen brünetten Haaren, ihren großen grünen Augen, ihrem hübschen Gesicht und ihren von den Schuhen bis zum Blazer stets modischen Outfits verkörperte sie so die nahezu perfekte moderne Frau um die 50.

»Ich sag's ja immer«, entgegnete ihr Monika, die mit ihren 47 Lenzen ein Jahr jünger als Sandra war. »Auch Sportler müssen essen.«

Sie war nicht die Spur weniger schlank als Sandra, und in puncto Aussehen stand sie ihr mit ihren langen schwarzen Locken und den geheimnisvollen tiefblauen Augen in nichts nach. Allerdings aß sie auch zu Hause in München gern und viel, und Bier und Wein trank sie ebenfalls. Aber da sie täglich eine Stunde zum Joggen ging und noch dazu am Abend in ihrer eigenen kleinen Kneipe in der Nähe des Tierparks arbeitete, setzte sich auch bei ihr kein überflüssiges Fett an den Hüften fest.

Die zwei Bullen und ihre Superhasen hatte Josef Stirner, ein alter Freund von Max und Franz, sie einmal alle vier begrüßt, als sie zu ihm nach Hause zum Essen kamen. Alle hatten gelacht, weil seine Bemerkung punktgenau ins Schwarze getroffen hatte. Viele im Bekanntenkreis hatten anfänglich vor allem über Sandras und Franz' ungleiche Erscheinungen gestaunt. Oft genug auch hinter vorgehaltener Hand getuschelt. Doch Sandra versicherte ihren so liebend gerne über alles und jeden tratschenden Freundinnen stets, dass auch kleine glatzköpfige Männer mit Übergewicht durchaus ihre Qualitäten hätten. Was hätte sie auch sonst sagen sollen. Herrje, sie liebte ihren Franz halt nun einmal. Mit all seinen Fehlern. Und er liebte sie. So einfach war das.

»Schau mal, Moni. Das dort hat eine große Terrasse mit Blick auf die Berge. Da gehen wir hin.« Sandra zeigte auf ein großes Café am rechten Straßenrand, an dessen Tischen im Freien nur noch wenige Plätze frei waren.

»Ich bin dabei. Wo viele Leute sind, kann es nicht schlecht sein. Alte Wirtshausweisheit.« Monika gab grinsend die erfahrene Gastronomin.

»Gilt das auch für Cafés?«

»Vor allem für Cafés, Sandra.«

»Echt?«

»Echt.«

Kichernd betraten sie die Terrasse und fanden einen freien Tisch mit Sonnenschirm an der Südseite. Sie setzten sich beide so, dass sie Blick auf die Berge hatten.

»Meinst du, wir sollen zwei schattige Plätze für unsere Schnüffler freihalten?«, fragte Sandra, nachdem sie Kaffee und Kuchen bestellt hatten.

»Wir machen es so: Solange nichts Besseres kommt, halten wir für sie frei.« Monika lachte erneut.

»Geniale Idee.« Sandra stimmte in das ausgelassene Gelächter ihrer Freundin ein.

Herrliches Wetter, tolle Aussicht, Urlaub, Kaffee und Kuchen. Wer da schlechte Laune hatte, war wirklich selbst schuld.

Wenig später trafen zwei riesige Stücke Erdbeerkuchen mit Sahne und der Kaffee ein. Die freundliche Kellnerin im Dirndl stellte alles vor ihnen ab und wünschte guten Appetit.

»Wahnsinn, sind das Portionen. Da wird ja eine ganze Kompanie davon satt.« Monika machte große Augen. Das schien selbst für sie zu viel des Guten zu sein. Obwohl. Erst einmal langsam anfangen. Alles Weitere würde sich zeigen.

»Unglaublich.« Sandra war nur schlecht zu verstehen, weil sie bereits den Mund voll hatte. »Bei uns in München bekommst du gerade mal die Hälfte.«

»Und bezahlst das Doppelte.«

»Mindestens.«

»Schau mal.« Monika zeigte mit dem Kopf auf einen sehr beleibten Herrn in kurzen karierten Hosen und einem zeltähnlichen leuchtendgrünen Polohemd. Seine schwarzen Haare standen wie eine wildgewordene Bürste in die Luft. »Der Riese mit dem roten Gesicht da hinten verschlingt schon das dritte Stück Sahnetorte, seit wir da sind. Jedes Mal, wenn er bestellt, brüllt er die Kellnerin an, als hätte sie sein Haus niedergebrannt. Ich glaube, der hat einen sauberen Vogel.«

»Ja mei. So eine Diätkur geht ans Nervenkostüm. Da schreit der Körper förmlich nach Zucker. Hätte er lieber mal vorher auf seine Ernährung geachtet.«

»Dann wären seine Nerven okay?«

»Genau. Weil er keine Diät machen müsste.«

»Weiß nicht. Aber vielleicht hast du recht. Er macht hier wohl wirklich eine Diätkur, obwohl er gerade so unglaubliche Mengen rein schlichtet. Mir fällt gerade ein, dass ich ihn heute Morgen am Frühstückstisch bei uns im Kurhotel gesehen habe. Sie haben ihm nur einen Orangensaft und ein Stück trockenen Toast hingestellt. Er hat beides blitzschnell mit reiner Todesverachtung in sich reingestopft. Richtig wütend hat er dabei ausgesehen. Als würde er jemanden umbringen wollen. So wie jetzt.«

»Deswegen schau ich eben, dass ich erst gar nicht dick werde. So spar ich mir das mühsame Abnehmen. Das ist doch die reinste Höllenqual. Da muss man ja zum Psycho werden.« Sandra schmatzte unbekümmert weiter.

»Und Psychos werden wollen wir wirklich nicht.« Monika grinste in sich hinein. Sie begann ebenfalls zu essen.

»Na ganz toll. Unsereins kasteit sich drei Wochen lang bei Wasser, Gemüse und Obst, und die Damen verdrücken die herrlichsten Kalorienbomben, als gäbe es kein Morgen.« Franz stand vor ihnen, seinen Blick neidvoll auf ihre halbleeren Teller gerichtet. Er schwitzte.

»Komm zu uns in den Schatten, Franzi. Es ist heiß heute. Bestimmt hat es jetzt schon an die 30 Grad.« Sandra zeigte auf den Stuhl neben ihrem.

»Aber nur, wenn ich auch Kuchen bekomme.«

»Nichts da. Du bist zum Abnehmen hier.« Sandra setzte einen strengen Blick auf. »Ich bin schlank, ich darf essen. Du nicht. Das hat dir dein Arzt auch schon hundertmal gesagt.« Sie spülte den Bissen in ihrem Mund mit einem großen Schluck Cappuccino herunter.

»Servus, Franzi.« Monika grinste erneut in sich hinein.

»Servus, Moni.« Er setzte sich seufzend, holte ein Papiertaschentuch aus der Tasche seiner beigefarbenen Shorts und wischte sich damit die hohe Stirn trocken.

»Und wo ist der Herr Privatdetektiv?« Sie zog neugierig dreinblickend die Brauen hoch.

»Der Max kommt gleich. Er ruft noch mal bei der hiesigen Kripo an.«

»Damit die auch alles richtig machen?«

»So ungefähr. Du kennst ihn doch.« Franz grinste nur breit.

»Wenn nicht ich, wer dann.« Monika schaufelte weiter Kuchen in sich hinein. »Hoffentlich war es das dann nicht mit unserem Urlaub.«

»Glaub ich nicht, Moni. Schau hin, da kommt er schon.« Er zeigte auf Max, der sich ihnen mit schnellen Schritten näherte.

»Hallo, Moni, hallo, Sandra. Einen schönen Platz habt ihr hier. So einen Erdbeerkuchen esse ich auch.« Max blickte auf Monikas Teller. »Mit viel Sahne und einen Cappuccino dazu, genial.« Er winkte die Kellnerin herbei und setzte sich.

Franz betrachtete mit gesenktem Kopf seine Schuhspitzen.

»Und? Alles geregelt?« Monika sah Max fragend an.

»Wie? Ach so. Du meinst das mit dem toten Koch. Ja, ist alles geregelt. Ich habe dem hiesigen Kommissar nur ausrichten lassen, dass er noch mal genau nach Klebebandspuren an der Leiche suchen soll. Nicht so wichtig, aber es musste gesagt werden.« Er winkte unbekümmert lächelnd ab.

»Schau dir mal den dicken Typ an.« Monika zeigte mit dem Kinn auf den gierigen Kuchenverschlinger von vorhin, der gerade lautstark das vierte Stück Torte bestellte.

»Franzi?« Max lachte.

»Nein. Den da hinten.« Monika lachte ebenfalls. »Der Riese in dem grünen Polohemd. Der könnte gut jemanden umbringen. Allein schon aus Wut darüber, weil er auf Diätkur ist.«

»Meinst du.«

»Schau ihn dir doch bloß mal an. Er schreit die Kellnerin an, als wäre sie ein Rekrut.«

»Na ja. Stimmt schon. Aber deswegen ist man doch nicht gleich ein Mörder.« Max schüttelte wissend den Kopf.

»Wer weiß? Gut, Themawechsel. Dann haben wir ab jetzt also Urlaub?« Sie konnte den misstrauischen Unterton in ihrer Stimme beim besten Willen nicht verbergen.

»Logisch, Moni. Urlaub pur. Wandern, Bergsteigen, Schwimmen, Museum. Was du willst.« Er lachte freimütig.

»Soso. Was ich will?« Monika fand, dass sein Lachen gekünstelt klang. Ihr war klar, dass er keine Ruhe geben würde, bis der Fall geklärt war. Aber noch weiter auf der Sache herumzureiten, hätte die momentane Situation auch nicht besser gemacht. Also abwarten und Tee trinken. Besser noch einen Cappuccino.

»Wir könnten zum Beispiel mal alle zusammen an den Königssee fahren.« Max sah von einem zum anderen.

»Und dort mit dem Boot herumtuckern? Superidee, Max. Ich bin dabei.« Franz nickte begeistert.

»Ich auch«, meinte Sandra.

»Und ich sowieso.« Monika schob ihre letzte Gabel Erdbeerkuchen in den Mund. Dabei sah sie aus den Augenwinkeln, wie sich der beleibte Mann aus dem Hotel gerade das vierte Stück Kuchen bringen ließ. Der hat bestimmt eine Essstörung, dachte sie. Mit einem normalen, gesunden Appetit sind solche Mengen nicht mehr zu erklären. Vor allem dann nicht, wenn man sich sowieso schon auf einer Diätkur befindet. Sie schüttelte langsam den Kopf. Herrje, die psychischen Störungen nehmen in letzter Zeit immer noch mehr zu. Das stand neulich sogar in der Zeitung. Da kann man nur froh sein, wenn man selbst keine bekommt. Oder habe ich am Ende schon eine? Ohne es zu wissen? Ach was. Schmarrn.

»Aber jetzt erst mal Kuchen.« Max blickte sich suchend nach der Kellnerin um.

»Ich darf ja nicht«, merkte Franz kleinlaut an.

»Daheim wieder, Franzi.« Max lachte erneut.

»Schau mich nicht so an, Franzi. Ich bin nicht schuld an deinem Gewicht.« Sandras Augen blitzten ärgerlich.

»Aber ich …«

»Nichts da *aber ich*. Bist du hier, um abzunehmen und gesund zu werden oder willst du dich wie daheim mit Kalorien vollstopfen?« Ihr Blick wurde noch um eine gute Spur strenger als zuvor.

»Ich will abnehmen. Aber ich will auch Kuchen.« Franz bekam einen roten Kopf. »Und den werde ich mir jetzt auch bestellen. Schließlich habe ich drei Wochen lang nur Gras gefressen, da kann ein winziges Stückchen Sahnetorte nicht schaden.«

»Na gut. Wie du meinst, Franz Wurmdobler. Aber komm heute Abend bloß nicht wieder an und jammere über deine Wampe. Bei mir nicht mehr. Alles klar?« Sandra stach mit ihrer Kuchengabel in die Luft wie ein Dirigent mit seinem Zeigestock.

»Ich habe noch nie gejammert.« Franz setzte einen trotzigen, gleichzeitig aber auch sichtlich erleichterten Blick auf.

»Hast du eben schon.«

»Habe ich nicht.«

»Doch.«

»Nein.«

»Können wir dann mal die Bestellung aufgeben?« Max zeigte auf die freundliche Kellnerin, die das letzte Drittel des Disputs um Franz' Essgewohnheiten geduldig mit angehört hatte.

»Ich möchte bitte ein Stück Käsesahne mit extra Sahne und einen großen Kaffee dazu.« Franz grinste der jungen Frau im Dirndl breit ins Gesicht. »In den Kaffee möchte ich bitte auch Sahne. Extra viel.«

»Für mich einen kleinen Obstkuchen und einen Cappuccino, bitte.« Max grinste ebenfalls. Einmal, weil er die Kellnerin sympathisch fand. Und dann wegen seines alten Freundes und Exkollegen. Einfach unglaublich dieser Franzi, dachte er. Stur wie ein Büffel und völlig unbelehrbar obendrein. Könnte gut sein, dass er den Diätkoch im Hotel umgebracht hat. Einfach aus Hass auf das viele gesunde Essen, das ihm der in den letzten drei Wochen aufgetischt hatte. Schmarrn, Raintaler. Der Franzi und jemanden umbringen, das wäre wie Schneefall im Juli. Völlig unmöglich. Obwohl, in den Bergen soll es das schon des Öfteren gegeben haben. Also das mit dem Schneefall.

»Hallo! Herr Wurmdobler!« Eine mollige blonde Frau im quietschgrünen Kostüm, die zwei Tische weiter saß, winkte beidhändig fröhlich zu ihrem Tisch herüber. Ihr riesiger hellbrauner Sonnenhut wackelte dabei im Takt ihrer Arme.

»Hallo!« Franz winkte reserviert zurück. Er wurde rot.

»Wer ist das?«, fragte Sandra wie aus der Pistole geschossen.

»Das ist die Frau Höslinger aus Regensburg.«

»Soso. Die Frau Höslinger aus Regensburg. Was hat die dir denn zu winken?« Sandra setzte ihre Sonnenbrille ab und kniff die Augen wie ein Revolverheld zu schmalen Schlitzen zusammen.

»Man kennt sich halt.«

»Ach, man kennt sich? Da schau her.«

»Ja, mein Gott. Was glaubst denn du? Dass man hier drei Wochen lang eine Diätkur mitsamt Sportprogramm durchzieht und mit niemandem dabei redet?« Franz schnaufte empört.

»Ich glaube gar nichts, Franzi Wurmdobler.« Sandra verschränkte die Arme vor der Brust und hob überheblich das Kinn in die Höhe.

»Schluss mit der Streiterei, der Kuchen kommt.« Max deutete mit dem Kopf auf die heraneilende Kellnerin.

»Und was will diese Höslinger von dir?« Sandra ließ sich nicht beirren.

»Ich schätze mal, dass sie mich grüßen will.« Immer ihre bescheuerte Eifersucht, verdammter Mist. Kann das nicht endlich mal aufhören? Franz verdrehte die Augen. Er fragte sich, ob es wirklich eine so gute Idee gewesen war, Sandra, Max und Monika hierher einzuladen.

»Du meinst wohl, du gefällst ihr?«

»Warum nicht, Sandra?«

»Lachhaft.«

5

»Hatte Herr Sollner Feinde?« Max sah Tanja Dimitrowsky gespannt an.

Die anderen waren gleich, nachdem sie ins Hotel zurückgekehrt waren, an den Pool gegangen. Doch ihm hatte die Sache mit dem toten Koch einfach keine Ruhe gelassen. Er hatte den anderen gesagt, dass er sich vor dem Mittagessen noch ein wenig deswegen umhören wollte. Monika hatte nur den Kopf geschüttelt und gemurmelt, dass sie es ja ganz genau gewusst hätte. Dann war sie ärgerlich aufs Zimmer geeilt, um ihre Badesachen zu holen. Das mit ihr würde er schon wieder irgendwie hinkriegen. Doch nun stand er erst einmal mit der hübschen polnischen Beiköchin, die den toten Peter Sollner gefunden hatte, draußen hinter der Küche auf dem Hotelparkplatz im Schatten einer weit ausladenden Kastanie.

»Ich wüsste niemanden.« Sie machte ein ernstes Gesicht.

»Wirklich gar niemanden?«

»Na ja.« Sie zögerte. »Es gibt schon immer wieder Gäste, die sich über unsere kalorienarme Magerkost beschweren.«

»Was? Tatsächlich? Die kommen hier auf Diät und beschweren sich darüber, dass es Diät gibt?« Waren etwa alle übergewichtigen Kurgäste so bescheuert wie Franz? Bloß keine schlechten Gewohnheiten aufgeben. Es könnte sich ja etwas ändern in ihrem Leben. Zum Beispiel könnten sie schlanker und gesünder werden. Herrschaftszeiten, der Mensch ist gelegentlich wirklich eins der dämlichsten Rindviecher, das herumläuft.

»Ja. Aber ich glaube nicht, dass sie uns Köche deswegen umbringen würden.«

»Warum nicht? Leute werden aus den geringsten Anlässen umgebracht. Ich weiß das, glauben Sie mir.« Max blickte nachdenklich über die geparkten Autos aus ganz Deutschland hinweg.

Im Laufe seiner Jahre bei der Kripo hatte er manch hirnrissigen Fall bearbeitet, bei dem das Mordmotiv absolut lächerlich gewesen war. Unter anderem hatte zum Beispiel einmal einem 60-jährigen Ehemann die Bügelfalte in seiner Hose nicht gefallen. Ein Streit mit seiner Frau, die gebügelt hatte, entbrannte darüber, und mir nichts dir nichts hatte er ihr das heiße Bügeleisen über den Kopf gezogen. Sie fiel um und war auf der Stelle tot. Oder dieser betrunkene Banker, der eines Nachts in der Innenstadt – aus reinem Jux, wie er später gestand – einen Penner derart brutal zusammengetreten hatte, dass der alte Mann auf dem Weg ins Krankenhaus seinen Verletzungen erlag. Als würde es nicht schon genügen, dass sie uns um unser Geld bescheißen, jetzt bringen sie uns auch noch um, hatte er damals gedacht. Dass unser aller Hungertod sowieso nicht mehr weit wäre, wenn diese skrupellosen Ganoven unser Geld weiter so verpulverten, war ihm in diesem Zusammenhang ebenfalls in den Sinn gekommen.

»Obwohl es schon vorgekommen ist, dass uns das jemand angedroht hat.« Tanja wischte sich mit dem Handrücken die kleinen Schweißperlen von der Stirn. Es hatte inzwischen sicher bereits über 30 Grad.

»Was hat man Ihnen angedroht? Dass man Sie umbringen will?«

»Ja.« Sie nickte. »Die Kellner sollten uns gelegentlich derartige Botschaften ausrichten.«

»Und wie haben Sie alle darauf reagiert?« Er schüttelte fassungslos den Kopf. So wie es aussah, hatte er als Hauptkommissar bei Weitem nicht den einzigen gefährlichen Job auf der Welt gehabt.

»Wir haben nicht weiter darauf geachtet.«

»War wohl das Beste. Andererseits müssten eure Kellner solche Leute sofort der Polizei melden. Zum einen würde dieser Schwachsinn dann blitzschnell aufhören, zum anderen darf man so etwas einfach nicht durchgehen lassen.« Er stach belehrend den Zeigefinger in die Luft.

»Gut. Ich richte es unseren Leuten vom Service aus.« Sie lächelte schief, als wollte sie sagen, dass sie jetzt schon wüsste, dass es nicht viel nützen würde.

»Haben Sie, oder speziell Peter Sollner, in letzter Zeit auch solche Drohungen bekommen?«

»Nein. Das ist alles schon eine Weile her.«

»Und sonst? Hat sich vielleicht sonst wer über Ihren toten Chefkoch geärgert? Jemand aus dem Ort zum Beispiel.« Er sah sie neugierig an. Wirklich ganz besonders hübsch, dachte er. Immer wieder erstaunlich, was aus den Leuten so wird. Sie könnte Model sein, anstatt in einer Küche zu schwitzen.

»Keine Ahnung. Aber …« Sie zögerte erneut.

»Aber was?« Max trat ungeduldig von einem Fuß auf den anderen. Herrschaftszeiten, musste man ihr denn wirklich jedes Wort mühsam aus der Nase ziehen?

»Na ja, der Peter war bei den Frauen sehr beliebt.« Sie errötete leicht.

»Bei Ihnen auch?« Er gab sich Mühe, die Frage so einfühlsam wie möglich klingen zu lassen.

»Schon.« Sie schlug verlegen die Augen nieder, errötete noch ein wenig mehr. »War aber nichts Ernstes. Außerdem ist das mit ihm und mir Jahre her.«

»Aber es gab auch andere Frauen?« Er glaubte ihr.

»Nicht zu knapp.«

»Hier im Hotel.«

»Ja. Aber auch im ganzen Chiemgau. Zum Beispiel in der Disco in Rosenheim oder in Traunstein und, und, und.« Sie seufzte mit einem hilflosen Lächeln im Gesicht. Es sah so aus, als hätte sie ihre Beziehung zu Sollner gerne intensiviert. Aber offenbar hatte der sie glatt abgehängt.

»Ja sauber. Da war der Peter Sollner also ein richtiger Schwerenöter. Kannten oder kennen Sie eine seiner Freundinnen?« Vielleicht wurde er von einer enttäuschten Liebhaberin umgebracht. Ist alles schon da gewesen.

»Nur vom Sehen. Ich habe nicht großartig darauf geachtet, habe seit zwei Jahren einen festen Freund.«

»Ist er nett?« Wieso fragst du, Raintaler? Das gehört doch gar nicht zur Sache. Vielleicht weil sie so nett ist? Wie war das noch? Die Katze lässt das Mausen nicht. Reiß dich bloß zusammen. Du bist schließlich nicht alleine hier.

»Schon. Und fleißig ist er auch. Er kommt aus Russland, heißt Igor.« Sie errötete erneut. »Er hat ein eigenes Lokal in Traunstein.«

»Da haben Sie aber Glück.« Er lächelte freundlich. Ja da schau her. Gegen einen mit einem eigenen Lokal kommst du eh nicht an. »Wüssten Sie, wer mir sonst noch Auskunft über Herrn Sollner geben könnte?«

»Die Beate vielleicht. Das ist unsere andere Beiköchin.« Die Sonne schien ihr mitten ins Gesicht. Sie legte die Hand wie einen Schirm über die Augen, während sie ihn ansah.

»Wie heißt sie?«

»Beate Schröder.«

»Okay.« Max nahm den Kuli und den kleinen Block heraus, die er gewohnheitsmäßig immer bei sich trug. Er notierte sich den Namen. »Sonst noch jemand?«

»Da fällt mir höchstens noch unsere Chefin ein, die Frau Hochfellner. Sie kannte den Peter auch näher, glaube ich. Und sonst halt der Rest vom Personal. Vor allem die Frauen und die Mädchen.« Sie grinste verschämt.

»Na gut, Tanja. Das reicht mir vorerst. Sollte ich noch weitere Fragen haben, melde ich mich bei Ihnen, okay?«

»Ist gut, Herr Raintaler. Kann ich dann wieder rein? Wir müssen das Mittagessen vorbereiten.« Sie klang wie eine brave Schülerin, die den Lehrer bat, auf die Toilette gehen zu dürfen.

»Logisch. Vielen Dank und Servus.« Max nickte ihr lächelnd zu.

»Auf Wiedersehen.«

Während Tanja Dimitrowsky hinter der Küchentür verschwand, packte Max seinen Block und den Stift wieder weg. Er sah auf die Uhr. Halb zwölf. Noch eine Weile hin bis zum Mittagessen um 13 Uhr. Er könnte die Chefin des Hotels befragen, vorausgesetzt sie hatte Zeit.

Dieser Peter Sollner war also offenbar nicht nur in der Küche ein fleißiger Mensch, dachte er, während er den

Parkplatz verließ. So wie es aussieht, könnte ihn locker eine seiner zahlreichen Liebhaberinnen umgebracht haben. Oder ein eifersüchtiger Freund oder Ehemann derselben hatte es getan. Diese Möglichkeit bestand natürlich auch. Logisch.

Herrje, das riecht nach Arbeit, Raintaler. Da darfst du fast schon hoffen, dass dieser grantige Berger recht hat und es einfach nur ein saublöder Unfall war. Aber nur fast. So eine Mörderjagd hat schließlich auch ihre guten Seiten. Zum einen schärft sie die Sinne und macht zufrieden, wenn du dabei erfolgreich bist. Zum anderen kannst du auf jeden Fall immer zu dir sagen, dass du geholfen hast, noch Schlimmeres zu verhindern, oder dass du den Angehörigen der Opfer ihre verdiente Genugtuung verschaffst. Das ist doch was. Oder etwa nicht?

Er ging ums Haus herum, betrat das Hotel durch den Haupteingang und begab sich direkt zum Empfangstresen.

»Grüß Gott. Was kann ich für Sie tun?« Der vielleicht gerade mal 20-jährige Mann mit den kurz geschorenen blonden Haaren und den Sommersprossen im Gesicht dahinter lächelte ihn diensteifrig an.

»Servus, Raintaler mein Name. Ist Ihre Chefin zu sprechen?« Max lächelte freundlich zurück.

»Die Frau Hochfellner?«

»Ja. Genau die.«

»Tut mir leid. Die ist im Moment beim Großmarkt in Rosenheim. Kann ich Ihnen weiterhelfen? Ich bin der Rudolf Blatter.« Er zeigte umständlich auf das Namensschild an seiner Brust. Allzu lange schien er den Job als Portier noch nicht zu machen.

»Blatter? Wie der vom Fußball?«

»Ja, aber nicht verwandt. Leider.« Rudolf rückte seine Krawatte zurecht. Er grinste breit.

»Seien Sie lieber froh. Über den Fußball-Blatter hört man viel Schlechtes.« Max musste auch grinsen.

»Schon. Aber viel Geld hat er auch.«

»Stimmt. Was täten Sie denn mit seinem Geld anfangen?«

»Auf jeden Fall nicht hier hinter dem Tresen stehen.«

»Und sich dumme Fragen anhören?«

»Das haben Sie gesagt.«

Max grinste erneut. Der schlaksige Bursche gefiel ihm. Dem unsicheren Blick nach war er zwar offensichtlich noch unerfahren, aber andrerseits erschien er ihm nicht blöd und reichlich selbstbewusst für sein Alter. Höflich war er obendrein. Und nicht die Spur arrogant. »Wann ist die Chefin denn wieder zurück, Herr Blatter?«

»Bis um zwölf müsste die Tante wieder hier sein.«

»Die Tante? Dann sind Sie also der Neffe von Frau Hochfellner?« Max zog überrascht die Brauen hoch.

»Ja. Meine Mutter ist die Schwester von der Tante Maria.«

Alles klar, daher das gesunde Selbstbewusstsein. Der blonde Rudi hatte hier ein Heimspiel.

»Aha. Na da erben Sie doch bestimmt mal etwas von der Tante. Ganz so arm, wie Sie tun, werden Sie dann wohl nicht sein.«

»Stimmt schon. Der Mama und der Tante Maria gehört das Hotel zusammen, und ich soll es später einmal übernehmen. Aber erst mal darf ich noch eine ganze Zeitlang schuften für mein Geld.« Rudolf machte ein unglückliches Gesicht.

»Ja mei, das müssen wir leider alle, wenn wir nicht verhungern und verdursten wollen.« Max lachte laut. »Gott sei Dank ist es im Sommer lange hell draußen. Da können Sie doch auch nach Feierabend noch mit Ihren Freunden zum Schwimmen gehen.«

»Aber nur, wenn ich nicht Doppelschicht machen muss.«

»Müssen Sie das denn?« Max hatte fast schon Mitleid mit dem geplagten jungen Hotelbesitzer in spe.

»Wir haben Hochsaison. Da kommt das sehr oft vor.«

»Aber es sind doch bezahlte Überstunden, oder?«

»Ja schon. Gut bezahlt sogar.« Rudolf bekam rote Ohren.

»Na also. Was anderes, Herr Blatter. Haben Sie Peter Sollner gut gekannt?«

»Geht so.«

»Können Sie mir sagen, ob er Feinde hatte? Oder ob jemand wütend auf ihn war?«

»So genau wüsste ich das jetzt nicht.« Rudolf kratzte sich nachdenklich am Hinterkopf.

»Und ungenau?«

»Auch nicht, ehrlich gesagt.« Rudolf hob bedauernd die Hände. »Er hatte viele Freundinnen. Aber ob die sauer auf ihn waren, keine Ahnung.«

»Na gut. Dann versuche ich es später noch einmal bei Ihrer Tante. Viel Spaß noch.« Max reichte ihm immer noch grinsend die Hand.

Dann drehte er sich um und ging zu den Aufzügen hinüber. Höchste Zeit, die Badesachen zu holen und mit Monika noch eine Runde im Pool zu drehen, bevor das Mittagessen serviert wurde. Bei allem Interesse für die reichlich rätselhaften Todesumstände des Chefkochs wusste er natürlich, dass er hier eigentlich Urlaub machen sollte. Die andere Beiköchin konnte er ebenso gut morgen befragen. Sie lief ihm nicht davon. Wer weiß, vielleicht stellte sich die ganze Angelegenheit am Ende wirklich noch als bedauerlicher Unfall heraus. Monika wäre bestimmt froh darüber.

6

»Friss, du Sau! Friss dein dreckiges Gemüsezeugs und verrecke daran! Jawohl, so ist es gut.«

Es war kurz nach 21 Uhr. Die Gäste hatten bereits zu Abend gegessen. Im Speisesaal spielte eine laute Tanzband zum in der Hauptsaison allmontäglichen Heimatabend. Die vermummte Gestalt mit dem widerlichen Mundgeruch hatte Tanja von hinten im Kellerflur überrascht, nachdem sie die Küchenabfälle in den Müllraum gebracht hatte. Dann hatte sie sie mit vorgehaltener Pistole gezwungen, ruhig zu sein und in den Vorratsraum zu gehen. Dort hatte sie ihr befohlen, sich auf den Stuhl zu setzen, auf dem Tanja gestern Peter Sollner vorgefunden hatte. Sie hatte zuerst ihre Hände mit Klebstreifen an den Armlehnen festgemacht, anschließend hatte sie ihre Füße damit an die Stuhlbeine geklebt. Fast die ganze Zeit über war die Gestalt hinter ihr geblieben, sodass Tanja sie nicht sehen konnte. Obwohl man sie durch ihre Maske hindurch sowieso nicht erkennen konnte. Nur einmal hatte Tanja kurz ihre Umrisse wahrgenommen, als sie sich gleich zu Anfang seitlich neben den Kopf der polnischen Beiköchin gebeugt hatte.

Gerade eben hatte ihr die Gestalt gewaltsam ein Plastikrohr mit den Ausmaßen eines überlangen schmalen Trinkglases in den Schlund geschoben. Es war ihr völlig unmöglich gewesen, sich dagegen zu wehren. Die Gestalt war unglaublich brutal vorgegangen. Dann hatte die Gestalt damit begonnen, Sauerkraut und rohen Spinat in das obere Ende des Rohres zu stecken und beides mit einem dicken Stab durch das Rohr hindurch in Tanjas Speiseröhre hinunter zu stopfen. Am Anfang konnte sie das Schlucken noch mit reiner Willenskraft verhindern. Doch die Gestalt schlug sie immer wieder mit der Waffe, und schon bald brach deswegen ihr Widerstand. Jetzt würgte und schluckte sie wieder und wieder, wurde von dem Rohr und von dem Stab im Rachen verletzt, schmeckte ihr eigenes Blut, bekam kaum noch Luft, wurde rot im Gesicht, wand sich und zappelte, um sich von ihren Fesseln zu befreien, bekam Todesangst.

»Fall mir bloß nicht in Ohnmacht, du Sau! Du frisst alles auf. Genauso wie dein Chef, diese miese Drecksau. Ich mach euch alle fertig. Alle, ausnahmslos.« Die Stimme klang furchterregend. Sie schien eher einem Mann als einer Frau zu gehören. Aber ganz genau hätte es Tanja nicht sagen können. Der Kraft in den Händen nach konnte es gut ein Mann sein. Aber auch eine sehr kräftige Frau. Beides war möglich.

Sie starrte mit schreckgeweiteten Augen nach oben, um dort möglicherweise irgendetwas an der Gestalt zu erkennen. Aber die trat einfach einen halben Schritt zurück, drückte Tanjas Kopf ein Stück weit nach vorne und verband ihre Augen nun ebenfalls mit Klebestreifen. Es wurde dunkel um sie herum. Schnell landete die nächste Fuhre Kraut im oberen Ende des Rohres und wurde mit dem Stab ihre Gurgel hinunterbefördert.

»Krepieren sollt ihr alle. Alle werdet ihr bald nicht mehr leben. Du wirst schon sehen. Vielmehr du natürlich nicht.« Das darauffolgende dröhnende Lachen hallte in Tanjas Ohren wieder.

Hilfe, Mama. Wieso kannst du nicht bei mir sein? Das hier ist doch nicht wahr. Oder doch? Werde ich sterben, genau wie der Peter? Bitte, ich will doch weiterleben. Ich will doch meine eigene kleine Pension kaufen, und Kinder mit Igor will ich auch haben. Deswegen bin ich doch hierher nach Bayern gekommen. Um ein besseres Leben zu haben und um dich bald zu mir zu holen, liebe Mama. Ich will doch noch so viel erleben. Mir dir, mit meinem Igor, mit deinen zukünftigen Enkeln, meinen Kindern. Lieber Gott, bitte lass ein Wunder geschehen. Sende einen Blitz vom Himmel. Warum hilft mir denn niemand? Oh Gott, warum hilft mir denn niemand? Mein ganzer Hals brennt. Das tut so unendlich weh!

7

»Herrschaftszeiten, schmeckt das genial. Unglaublich. Ich habe noch nie im Leben einen so guten Schweinsbraten gegessen.« Franz kaute genüsslich auf einem knackigen Stück Kruste herum. Er grinste dabei wie ein Honigkuchenpferd im siebten Himmel.

»Du bist unmöglich, Franzi Wurmdobler«, schimpfte Sandra, die sich seit seiner Bestellung lautstark über seinen Leichtsinn und seine Inkonsequenz ausließ. Immerzu müsse er aus der Reihe tanzen, war dabei eine ihrer harmlosesten Formulierungen.

»Bin ich eben nicht. Wenn ich unmöglich wäre, wäre ich gar nicht da.« Franz gackerte albern. Nichts, aber auch rein gar nichts würde ihm den heutigen Abend nach diesem köstlichen Mahl noch verleiden können. Nicht einmal eine nörgelnde Ehefrau.

Der in seinen Augen absolut kompetente Ober hier im teuren aber auch sehr feinen *Alten Wirt* in Prien am Chiemsee hatte ihm vorhin die grandiose Schweinsbraten-Diät-Version des Hauses besonders ans Herz gelegt. Keine Knödel, dafür doppelt soviel Fleisch. Wegen dem vielen Eiweiß, das bekanntlich so gut beim Abnehmen half. Dazu kein Kraut und nur sehr wenig Salat, weil sich darin ja doch immer so einiges an Öl verfing.

»Einfach himmlisch, Leute. Schmeckt euer Fisch genauso genial?« Er lachte überglücklich. Endlich war er der Diätfalle entkommen. Und wenn es nur für diesen einen Abend war. Den Rest der Woche würde er sich dann wieder selbst kasteien. Schließlich brachte man Dinge, die man einmal begonnen hatte, auch mit Anstand zu einem würdigen Ende.

»Meine Forelle ist ganz hervorragend«, meinte Monika. »Fangfrisch schmecken sie einfach am besten. Und das Gemüse dazu ist ein Gedicht.«

»So was solltest du besser auch essen, Franzi Wurmdobler«, tadelte ihn Sandra, die ebenfalls Forelle bestellt hatte. Allerdings blau, nicht in der Pfanne gebraten wie Monika. »Der fette Braten wirft dich um Tage zurück bei deiner Diät. Wenn nicht um Wochen.«

»Jetzt hör halt endlich mit diesem Franzi-Wurmdobler-Schmarrn auf, Sandra. Du hast doch selbst gehört, wie der Ober gemeint hat, dass man von diesem Diätschweinsbraten hier sogar bei einer Doppelportion noch abnimmt. Ich glaube ihm das jedenfalls.« Herrje, Wurmdobler. Schau sie dir doch nur an, deine geliebte Frau. Wenn Blicke töten könnten, wärst du längst nicht mehr am Leben.

»Weil du es glauben willst.«

»Na und? Du glaubst doch auch alles, was in deinen Fitnesszeitschriften steht.«

»Das ist ja wohl etwas ganz anderes.« Sandra konnte sehr giftige Blicke verschleudern, wenn sie wollte.

»Warum?«

»Dort schreiben Fachleute, die sich mit der Thematik auskennen.«

»Ach, du willst also sagen, dass ein kompetenter oberbayrischer Ober eines besseren Restaurants in Prien am Chiemsee kein Fachmann ist?«

»Zweifel daran sind zumindest angebracht.«

»Ich war doch vorhin noch mal bei dieser Tanja, die heute Morgen den toten Koch aufgefunden hat.« Max wurde es zu blöd mit den beiden. So hatte er sich ein gemütliches Abendessen zu viert nicht vorgestellt. Sie waren extra hierher in den *Alten Wirt* gegangen, um ihren ersten gemeinsam verbrachten Urlaubstag gebührend in stilvollem Ambiente mit gutem Essen zu feiern, und nun gab es seit der Essensbestellung nur noch diese andauernde Kabbelei. Ein schneller Themenwechsel war seiner Meinung nach im Moment mehr als angebracht.

»Bitte, Max. Wir wollen Urlaub machen.« Monika verdrehte genervt die Augen. Sie schien alles andere als begeistert von seiner Idee zu sein.

»Ich weiß. Ich wollte doch nur erzählen, dass sie nichts über etwaige Feinde des Toten weiß. Und Rudi Blatter auch nicht.« Er spießte ein Stück von der herrlichen Renke auf seine Gabel.

»Rudi Blatter? Ist der verwandt mit dem Fußball-Blatter?« Franz hob interessiert den Kopf.

»Nein, er ist der Neffe der Hotelchefin.«

»Aha.« Franz schob genüsslich den nächsten Bissen Schweinsbratenkruste in seinen Mund. Sie war genau so, wie er sie liebte. An der Außenseite dunkelbraun und kross gebraten, und innen hingen triefende kleine Fettbatzen daran.

Sandra schüttelte sichtlich angeekelt stumm den Kopf.

»Ja, und dass die Hotelchefin, diese Maria Hochfellner, vor lauter Hektik keine Zeit hatte, mit mir zu reden, wollte ich euch auch noch berichten. Und dass ich morgen Beate Schröder wegen der Sache befragen werde.«

»Beate Schröder?« Monika blickte von ihrer Forelle auf.

»Die andere Beiköchin.«

»Na, das ist ja wirklich mal rasend interessant.« Monika schaute ihm gelangweilt ins Gesicht. »Noch dazu, weil überhaupt noch nicht geklärt ist, woran dieser Koch nun wirklich gestorben ist.«

»Ich muss Moni leider recht geben, Max. Da war das Thema mit der Diät spannender.« Franz machte sich voller Vorfreude an das nächste Bratenstück auf seinem Teller.

»Na gut. Reden wir weiter übers Essen.« Max trank einen großen Schluck Bier. Verdammte Ignoranten schimpfte er innerlich. Er überlegte, ob er auf der Stelle einen dreifachen Schnaps bestellen sollte. Als kleinen Stimmungsaufheller sozusagen. Mit Bier allein würde dieser Abend nur schwerlich zu überstehen sein.

»Ich kann euch aber auch von meiner bisherigen Zeit hier erzählen. Wäre das etwas, das alle interessiert?« Franz blickte neugierig von einem zum anderen.

»Ich weiß nicht recht«, knurrte Sandra unwillig.

»Immer noch besser als die langweiligen Ermittlungen in einem Mordfall, der aller Wahrscheinlichkeit nach gar keiner ist«, meinte Monika.

»Von mir aus.« Max winkte die Kellnerin herbei, um seinen Dreifachen zu bestellen.

»Also gut. Ihr ahnt ja gar nicht, wie es in so einer Kurklinik zugeht.« Franzi legte seine Gabel für einen Moment beiseite. Er wischte sich die fettigen Mundwinkel mit seiner Serviette ab.

»Aber sicher wissen wir gleich mehr.« Sandra bedachte ihn mit einem blasierten Augenaufschlag.

»Zum Beispiel diese Turnübungen, die ich andauernd machen muss. Ein Graus.« Franz stand auf und führte ächzend zwei halbe Kniebeugen vor.

»Kein Wunder, dass man sich da mit so einem dicken Bauch schwertut.« Sandra konnte das Sticheln heute Abend offenbar gar nicht mehr lassen. »Mach doch mal eine Rumpfbeuge. Oder kippst du dabei nach vorne um?«

»Jetzt lass ihn halt mal in Ruhe, Sandra. Offensichtlich hat unser Franzi drei Wochen lang schwer gelitten. Da kann er doch mal an einem Abend ein Stück Fleisch essen. Am Ende gibt er die Diät sonst noch ganz auf.«

Monika schien die bessere Psychologin zu sein. Auf jeden Fall lächelte ihr Franz dankbar zu. Er setzte sich wieder. Den Blicken seiner Frau wich er dabei aus.

»Wenn's doch wahr ist«, motzte die währenddessen weiter, konzentrierte sich aber gleich darauf nur noch auf ihren halbzerfledderten Fisch.

»Über das Essen brauche ich wohl nichts zu sagen. Ihr habt ja heute Mittag und gestern Abend bereits gesehen, was die Diätgäste im Hotel serviert bekommen.«

»Stimmt, Franzi. Das war wirklich lausig«, meinte Max. »Aber, mein Gott, wenn's schön und fit macht, warum soll man das dann nicht ein paar Wochen aushalten?« Er nickte der Kellnerin dankbar zu, die gerade seinen Schnaps vor ihn auf den Tisch stellte.

»Meine Rede«, bemerkte Sandra grantig.

»Das ist leichter gesagt als getan. Glaub es mir, Max.« Franz hob den Zeigefinger, um sein Expertentum optisch zu unterstreichen.

»Ich glaube es dir ja.« Max nahm sein Schnapsglas in die Hand.

»Und dann überall nur alte Leute um einen herum«, fuhr Franz fort. »Ich hab ja grundsätzlich nichts gegen alte Leute. Aber ab und zu möchte man sich halt auch mal unter seinesgleichen über bestimmte Dinge unterhalten.«

»Zum Beispiel darüber, wie man dicke Frauen mit Hut auf der Kur anmacht, die einem dann überall hinterherwinken?«

»Herrschaftszeiten, Sandra. Jetzt gib halt endlich einmal Ruhe.« Monika blitzte ihre Freundin genervt an.

Der arme Franzi, dachte Max. Ich wusste schon immer, dass Sandra bei ihnen zu Hause die Hosen anhat. Aber dass es so schlimm ist, hätte ich nicht gedacht. Die kommt ja gar nicht mehr runter. Er mag gelegentlich eine Nervensäge sein. Aber so schlimm ist er nun auch wieder nicht.

»Nein, Sandra.« Franz stöhnte genervt. »Man möchte sich manchmal vielleicht einfach nur mit jemandem, der im gleichen Alter ist und dem es genauso geht, wie einem selbst, übers Abnehmen unterhalten.«

»Übers Abnehmen. Lachhaft«, murmelte Sandra gerade noch hörbar vor sich hin.

»Jawohl, übers Abnehmen, Sandra.« Franz bekam einen roten Kopf. Offensichtlich trieb ihn seine Frau mit ihren andauernden spitzen Bemerkungen langsam aber sicher an seine Grenzen.

»Aber so alt sind die Hotelgäste doch gar nicht. Die sind doch alle nur unwesentlich älter als Max und du«, wandte Monika ein.

»Nein. Viel älter.« Franz trank einen großen Schluck Bier.

»Sauf du nur weiter«, kommentierte Sandra. Nun allerdings nahezu unhörbar. Offensichtlich hatte sie sich entschlossen, nicht noch mehr Öl ins Feuer zu gießen.

»Aber nicht viel älter.« Monika ließ Max von ihrem Fisch probieren.

»Meinst du, Moni?« Franz runzelte erstaunt die Stirn.

»Ja, meine ich. Ganz objektiv. Aber denk dir nichts, ich sehe mich auch immer noch als 30-Jährige. Zumindest solange kein Spiegel in der Nähe ist.« Sie grinste breit.

»Aha. Da muss ich morgen früh beim Frühstück gleich mal darauf achten. Vielleicht hast du wirklich recht.«

»Bestimmt.« Sandra blickte neutral in die Runde.

»Aber wisst ihr, was hier mit Abstand am besten ist?«

»Die dicken Frauen, die einem zuwinken?« Sandra, der Stimmungskiller, schlug erneut aus dem Hinterhalt zu.

»Nein, Sandra. Die Höslinger ist mir von Anfang an auf die Nerven gegangen mit ihrer Aufdringlichkeit. Andauernd war die hinter mir her.«

»Sie hinter dir her, dass ich nicht lache. Du hinter ihr her, trifft die Sache wohl eher.« Sie schüttelte entrüstet den Kopf.

»Geh Schmarrn, Sandra. Du warst doch gar nicht dabei.« Franz winkte ab. »Nein, am besten hier sind die Massagen.«

»Sind die etwa auch dick, diese Masseusen?«

»Sandra, es reicht. Wenn du nicht auf der Stelle mit deinem eifersüchtigen Gestichel aufhörst, packe ich morgen meine Sachen und fahre heim. Scheiß auf die Kur. Hamma uns?« Franz' Geduldsfaden war kurz davor zu reißen. Er wurde laut. Wütend schlug er mit der flachen Hand auf den Tisch.

»Ich eifersüchtig? Auf wen oder was denn, bitte?« Sie wurde ebenfalls laut. »Auf einen inkonsequenten lungenkranken Dicken, der selbst in der Kur fetten Schweinsbraten in sich reinstopfen muss?« Herausfordernd reckte sie ihr Kinn nach vorne.

»Herrgott noch mal!« Franz sprang auf, nahm sein Sakko vom Garderobehaken und verließ das Lokal im Sturmschritt.

»Super, Sandra.« Monika klatschte ihr ostentativ Beifall. »Geht das jetzt so weiter? Wenn ja, fahre ich auch morgen wieder heim.«

»Ich auch.« Max, der dem eskalierenden Ehestreit mit vor Staunen offenem Mund zugehört hatte, erinnerte sich wieder an den Dreifachen in seiner Hand. Hastig kippte er ihn auf Ex hinunter.

»Schon gut, schon gut. Man wird ja wohl noch fragen dürfen.« Sandra blickte sie unbeeindruckt an.

»Dann können wir also jetzt in Ruhe aufessen?« Monika klang deutlich gereizt.

»Natürlich, Moni. Sicher.« Sandra schien es sich nicht auch noch mit ihrer Freundin verderben zu wollen. »Entschuldigt bitte. War blöd von mir.«

Als sie wenig später im Hotel ankamen, war Franz nirgends zu entdecken.

»Wahrscheinlich schläft er schon«, vermutete Sandra. »Ich schau mal nach ihm.«

»Alles klar«, sagte Max. »Wir gehen noch auf einen Absacker in die Hotelbar. Oder, Moni?«

»Logisch. Schließlich haben wir Urlaub. Oder nicht?«

»Schon.« Er grinste.

Sandra verließ den Fahrstuhl im zweiten Stockwerk und stakste auf ihren High Heels den brusthoch holzgetäfelten Flur hinunter, bis sie vor ihrem Zimmer stand. Sie drückte leise die vergoldete Türklinke hinunter.

»Franzi, bist du hier?«, zischte sie ins Dunkel des Raumes hinein.

Keine Antwort. Kurz darauf vernahm sie ein leises Stöhnen vom Bett her.

»Bist du das, Franzi?«

»Ja«, kam es wimmernd zurück.

»Was ist los? Bist du krank?« Sie schaltete das Licht an.

»Bauchweh. War vielleicht doch keine so gute Idee mit dem Schweinsbraten nach der langen Askese. Oder war es der ölige Salat?« Franz lag gekrümmt auf seiner Seite des Bettes. Er hörte sich an, als stünde er kurz vor einer Entbindung.

»Ich lass dir eine Wärmeflasche kommen, dann geht es dir bald wieder besser.« Männer, dachte sie. Nichts als kleine Kinder.

»Danke, Sandra. Du bist meine Beste.«

»Ich weiß, Franzi.«

Sie trat an den kleinen dunkel gebeizten Schreibtisch, der seitlich von ihrem Doppelbett an der Wand stand, nahm kopfschüttelnd den Telefonhörer in die Hand und wählte die Nummer vom Zimmerservice.

8

»Die Ärmsten. Eine Scheibe Brot und Gemüseaufstrich sind wirklich nicht viel.« Monika deutete auf die umstehenden Tische, an denen die Diätgäste des *Chiemgauer Seehofs* vor ihrem kargen Frühstück saßen.

Max und sie hatten ihren sonnigen gestrigen Fenstertisch vorhin erfolgreich gegen ein älteres Ehepaar aus Norddeutschland verteidigt, indem sie einen knappen Schritt schneller als die beiden dort gewesen waren und sich schnell gesetzt hatten. Franz lag immer noch mit Bauchweh im Bett, und Sandra war joggen gegangen. Ihre großen mit Oberlandmotiven bemalten Teller waren üppig beladen. Streichwurst, Schinken, Rührei, Käse, Fisch, Salami, Vollkornbrot, Toast, frische Semmeln und Brezn, Butter, Marmelade, Honig, Kaffee, Tee, Wasser, Säfte, Früchte, Joghurt, Müsli, Cornflakes. Es gab so gut wie nichts, was es auf dem reichhaltigen Frühstücksbüffet des *Chiemgauer Seehofs* nicht gegeben hätte. Jeder durfte sich Nachschub holen, so oft er wollte. Außer den Gästen, die wegen einer Diät hier waren. Die schauten erst gar nicht zu den anderen Gästen hinüber. Verständlich. Man musste sich das Leben ja nicht erst recht schwer machen.

»Stimmt. Es ist wenig. Aber wie sollen sie sonst abnehmen. Weniger Kalorien, mehr Bewegung. So ist das nun mal.« Max legte schadenfroh grinsend eine dicke Scheibe Käse auf seine Schinkensemmel. Der Ordnung halber, damit er wegen dem albernen Käserest nicht noch eine weitere Semmel aufschneiden musste.

»Wir sind gemein.« Monika grinste ebenfalls, selbst auch nicht ganz frei von Schadenfreude. Genüsslich schob sie sich eine gehäufte Gabel Rührei in den Mund.

»Wir essen halt zu Hause vernünftig. Das ist alles.« Max grinste ebenfalls. Dann hielt er inne. »Ach du Schande. Was wollen die denn schon wieder hier?«

»Wer?«

»Die hiesigen Schnüffler.«

»Wo sind Schnüffler?«

»Da, der Berger und sein Assistent, dieser Leitner.« Er zeigte auf den Traunsteiner Hauptkommissar, der gerade mit seinem Adlatus am Frühstückraum vorbeieilte.

»Vielleicht haben sie gestern etwas vergessen. Oder sie haben noch Fragen an jemanden.« Monika zuckte die Achseln.

»Aber für die war das doch ein klarer Unfall. Da gibt es doch nichts mehr zu fragen.« Max wischte sich den Mund mit seiner Serviette ab und erhob sich. »Ich gehe ihnen hinterher. Da muss etwas anderes dahinterstecken.«

»Tu, was du nicht lassen kannst. Hat eh keinen Sinn, dich zu bremsen. Viel Glück.« Monika biss mit einem gottergebenen Seufzer in ihre Schinkensemmel.

»Ich bin gleich zurück. Bis dann.«

»Bis dann.« Sie sah ihm kopfschüttelnd nach, bis er hinter dem Büffet verschwunden war.

Max folgte den beiden Kripobeamten mit einigem Abstand in den Keller. Unten angelangt schlugen sie den Weg zum Vorratsraum ein.

Herrje, da wird doch nicht schon wieder eine Leiche liegen, ging es Max durch den Kopf. Oder haben sie gestern tatsächlich etwas hier vergessen, wie Moni meint? Aber wieso sind sie dann zu zweit?

»Herr Raintaler, können wir Ihnen helfen? Haben Sie uns etwas zu sagen?« Berger war zwei Meter vor der grauen Stahltür zum Vorratsraum stehen geblieben und hatte sich zu ihm umgedreht. Offenbar hatte er Max' Schritte hinter sich vernommen. Schwerhörig war er also schon mal nicht.

»Grüß Gott, Herr Berger. Herr Leitner.« Max nickte ihnen freundlich aus der Distanz zu. »Äh, na ja. Offengestanden war ich neugierig, was Sie zu dieser frühen Tageszeit hierher treibt. Da bin ich Ihnen gefolgt.« Er grinste achselzuckend, schaute dabei drein wie das reinste Unschuldslamm.

»Hatte ich Ihnen gestern nicht ausdrücklich gesagt, dass wir uns rühren würden, wenn wir Hilfe brauchen sollten?« Berger blickte grantig über den oberen Rand seiner Brille hinweg.

»Ja schon. Entschuldigung, Herr Berger. Das ist wohl meine berufsbedingte Neugier. Ich habe sie manchmal einfach nicht im Griff.« Max trat verlegen von einem Fuß auf den anderen.

»Berufsbedingte Neugier. Soso.« Berger schien zu überlegen. »Na dann kommen Sie schon, Sie neugieriger Mensch. Es hat einen zweiten Mord gegeben.« Er winkte ihn herbei.

»Was? Nicht zu fassen. Wer ist denn das Opfer?« Max näherte sich ihnen mit schnellen Schritten.

»Diese hübsche Polin von gestern. Tanja Dingsda, Sie wissen schon.«

»Was, die Tanja? Herrschaftszeiten, wieso denn das?« Max sah ihn erschrocken an. Wie war das nur möglich?

Gestern wollte er noch mit ihr flirten, und jetzt war sie tot. Würde nie wieder jemanden so bezaubernd anlächeln wie ihn auf dem Parkplatz. Manchmal geht einfach alles viel zu schnell und zu gnadenlos ab in diesem Leben, dachte er.

»Das wollen wir gerade herausfinden. Vielleicht fällt Ihnen ja auch etwas dazu ein.« Berger bedeutete ihm, ihnen in den Vorratsraum zu folgen.

»Wer hat sie gefunden?«, erkundigte sich Max mit rauer Stimme, als er Tanja in der gleichen Position wie Peter Sollner am Tisch sitzen sah. Ihr Kopf lag genauso mit dem Gesicht in einem riesigen Teller Sauerkraut.

»Beate Schröder, die zweite Hilfsköchin. Sie wollte Gurken holen. Wer tut so was bloß?« Berger räusperte sich. Der Anblick der toten jungen Frau schien ihm zumindest genauso nahezugehen wie Max.

»Noch ein Essunfall? Was meinen Sie?« Max sah ihn neugierig und ein kleines bisschen von oben herab an. Gleichzeitig ermahnte er sich selbst, nicht zu sehr zu stänkern. Sonst machte Berger am Ende gleich wieder zu und erzählte ihm gar nichts mehr.

»Sehr unwahrscheinlich.« Berger räusperte sich erneut.

»Das würde ich auch sagen.« Scheint ihm gar nicht zu behagen, dass ich mit meinem Mordverdacht gestern recht gehabt haben könnte, dachte Max. Andererseits spricht es für ihn, dass er mich dazuholt. Respekt. »Wäre schon ein unglaublicher Zufall.«

»Stimmt, Herr Raintaler. Was halten Sie von der Sache?«

»Na ja. Zwei gewaltsam getötete Köche. Vielleicht hat jemandem das Essen nicht geschmeckt.«

»Ernsthaft!«

»Ernsthaft würde ich sagen, dass beide Morde offensichtlich vom selben Täter begangen wurden.«

»Schaut so aus. Und weiter?«

»Sie könnten eben doch gewaltsam mit Kraut gemästet worden sein, wie ich es bereits gesagt habe. Von einem Krautkiller.«

»Ernsthaft habe ich gesagt. *Krautkiller*! Wenn ich das meiner Maria zu Hause erzähle, lacht sie sich tot.« Berger grinste flüchtig, obwohl das Ganze hier alles andere als lustig war.

»Ein Racheakt wäre denkbar. Haben Sie das Rohr untersucht, auf das ich Sie gestern aufmerksam gemacht habe?«

»Haben wir.« Berger nickte.

»Und?«

»Nichts. Keine Spuren darauf. Aber in der Rechtsmedizin sind wir fündig geworden. Bei der Leiche.«

»Ja? Und?« Herrschaftszeiten, dem alten Dorfsheriff musste man aber auch alles einzeln aus der Nase ziehen. Machte er das mit Absicht? Bestimmt. Weil er vor Max nicht dumm dastehen wollte. Umgekehrt schien es ihm auf jeden Fall lieber zu sein.

»Es schaut tatsächlich so aus, als wäre Sollner ein harter Gummischlauch oder etwas Ähnliches gewaltsam in den Schlund eingeführt worden.«

»Also doch.« Max verbiss sich ein triumphierendes Lächeln. Er freute sich einerseits, dass er recht gehabt hatte. Andererseits gab es hier einen Mord aufzuklären. Da war kein Platz für persönliche Eitelkeiten.

»Die Verletzungen in Mund und Rachenraum des Toten lassen eindeutig darauf schließen, ja.«

Erstaunlich. Der bärbeißige und rechthaberische Berger konnte sich seinen Irrtum von gestern offensichtlich locker eingestehen. Wie zum Beweis dafür blickte er Max frank und frei ins Gesicht. Das bisherige Misstrauen in seinen Augen hatte sich von einem Moment auf den anderen verflüchtigt.

»Und den Mästschlauch hat der Täter mitgenommen«, meinte Max langsam nickend.

»Das nehmen wir auch an. Zusätzlich haben wir Klebstoffreste an seinen Socken und an seinen Handgelenken gefunden.«

»Er wurde also mit Klebeband an den Stuhl gefesselt und dann gewaltsam gemästet, bis er erstickte.«

»Ja. Schaut ganz so aus, als hätten Sie recht gehabt mit Ihren Vermutungen gestern. Und bei ihr könnte es ganz genauso gewesen sein.« Berger zeigte auf die tote Tanja.

»Fragt sich nur, wer der Täter ist.«

»Mich interessiert erst einmal das Motiv, dann finden wir den Täter schon.«

»Hoffentlich.« Max lehnte sich mit dem Rücken gegen den Türrahmen. Er dachte laut. »Zwei tote Köche. Was hatten sie gemeinsam? Waren sie gemeinsam in eine krumme Sache verwickelt? Oder haben sie gemeinsam jemanden erpresst und haben hier unten dafür ihre Rechnung bekommen?«

»Mord aus Eifersucht könnte es auch gewesen sein.« Berger blickte abwechselnd von einem zum anderen.

»Mag sein.« Max kratzte sich nachdenklich am Hinterkopf. »Ein gehörnter Ehemann könnte Sollner auf dem Gewissen haben. Und Tanja hatte einen russischen

Freund, Igor. Er hat ein Lokal in Traunstein, hat sie mir erzählt. Sie hatte vor Jahren auch mal was mit Sollner.«

»Vielleicht waren die Gefühle zwischen den beiden noch nicht ganz erkaltet«, führte Berger den Gedanken fort. »Und dieser Igor ist dahinter gekommen und hat alle zwei erledigt. Kann gut sein. Den nehmen wir uns auf jeden Fall vor, Leitner.« Er nickte seinem Assistenten zu. »Namen notieren und herausfinden, wie das Lokal heißt.«

»Geht klar, Chef.« Leitner nickte gehorsam. »Vielleicht war's aber auch die Russenmafia«, warf er dann noch ein.

»Oder der Enkel von Al Capone«, schnauzte Berger grantig.

»Na ja, ich meine ja nur.« Leitner wurde rot.

»Nicht meinen, denken, Leitner. Wie oft muss ich Ihnen das noch sagen? Wieso sollte die Russenmafia denn eifersüchtig auf eines der beiden Opfer gewesen sein?« Jetzt war der Traunsteiner Hauptkommissar wieder ganz der Alte. Unnahbar und brummig.

»Keine Ahnung. Die bringen doch alle möglichen Leute um. Auch ohne eifersüchtig zu sein. Wenn die beiden Opfer zum Beispiel mit Rauschgift zu tun hatten, wäre es doch möglich, dass sie dabei der Russenmafia in die Quere gekommen sind.« Leitner verschränkte trotzig die Arme vor der Brust.

»Und wenn die Welt eine Scheibe wäre, würden wir bei Bordeaux runterfallen. Konsequent am Thema entlang denken, Leitner. Nicht wirres Zeug daherreden, Herrschaft noch mal.«

»Das mit der Eifersucht erscheint mir nach wie vor am wahrscheinlichsten«, warf sich Max dazwischen. »Aber es muss nicht unbedingt dieser Igor gewesen sein. Tanja sah so aus, als würde sie nicht lügen, als sie mir sagte, dass das mit ihr und Sollner Jahre her wäre.« Er musste unfreiwillig grinsen. Wie ein altes Ehepaar, die beiden Kleinstadtbullen, dachte er. Aber Respekt vor Leitner. Er zieht nicht zurück, obwohl sein Chef ein echter Raubauz ist. »Es könnte doch auch eine enttäuschte Liebhaberin von Sollner gewesen sein. Weil sie eifersüchtig auf Tanja war, hat sie gleich beide aus dem Weg geräumt.«

»Könnte sein. Die Dame müsste aber sehr kräftig gewesen sein. Sollner war nicht gerade der Kleinste«, gab Berger zu bedenken.

»Stimmt auch wieder.« Max nickte nachdenklich. Na ja, von der Lösung des Falls sind wir meilenweit entfernt, aber wenigstens kommt endlich Schwung in die Angelegenheit.

»Oder diese Tanja hatte eine Liebhaberin«, wagte Leitner mutig seinen nächsten Vorstoß.

»Eine Liebhaberin gleichzeitig zu ihrem neuen Freund? Schmarrn! Total unwahrscheinlich. Herrschaftszeiten, Leitner. Was bringen sie euch Lutschern heutzutage eigentlich auf der Polizeischule bei?« Berger wischte ärgerlich mit den Händen durch die Luft.

»Oder es war eben doch ein eifersüchtiger Ehemann.« Max sprach mit ruhiger Stimme. Das Ganze hier sollte nicht in einen Streit ausarten. Bisher hatten sie es sowieso nur mit Vermutungen zu tun. »Sollner hat sicher keinen großen Unterschied zwischen verheirateten und ledigen Frauen gemacht. Der Gehörnte hat Sollner umgebracht. Tanja ist ihm auf die Schliche gekommen, und bevor sie es jemandem sagen konnte, ließ er es mit dem

Mord an ihr nach einem Serientäter aussehen, um von sich abzulenken.«

»Richtig, Herr Raintaler.« Berger bedachte seinen Assistenten mit einem letzten giftigen Seitenblick. Dann sah er nur noch Max an. »Wenn überhaupt, dann kann das hier nur ein Mann gewesen sein. Um einen ausgewachsenen Koch gewaltsam zu mästen, braucht es enorme Kraft. Vielleicht waren es sogar zwei Täter.«

»Auch möglich.« Max nickte wieder. »Einer von ihnen hat die Opfer mit der Waffe bedroht, und der andere hat sie solange gefesselt. Das macht Sinn. Dann könnten es aber auch eine Frau und ein Mann gewesen sein. Oder zwei Frauen.«

»Wenn, dann aber nur zwei sehr kräftige Frauen.«

»Na also. Mehr habe ich doch auch nicht gesagt«, motzte Leitner. Er schob beleidigt die Unterlippe nach vorne.

»Einen Schmarrn haben Sie, Leitner. Sie haben von *einer* Lesbe gesprochen. Von *einer*, nicht von zwei Frauen.« Berger verdrehte genervt die Augen.

»Mein Gott, eine oder zwei …«

»Ruhe jetzt, Leitner. Augenblicklich. Oder ich lasse Sie zum Streifendienst versetzen. Hamma uns?« Berger setzte einen strengen Blick auf.

»Na gut, Chef. Aber wenn ich nie was sagen darf …«

»Leitner!« Bergers Blick wurde noch strenger.

»Vielleicht hat Herr Leitner mit seiner ersten Vermutung aber auch recht, und es hängt weit mehr an der Sache dran, als wir im Moment erkennen können.« Max bemühte sich um Sachlichkeit, obwohl er jeden Moment über das ungleiche Paar vor ihm hätte loswiehern können. Trotz der Toten neben ihnen.

»Sie meinen das mit der Russenmafia?« Berger sah ihn erstaunt an.

»Warum nicht. Russenmafia, Drogen, Schmuggel, Prostitution, Mädchenhandel oder irgendeine andere krumme Sache. Die beiden Opfer könnten theoretisch in alles Mögliche verwickelt gewesen sein. Das gilt es eben herauszufinden.«

»Na gut, so gesehen ...« Berger kratzte sich nachdenklich am Kopf.

»Sehen Sie, Chef.«

»Ruhe, Leitner.«

»Oder es war doch der Enkel von Al Capone.« Max grinste flüchtig.

»Oder der.« Berger grinste ebenfalls.

»Wirklich?« Leitner hob überrascht die Brauen.

»Logisch, Leitner. Bei einem Verbrechen ist alles möglich.« Berger hob den Zeigefinger wie ein Dozent an der Polizeischule.

»Geh, Sie verarschen mich doch alle beide.« Leitner blickte unsicher von einem zum anderen.

»Niemals, Leitner«, versicherte ihm Berger mit einem amüsierten Seitenblick auf Max. »Wie kommen Sie bloß auf so was? Und jetzt nichts wie raus hier. Ich höre die Kavallerie antraben. Machen wir ihnen Platz.«

»Kavallerie?« Max hob überrascht die Brauen.

»Die Damen und Herren von der Spurensicherung heißen bei uns so.«

»Weil sie auf Pferden angeritten kommen?«

»Nein, weil sie uns mit ihrer Arbeit schon hundertmal den Arsch gerettet haben.«

9

»Ah, das tut gut. Ganz wunderbar machen Sie das, Brigitte.« Max stöhnte wohlig unter den professionell knetenden Händen der Masseurin.

Nachdem er sich von Berger und Leitner verabschiedet hatte, war er sogleich in den Frühstücksraum zurückgekehrt. Doch Monika war nicht mehr an ihrem Platz gewesen. Im Zimmer oben auch nicht. Nachricht hatte sie ihm keine hinterlassen. Na gut, wahrscheinlich ist sie in den Ort runter gegangen, hatte er sich gedacht und bei der Rezeption angerufen, um einen Massagetermin zu vereinbaren. Seinem dauerverspannten Genick würde ein wenig gezielte Entspannung bestimmt sehr gut tun. Schließlich war er auch zur Erholung hier. Der junge Mann am Telefon hatte gemeint, dass in fünf Minuten ein Termin bei Brigitte Maibacher frei wäre, der erfahrensten Masseurin des Hauses.

Also war er in Windeseile in Bademantel und kurzer Sporthose hierher in den winzigen Behandlungsraum im Erdgeschoss geeilt, hatte sich der attraktiven jungen Frau in Weiß vorgestellt und es sich in Bauchlage auf der stabilen hartgepolsterten Massageliege bequem gemacht. Im ganzen Raum roch es nach allerlei gesunden Düften und ätherischen Ölen. Neben ihm plätscherte ein kleiner Zimmerbrunnen. Leise Entspannungsmusik war zu hören. Die Hotelgeräusche außerhalb des Zimmers klangen wie von sehr weit her.

»Ja, ja. Der Alltag und der Stress, die lassen unsere Muskeln und unsere Nerven nicht zur Ruhe kommen«, erwiderte sie mit sanfter Stimme. »Besonders wenn man einen stressigen Beruf wie Sie hat. Ich stelle mir das Leben als Privatdetektiv unheimlich anstrengend vor, Herr Raintaler.«

»Ist es auch, das dürfen Sie mir glauben. Der Stress ist ein Killer, habe ich mal gelesen.« Max schloss genießerisch die Augen. Er wusste, dass er gerade maßlos übertrieb. Aber warum sollte er sich nicht ein bisschen wichtig machen, wenn der Boden dafür gerade ohnehin schon bereitet war.

»Ganz richtig. Der Stress kann uns regelrecht umbringen, wenn wir nicht gelegentlich Gegenmaßnahmen ergreifen.« Ihre Stimme hörte sich wie die eines Gurus bei der Verkündung seiner neuesten Lebensweisheiten an.

»Wenn die Gegenmaßnahmen immer so ausschauen wie gerade eben, dann mach ich das öfter.«

Sie massierte jetzt nur den Muskelstrang über seiner rechten Schulter. Fest und gleichmäßig. Es tat ihm unglaublich gut.

»Dafür sind wir Fachkräfte schließlich da.«

»Ihr Koch, Peter Sollner, war auch eine Fachkraft«, leitete Max zu dem für ihn im Moment alles bestimmenden Thema über. »Und nun ist er leider nicht mehr da.«

»Ach Gott, ja. Der arme Peter. Und jetzt auch noch Tanja. Unglaublich.« Sie hörte auf zu massieren.

»Ach, das mit Tanja wissen Sie auch schon?« Er drehte sich behände auf den Rücken und sah sie neugierig an.

»Flurfunk«, erwiderte sie. »Bea hat Tanja doch heute Morgen im Vorratsraum entdeckt.«

»Bea?«

»Beate Schröder, unsere zweite Hilfsköchin.«

»Ach so. Ja klar, verstehe.« Mein lieber Schwan. Sie sieht wirklich sehr gut aus mit ihren langen blonden Haaren und dieser durchtrainierten Figur unter dem hauteng anliegenden weißen Kittel, dachte er. Ob sie auch etwas mit Sollner hatte? Der Kochmützencasanova wäre unglaublich blöd gewesen, wenn er es bei ihr nicht wenigstens versucht hätte.

»Kannten Sie die beiden näher?«, fuhr er fort.

»Tanja nicht so gut«, erwiderte sie. »Aber Peter kannte ich ziemlich gut. Die ganze Sache macht mich auch reichlich fertig.« Sie senkte den Kopf. Kleine Tränen liefen ihr über die dezent geschminkten Wangen.

»Wie gut kannten Sie ihn?«

»Sehr gut. Wir waren ein halbes Jahr lang zusammen.« Sie schnäuzte sich schnell in ein Papiertaschentuch.

Habe ich es doch geahnt. Max nickte zufrieden mit sich selbst und seinem kriminell guten Riecher. Wenn sie mit ihm zusammen war, kommt sie auch als Täterin infrage, sagte er sich. Kraft hat sie zweifelsohne. Fragt sich nur, ob sie genug Kraft hat, und ob sie so eifersüchtig auf ihn war, dass sie ihn umgebracht hat, und Tanja gleich mit.

»Wann war das denn mit Ihnen und Peter Sollner?« Max setzte seinen guten alten Kommissarblick auf. Sachlich, interessiert, zwingend.

»Vor sechs Jahren. Ist schon lang vorbei.« Sie lächelte flüchtig, wischte sich flink die Tränen aus dem Gesicht.

»So lange schon, und es tut immer noch so weh?« Verweint leuchten ihre türkisblauen Augen noch schöner, dachte er.

»Wir waren Kollegen, Herr Raintaler. Da sieht man sich gezwungenermaßen beinahe täglich. Auch in so einem relativ großen Betrieb wie diesem hier.«

»Logisch.« Er lächelte verbindlich. »Sie waren also nicht mehr in ihn verliebt?«

»Um Himmels willen, nein. Ich bin seit vier Jahren glücklich mit meinem Rudi verheiratet.« Sie lächelte nun ebenfalls.

»Ach so, und ich dachte, Sie wären noch zu haben, weil Sie keinen Ehering tragen.« Er grinste verschmitzt.

»Den nehme ich zum Massieren immer ab. Ich will unsere Gäste schließlich nicht verletzen. Hier, sehen Sie.« Sie zog einen kleinen goldenen Ring aus ihrer Kitteltasche und hielt ihn ihm vor die Nase.

»Aha, ja schön. Oder schade vielmehr.« Und wenn nun ihr Rudi eifersüchtig auf Sollner gewesen war? Aber sie sagt ja, sie hätte seit Jahren nichts mehr mit dem Koch. Na gut. Gesagt wird viel. Ob's auch stimmt, wer will das wissen?

»So und jetzt drehen wir uns wieder um. Dann geht es gleich weiter.« Brigitte blickte ihn streng an, wie es sich für eine gestandene verheiratete Masseurin gehörte.

»Na gut. Überredet. Obwohl das mit Ihrem Ehering wirklich sehr schade ist.«

Er drehte sich wieder auf den Bauch und ließ sich erneut von ihr durchwalken. Während er sich dabei immer mehr entspannte, kam ihm Monika in den Sinn. Wo mochte sie nur sein? Normalerweise war es nicht ihre Art, einfach so davonzueilen, ohne ihm wenigstens eine kurze Nachricht zu hinterlassen. Beruhige dich wieder, Raintaler. Wahrscheinlich ist Sandra vom Joggen zurückgekommen, und die beiden gingen auf der Stelle in den Ort zum Kaffeetrinken oder Einkaufen. Oder sie machen einen kleinen Spaziergang durch das herrlich grüne Umland. Kein Grund zur Sorge.

Er schlief ein. Träumte vom Meer und von den Bergen. Dann vom Chiemsee. Gerade als er schwimmen gehen wollte, standen auf einmal Peter Sollner und Tanja nackt vor ihm. Aus ihren Ohren, ihren Nasen und ihren Mündern quoll Sauerkraut in rauen Mengen. Es schlängelte sich an ihren Körpern bis zum Boden hinab. Sie sahen aus wie zwei zu dick geratene kahle Weihnachtsbäume voller Sauerkrautlametta. Ihre Blicke und Gesten machten den Eindruck, als wollten sie ihm etwas sagen. Aber sie konnten wegen des vielen Krauts in ihren Mündern nicht reden.

»Herr Raintaler! Aufwachen!«

»Was, wo, wie?« Er schlug die Augen auf und drehte sich hektisch herum.

»Wir sind fertig.« Brigitte lächelte breit. »Da haben wir uns aber richtig gut entspannt, was?«

»Ich auf jeden Fall schon. Und wie.« Er stand auf. Herrschaftszeiten, alle Knochen tun mir weh. Hoffentlich war das auch eine gute Idee mit der Massage. Nicht dass die Verspannungen jetzt erst recht losgehen. Hat es alles schon gegeben. Ruhe, alter Hypochonder. Natürlich war es eine gute Idee. Wird schon werden.

»Mir ist da noch etwas zu Peter Sollner eingefallen, Herr Raintaler.«

»So? Was denn?« Er spitzte neugierig die Ohren.

»Er hatte zuletzt ein Verhältnis mit einer verheirateten Frau.« Sie machte ein geheimnisvolles Gesicht.

»Mit einem Mann hätte mich ehrlich gesagt auch gewundert.« Max zog seinen Bademantel über. Er knotete den Gürtel vor seinem Bauch zusammen.

»Ernsthaft, Herr Raintaler. Er war mit einer gewissen Sabine Leutstetter aus Traunstein zusammen. Ihr Mann soll sehr eifersüchtig sein. Aber sagen Sie niemandem, dass Sie es von mir haben. Wir vom Hotelpersonal sind allesamt angewiesen, diskret zu sein.« Sie hielt demonstrativ den Finger vor den Mund.

»Aha. Und woher wissen Sie das dann alles?«

»Flurfunk.« Sie lächelte scheu.

»Dann kann es mit der Diskretion aber nicht sehr weit her sein bei euch«, scherzte er gutmütig.

»Na ja. Man ist ja auch Mensch.«

»Und Frau.« Er grinste provozierend.

»Auch das. Sicher.« Sie verschränkte schnell die Arme vor der Brust.

Körpersprache, Raintaler. Sie versucht, sich zu schützen. Vielleicht weiß sie mehr, als sie zugibt. Oder sie mag deine fortwährenden anzüglichen Bemerkungen nicht. Könnte natürlich auch sein. »Und wo wohnt dieses letzte Verhältnis von Sollner in Traunstein? Wissen Sie das auch?«

»Rein zufällig weiß ich es. Sie wohnt ganz in der Nähe vom Stadtplatz, nicht weit von der Traun. Ich schreibe Ihnen die Adresse auf.« Sie nahm Papier und Stift zur Hand und beugte sich zu ihrem kleinen Schreibtisch hinunter.

»Guten Tag, Maria Hochfellner mein Name. Mir gehört das Hotel.« Eine gepflegt frisierte brünette Frau im beigefarbenen Kostüm stand wie aus dem Nichts im

Zimmer. Sie roch nach teurem Parfüm. Eindeutig arabisch, vollmundig und schwer mit einem leichten Zitronenaroma. Es passte nicht unbedingt zu den anderen Gerüchen im Raum. »Entschuldigen Sie, dass ich hier so hereinplatze«, fuhr sie fort. »Aber ich habe im Vorbeigehen den Namen unseres toten Kochs, Peter Sollner, gehört.« Ihre lebendigen rehbraunen Augen wanderten unruhig in den Höhlen hin und her.

»Durch die geschlossene Tür?« Max runzelte erstaunt die Stirn. Herrschaftszeiten, Diskretion oder Privatsphäre scheinen die hier wirklich nicht zu kennen. Oder geht das nur mir gerade so? Wie können sie da nur so ausgebucht sein? So was spricht sich doch herum.

»Sie stand offen.« Maria lächelte entschuldigend.

»Meine Schuld.« Brigitte errötete. »Sie schließt sehr schwer. Und manchmal springt sie wieder auf. Entschuldigung, Herr Raintaler.«

»Aha. Und womit kann ich Ihnen nun helfen, Frau Hochfellner? Oder wollten Sie mir etwas über Herrn Sollner erzählen? Zu ihm wollte ich Sie nämlich ohnehin befragen.« Max schlüpfte in seine Badelatschen. Nett sieht sie aus, die Frau Hotelchefin. Ein bisschen kurz geraten vielleicht, aber sehr gepflegt. Herrje, kannst du vielleicht mal aufhören, jede Frau, die du siehst, gleich zu bewerten, Raintaler? Das nimmt ja langsam pathologische Züge an.

»Ich wollte fragen, ob Sie mich deswegen später in meinem Büro aufsuchen könnten. Sie sind doch dieser Privatdetektiv aus München, von dem mir Herr Berger vorhin erzählt hat, nicht wahr?« Sie blickte neugierig zu ihm auf.

»Richtig, der bin ich. Raintaler ist mein Name. Brigitte hat es bereits gesagt. Ich komme liebend gerne bei Ihnen vorbei. Aber vorher würde ich mich fast noch lieber erst einmal gesellschaftsfähig machen.« Was kann sie nur von mir wollen? Kann ja nur etwas Berufliches sein. Vielleicht weiß sie etwas über diesen Sollner, was ich bisher noch nicht weiß.

»Selbstverständlich, Herr Raintaler. Also nachher in meinem Büro? Es liegt im ersten Stockwerk ganz hinten auf der Nordseite.« Sie reichte ihm ihre topmanikürte schmale Hand.

»In Ordnung, das finde ich. Bis später.«

So schnell sie gekommen war, so schnell verschwand sie. Max und Brigitte standen wieder allein im Zimmer.

»Na dann, Brigitte. Vielen Dank für alles.«

»Gern geschehen.« Sie hielt ihm mit einem bezaubernden Lächeln im Gesicht die Tür auf, während er an ihr vorbei den Flur betrat.

Er schlenderte geradewegs zum Aufzug hinüber und ließ sich in die zweite Etage bringen. Monika war immer noch nicht im Zimmer. Sie wird schon kommen, beruhigte er sich selbst. Dann duschte er, streifte sein dunkelgrünes T-Shirt mit der Aufschrift *Grashüpfer* über, steckte Brieftasche und Handy in seine schwarzen Jeans, schlüpfte barfuß in seine bequemen schwarzen Mokassins und stieg gemächlich über das Treppenhaus ins Erdgeschoss hinunter. Es war kurz nach zwölf. Höchste Zeit fürs Mittagessen. Da musste sich die Frau Chefin halt noch eine Weile gedulden.

Im Speisesaal angekommen entdeckte er Monika, Sandra und Franz am selben Fenstertisch, an dem er gestern und heute Morgen mit Monika gefrühstückt hatte. Die Sonne stand nach wie vor von Wolken ungestört am strahlend blauen Himmel. Durch die offenstehenden Terrassentüren strömte heiße Luft herein.

»Sag mal, wo warst du denn die ganze Zeit?« Monika klang ungehalten.

»Das könnte ich dich genauso fragen«, erwiderte er mit ausdrucksloser Miene. »Als ich zu unserem Frühstückstisch zurückkam, warst du bereits weg. Und in unserem Zimmer warst du auch nicht. Keine Nachricht, nichts.«

»Ich war mit Sandra im Ort. Kaffee trinken, wenn du es genau wissen willst. Hätte ich vielleicht bis zum Mittagessen hier auf dich warten sollen?« Sie hörte sich nicht mehr nur ungehalten an. Offensichtlich war sie regelrecht sauer.

»Schmarrn. Hättest du natürlich nicht. Aber einen Zettel, auf dem steht, wo du bist, hättest du schon aufs Bett legen können.«

»Ach so ist das. Der gnädige Herr bleibt stundenlang im Keller, frönt seinem Lieblingshobby, der unbezahlten Verbrechensbekämpfung, und ich soll Zettel schreiben. Witzig, Max. Verdammt witzig.« Sie schüttelte aufgebracht ihre wilde schwarze Mähne.

»So witzig war es da unten gar nicht. Der Krautkiller hat wieder zugeschlagen. Diese Hilfsköchin Tanja ist tot. Auf die gleiche Art ermordet wie ihr Chef Sollner.« Max setzte sich mit ernster Miene zu ihnen.

»Ach, und da kann man nicht kurz mit dem Handy anrufen und sagen, dass es später wird?« Monika wollte sich nicht beruhigen. Die Sache mit dem Mord an der

Angestellten war ihr momentan offensichtlich vollkommen egal.

»Doch, kann man. Wenn man Zeit dazu hat.«

»Und die hattest du nicht?«

»Herrgott noch mal, nein, Moni. Sonst hätte ich ja angerufen. Geht's dann mal wieder?« Max hatte nicht die geringste Lust dazu, dass *er* wieder mal an allem die Schuld haben sollte.

»Nein, noch lange nicht.« Sie bedachte ihn mit einem vorwurfsvollen Blick.

»Nicht zu fassen.« Max hatte genug. Schließlich hatte er nicht irgendwo Däumchen gedreht, sondern hart gearbeitet. Außerdem hatte es eine weitere Tote hier im Hotel gegeben. War das vielleicht nichts? Konnte man da nicht etwas mitfühlender reagieren, als seine sogenannte Freundin das gerade tat? Seine Stimme wurde laut. »Du haust einfach ab, und ich wäre schuld daran, weil ich der hiesigen Kripo bei einer Mordaufklärung geholfen habe. Herrlich, wie gekonnt du den Spieß jedes Mal umdrehst. Wenn du möchtest, setze ich mich für den Rest unseres Urlaubs auch gerne an einen anderen Tisch.« Er lief rot an vor Ärger.

Monika starrte ihn eine Weile lang mit offenem Mund an. »Nein, bleib hier«, meinte sie dann. »Aber ich finde es trotzdem blöd, dass du einfach zu deinem sogenannten Mordfall verschwindest und mich sitzen lässt. Ich dachte, wir machen gemeinsam Urlaub hier.« Ihr Tonfall ließ klar erkennen, dass sie bereit war, einzulenken.

»Machen wir auch, Moni. Versprochen.« Auch er hörte sich nun etwas versöhnlicher an. »Aber ich kann doch nebenher ein bisschen ermitteln. Noch dazu, wenn ich eins der Opfer gekannt habe. So viel Zeit kostet das nun auch wieder nicht.«

»Das sagst du. Und nicht mal Geld bekommst du dafür. Wie immer.«

»Na und? Ich habe doch genug Geld.«

»Das glaube, wer will.« Sie lachte höhnisch auf.

»Warum überlässt du die Sache nicht einfach diesem Berger und seinem Assistenten?«, mischte sich Franz mit sachlicherem Tonfall ins Gespräch.

»Herrgottsack, weil ich nun schon einmal damit angefangen habe. Und was man anfängt, bringt man auch zu Ende, Franzi.«

»Sagst du«, meinte Monika.

»Ja, sag ich.«

»Aber wir drei wollen hier lieber gemütlich zusammen Urlaub machen.« Franz zeigte auf Sandra, Monika und sich selbst.

»Ach macht doch, was ihr wollt, ihr Ignoranten. Viel Spaß dabei. Mir ist auf jeden Fall der Appetit vergangen. Auf Wiederschauen, die Herrschaften.« Max sprang verärgert auf, drehte sich auf dem Absatz um und verließ den Speisesaal mit schnellen Schritten.

10

»Hallo, Herr Raintaler. Schön, dass Sie Zeit für mich haben. Bitte setzen Sie sich doch.« Maria Hochfellner deutete auf den ledergepolsterten Besucherstuhl vor ihrem breiten nussbraunen Schreibtisch.

»Noch mal grüß Gott, Frau Hochfellner. Danke, gern.« Max schaute sich in dem lichtdurchfluteten großen Raum um, der mit hellem und dunklem Holz eingerichtet war. Die alten Stiche an den weiß gestrichenen Wänden sahen echt aus. Das sind sicher keine billigen Kopien, dachte er. Nicht unbedingt modern, aber durchaus beeindruckend.

Er hatte sich inzwischen wieder einigermaßen von seiner Auseinandersetzung mit Monika erholt. Nach seinem rauschenden Abgang war er direkt vom Speisesaal aus hierher in den ersten Stock geeilt, hatte das Büro der Hotelchefin gesucht und auch gleich gefunden. Nun setzte er sich und beugte sich interessiert zu ihr vor.

»Was kann ich für Sie tun?«, erkundigte er sich.

»Nun, Sie sind doch Privatdetektiv.«

»Äh, ja. Das wissen Sie ja bereits. Wieso?«

»Weil ich einen Privatdetektiv brauche.« Sie lächelte reserviert.

»Aha.«

»Nur mal ganz nebenbei. Woher kennen Sie denn eigentlich Herrn Wurmdobler? Ich dachte, Herr Wurmdobler wäre bei der Münchner Kripo.«

»Ja und?« Er runzelte verwirrt die Stirn. Hatte sie etwas gegen seine Bekanntschaft mit Franz? Oder traute sie Max die Bekanntschaft mit einem Kripobeamten nicht zu? Aus welchen Gründen auch immer.

»Ein Privatdetektiv und ein Kommissar? Ich dachte immer, das wären natürliche Feinde.« Sie lächelte breiter.

»Weil sie es immer so im Fernsehen zeigen? Bei mir und Franzi trifft das auf jeden Fall nicht zu.« Er lächelte nun ebenfalls. »Erstens kennen wir uns schon ewig, und dann waren wir lange Zeit Kollegen bei der Münchner Kripo. Und Sie haben das Hotel schon lange?« Er lenkte das Gespräch absichtlich in eine andere Richtung. Schließlich war nicht er hier der Mittelpunkt, sondern die Ermittlungen um die Morde an Peter Sollner und Tanja Dimitrowsky.

»Ich habe es vor zehn Jahren zusammen mit meiner Schwester von meinen Eltern übernommen«, erwiderte sie. »Sie fungiert als stille Teilhaberin. Ich organisiere alles.«

»Aha. Und nun müssen Sie schauen, wo Sie zwei neue Köche herbekommen.«

»Richtig. Deswegen wollte ich Sie aber nicht sprechen.« Sie nahm einen Bleistift von der Schreibtischplatte und spielte damit herum.

»Sondern?« Er schaute sie erwartungsvoll an.

»Weil ich möchte, dass Sie die Morde an Peter und Tanja aufklären.«

»Trauen Sie der hiesigen Kripo nichts zu?« Er zog erstaunt die Brauen hoch. Ging es ihr etwa wie ihm?

»Wenig.« Sie schüttelte den Kopf. »Hauptkommissar Berger ist mir schon bei anderer Gelegenheit untergekommen und hat sich dabei als sehr unbeweglich und von sich selbst überzeugt dargestellt. Was gerne auch mal zu totaler Betriebsblindheit führt.« Sie schien sich gut im Griff zu haben. In ihrem Gesicht war keinerlei Gefühlsregung zu erkennen.

»Was war das denn für eine Gelegenheit?«

»Es ging damals um den Tod einer Bekannten von Berger und mir. Mehr möchte ich dazu im Moment nicht sagen. Es würde zu weit führen.«

»Aha. Na gut. Und mir trauen Sie die Aufklärung zu?« Er kratzte sich nachdenklich am Hinterkopf. Was sollte ihn groß von anderen Ermittlern unterscheiden? Seine schönen stahlblauen Augen etwa?

»Ja, ich habe mich über Sie informiert. Sie müssen früher ein wahres Ass bei der Kripo gewesen sein.«

»Wer sagt das?« Max fühlte sich geschmeichelt. Andererseits wunderte er sich darüber, woher sie diese Information so schnell hatte. Ja mei, Geschäftsleute halt, sagte er sich gleich darauf. Die fackeln generell nicht lange.

»Ich habe da so meine Quellen.« Sie lächelte geheimnisvoll.

»Na gut, sagen wir mal so. Der Fall interessiert mich schon. Besonders weil ich Tanja selbst kennengelernt habe. Deswegen habe ich auch schon mit kleinen Befragungen begonnen. Aber ein offizieller Ermittlungsauftrag ist sehr zeitaufwändig. Wie soll ich das meinen Begleitern erklären? Die wollen hier mit mir Urlaub machen.« Er legte ehrlich besorgt die Stirn in Falten.

»Meinen Sie nicht, Sie könnten das eine mit dem anderen verbinden?« Maria legte den Bleistift, mit dem sie gespielt hatte, wieder auf den Tisch.

»Na ja. Hm. Weiß nicht.« Er zögerte.

»Würde es Ihre Entscheidung erleichtern, wenn ich Ihnen 400 Euro Tagessatz plus Spesen anbiete?« Sie blickte ihn abwartend an.

»Na ja, 400 Euro plus Spesen, da könnte man darüber reden.« Er zögerte immer noch. Nimm's an, Raintaler, sagte er sich andererseits. Wenn du Moni das mit dem Geld erzählst, ist sie bestimmt auch mit deinen Ermittlungen einverstanden. Viel Geld hat sie noch immer überzeugt. Mit diesem Verdienst kannst du locker den Aufenthalt hier bezahlen und noch mehr.

»Ihre Begleiterin und Sie sind natürlich meine Gäste«, fügte sie noch hinzu. »Sie bleiben, wenn Sie wollen, beide hier, bis der Fall aufgeklärt ist, und bezahlen nichts dafür.«

Er grinste unauffällig. Noch mehr. Absoluter Wahnsinn. Sie hatte wohl gedacht, die 400 wären ihm zuwenig.

»Na gut, Frau Hochfellner. So machen wir's.« Das kannst du nicht ablehnen, Alter. So reich bist du auch wieder nicht. Also sei nicht dumm und schlag ein. So ein großzügiges Angebot kommt bestimmt so bald nicht wieder.

»Abgemacht?« Sie legte den Kopf schief und blickte ihm fragend ins Gesicht.

»Abgemacht.« Er stand auf und schüttelte ihr über den Schreibtisch hinweg die Hand. »Aber eines würde mich noch interessieren, bevor ich loslege.«

»Bitte, gerne.«

»Wieso wollen Sie denn so unbedingt, dass die Sache aufgeklärt wird. 400 Euro am Tag plus Spesen und dann noch freie Kost und Logis für zwei Personen sind kein

Pappenstiel. Es kann durchaus zwei Wochen dauern, bis ich den Täter finde. Oder noch länger.« Er sah fragend auf sie hinunter.

»Weil es mich noch viel mehr Geld kosten würde, wenn sich herumspricht, dass in unserem Hotel ein Unbekannter das Personal ermordet.« Ihr Gesichtsausdruck ließ keinen Zweifel daran, dass sie genau wusste, wovon sie redete. »Dann könnten wir nämlich zusperren.«

»Verstehe.« Er setzte sich wieder. »Haben Sie viel von dem mitbekommen, was Brigitte unten im Massageraum gesagt hat?«

»Nein, ich hörte nur den Namen Sollner. Das war Grund genug für mich, zu Ihnen hineinzuschauen.«

Er schüttelte unmerklich den Kopf. Wenn das mal stimmte. Sie musste viel mehr gehört haben. Aber wenigstens sie schien die Sache mit der Diskretion in ihrem eigenen Hotel ernst zu nehmen.

»Möchten Sie einen Kaffee? Ich bestelle uns welchen.« Maria hob den Telefonhörer ab.

»Gerne.« Max wartete, bis sie mit dem Etagenkellner telefoniert hatte. Dann sprach er weiter. »Sollner hatte zuletzt ein Verhältnis mit einer verheirateten Frau. Einer gewissen Sabine Leutstetter aus Traunstein. Wussten Sie etwas darüber?«

»Das sieht ihm wieder mal ähnlich, dem alten Casanova.« Sie lächelte wehmütig. »Nein, ich wusste nichts davon.« So wie sie dreinschaute, konnte man glatt meinen, dass sie auch etwas mit Sollner gehabt hatte.

»Fleißig war er auf jeden Fall, Ihr toter Chefkoch.« Max grinste humorlos. Herrschaftszeiten, wen hatte der eigentlich nicht angebaggert. So erfolgreich war er selbst nicht einmal zu seinen besten Zeiten gewesen. Ja mei, es gab immer irgendwo einen, der vor einem durchs Ziel lief. So war nun mal das Leben.

»Brigitte kannte ihn übrigens auch sehr gut.«

Max meinte, so etwas wie Abschätzigkeit in ihrer Stimme und in ihrem Gesichtsausdruck zu erkennen. Gab es da etwas zwischen den beiden, von dem er nichts wusste? Sollte die gepflegte Hotelchefin am Ende etwa eifersüchtig auf ihre hübsche Masseurin gewesen sein?

»Hat sie mir gesagt«, erwiderte er. »Tanja auch. Soll aber bei beiden schon lang her sein.«

»Glauben Sie mir. So lange ist das noch gar nicht her bei Brigitte. Die beiden trafen sich immer wieder, bis zuletzt.«

»Wirklich? Das hat sie mir nicht gesagt. Aber ich hatte diesbezüglich bereits meine Vermutungen.« Wer von den beiden log hier wohl? Find's raus, Raintaler. Du bist schließlich der Privatdetektiv.

»Außerdem ist Brigittes Mann Rudi nicht unbedingt jemand, mit dem ich gerne verheiratet wäre«, fuhr sie fort. »Ihr scheint es ähnlich zu gehen. Ganz glücklich ist sie jedenfalls nicht mit ihm, soweit ich das mitbekommen habe.«

Ein junger schwarzhaariger Kellner kam mit dem Kaffee herein. Er stellte ein dunkles Tablett mit Tassen, Zucker und Milch vor ihnen auf dem Schreibtisch ab. Maria nahm vier Stück Zucker, rührte um und lehnte sich dann, die Tasse in der Hand, in ihrem Bürosessel zurück. Max ließ den Zucker lieber weg, weil er wusste, dass Zucker ein Dickmacher par excellence war. Er nahm sich stattdessen großzügig von der frischen Kuhmilch. Er ahnte währenddessen aber, dass Sandra und Monika an dieser Stelle sicher wieder laut aufgeschrien und ihm umgehend klargemacht hätten, dass die fette Milch mindestens genauso ungesund wäre wie der Zucker. Und natürlich hätten sie recht gehabt. Zu viel Cholesterin oder zu viel Insulin, das war im Prinzip auch schon egal. Beides war gleichermaßen ungünstig für die Gesundheit. Na und, sagte er sich. Was soll's? Rundum gesund sterben geht halt einfach nicht.

»Warum ist Brigitte nicht glücklich mit ihrem Mann?«, wollte er wissen, nachdem der Kellner das Büro wieder verlassen hatte.

»Weil ihr Mann Rudi ein ganz schöner Windhund ist. Sie kennen doch den Spruch ›Alles, was bei Drei nicht auf dem Baum ist‹?« Maria trank einen Schluck Kaffee.

»Logisch kenne ich den. Ich dachte aber bisher, er hätte eher auf Peter Sollner zugetroffen. Aber man weiß ja, dass es Menschen oft zum immer gleichen Typen hinzieht. Wo wohnen Brigitte und er?«

»Nicht weit von Traunstein, in Nussdorf. Moment.« Sie nahm erneut ihren Bleistift zur Hand und schrieb die Adresse auf einen kleinen Zettel, den sie ihm anschließend über den Tisch reichte.

»Danke, ich werde ihn auf jeden Fall mal befragen.« Max nahm auch einen Schluck Kaffee und verbrannte sich dabei leicht die Unterlippe. Herrschaftszeiten noch mal, verdammter Mist, fluchte er innerlich. Warum muss Kaffee bloß immer so heiß sein? Wie soll ich denn heute Abend mit dieser kaputten Lippe essen?

Er tastete die verbrühte Stelle vorsichtig mit seiner Zunge ab. Dabei bemerkte er zuerst gar nicht, dass gerade seine alte Hypochondrie wieder durchkam. Also stimmte es wohl doch, was Franzi neulich einmal im Biergarten in München zu ihm gesagt hatte: *Alte Bekannte tauchen immer ausgerechnet dann wieder auf, wenn man sie bereits völlig vergessen hat.* Sicher war die krankenhausähnliche Umgebung hier draußen daran schuld.

»Stimmt etwas nicht mit dem Kaffee?« Maria hielt den Kopf schief. Sie sah ihn neugierig und zugleich ein bisschen besorgt an.

»Nein, nein. Alles gut. Ich habe mir nur die Lippe verbrannt.« Er lächelte tapfer.

»Und es ist wirklich nicht schlimm mit Ihrer Lippe? Ich lasse Ihnen gerne eine Salbe bringen.«

»Nein, geht schon. Zurück zu Herrn Sollner.« Er stupste ein letztes Mal mit der Zunge gegen seine Wunde. Nein, nein. Es war wirklich nur halb so wild. Obwohl man gerade mit Verbrennungen schon vorsichtig sein sollte. Da entzündete sich schnell einmal etwas.

»Ach, der Peter.« Sie seufzte schwer. »Mit ihm war das etwas anderes als mit den anderen Männern.«

»Ich dachte, Windhund sei Windhund.«

Er sah Tränen in ihren Augen aufsteigen.

»Falsch gedacht, Herr Raintaler. Wir Frauen wissen da durchaus unsere Unterschiede zu machen.« Sie wischte flüchtig mit dem Handrücken über ihre feuchten Wimpern. »Ihnen kann Ihre Begleiterin doch sicher auch nicht lange böse sein.«

»Täuschen Sie sich da bloß nicht.« Er musste unfreiwillig grinsen. Da kennt sie Moni aber wirklich nicht, dachte er. »Sie kann ganz schön grantig werden.«

»Streit gibt es immer mal. Aber bei wahrer Liebe geht es um mehr.« Sie lächelte ihn offenherzig an.

»So? Meinen Sie? Um was denn zum Beispiel?« Er zupfte nervös an seinen Augenbrauen.

Sie war gerade dabei, einen seiner wenigen wunden Punkte zu berühren: seine komplizierte Beziehung mit Monika. Sie wollte ihre Freiheit *und* ihn, und er hätte am liebsten seine Freiheit für sie aufgegeben und sie geheiratet. Seit Jahren ging das nun schon so. Letztes Jahr im Mai hatte er sie fast so weit gehabt, nachdem sie mit einer schweren Kopfverletzung im Krankenhaus gewesen war. Sie war ganz offiziell bereit gewesen, den Bund der Ehe mit ihm einzugehen. Aber in letzter Sekunde hatte sie dann doch wieder einen Rückzieher gemacht. Sie hätte Angst, dass ihre Liebe sterben würde, wenn sie verheiratet wären, hatte sie mit Tränen in den Augen gemeint. Max hatte nur hilflos den Kopf geschüttelt und war ein paar Tage lang richtig sauer auf sie gewesen. Dann hatte er sich wieder mit ihr versöhnt. Wer weiß, vielleicht hatte sie ja recht. Kinder hatten sie sowieso keine. Also was sollte es.

»Ums Verzeihen zum Beispiel oder darum, selbst um Entschuldigung zu bitten. Darum geht es bei der wahren Liebe.« Marias Stimme riss ihn aus seinen Gedanken.

»Mag sein«, räumte er ein. Wem wollte sie das gerade eigentlich erzählen? Hätte sie seine Gedanken gelesen, wüsste sie, dass er ein Spezialist in Sachen Verzeihen war. Dennoch hatte er keine Lust, das Thema zu vertiefen. Nicht jetzt und nicht hier. »Aber zurück zu Brigitte. Sie meinen also, dass sie deshalb nicht von Peter Sollner lassen konnte, weil ihr eigener Mann sie betrog?«

»So könnte es gewesen sein, ja.« Sie stellte ihre Tasse auf dem Tisch ab.

»Kannten Sie Tanjas Igor?«

»Nein.« Sie schüttelte den Kopf. »Ich war einmal mit einer Bekannten in seinem Lokal in Traunstein, dem *Fröhlichen Wirt*. Aber ausgerechnet an diesem Tag war er unterwegs.«

Max notierte sich den Namen des Lokals auf der Rückseite des Zettels, den sie ihm gerade gegeben hatte. »Kannten Sie selbst Peter Sollner eigentlich näher?«, fuhr er danach fort. Er bedachte sie mit einem neugierigen Blick. Höchste Zeit, dass er diese Frage stellte.

»Ich? Wie kommen Sie darauf?« Sie errötete leicht.

»Keine Ahnung.« Er zuckte unschuldig die Achseln. »Aber ich sollte doch alles, aber auch wirklich alles über Sollner wissen, wenn ich den Mord an ihm aufklären soll. Oder nicht?«

»Sicher, Herr Raintaler. Da haben Sie völlig recht. Ja, ich selbst hatte anfangs auch einmal eine Affäre mit Peter. Aber es ist längst vorbei. Sehr traurig macht es mich trotzdem, dass er nicht mehr lebt.« Nun liefen ihr die Tränen wie kleine Sturzbäche über die Wangen. Sie schien die Wahrheit zu sagen. Lügner sahen anders aus.

»Und Tanja? Was wissen Sie sonst noch über sie?« Für Sollners Tod gibt es haufenweise Erklärungen und Verdachtsmomente, sagte er sich. Aber was ist mit der hübschen toten Beiköchin? Über sie weiß ich bisher so gut wie gar nichts, außer dass sie ihren Igor hatte und früher ebenfalls ein Techtelmechtel mit Sollner.

»Nicht viel.« Sie zuckte die Achseln. »Nur dass sie aus Polen kam und ihre Mutter nachholen wollte. Davon hat sie immer wieder gesprochen. Sie war fleißig und ging ab und zu mit Peter und den anderen Angestellten aus der Küche in ein Lokal oder in die Disco.«

»Mehr wissen Sie nicht?«

»In letzter Zeit half sie nach Dienstschluss oft ihrem Igor im *Fröhlichen Wirt*. Mehr weiß ich wirklich nicht.«

»Na gut, Frau Hochfellner. Dann bleibt es also bei unserer Abmachung?« Er erhob sich langsam von seinem Stuhl.

»Es bleibt dabei. Schnappen Sie sich den Kerl, der das meinen beiden Köchen angetan hat. Und so schnell wie möglich.«

»Alles klar. Ich werde mein Bestes tun. Auf Wiederschauen.«

»Auf Wiederschauen, Herr Raintaler. Und danke schon mal.«

»Der Dank hat noch Zeit, bis ich den Mörder erwischt habe.« Er lächelte geschäftsmäßig, ließ für alle Fälle seine Visitenkarte mit seiner Handynummer auf ihrem Tisch liegen, drehte sich um, ging zur Tür, öffnete sie und trat auf den Flur hinaus. Wahnsinn, dachte er. Sobald Moni das mit dem Geld erfährt, habe ich hier den besten Arbeitsurlaub aller Zeiten. So viel ist sicher. Genial.

11

Max kehrte in den Speisesaal zurück, um Monika und den anderen beiden von seinem gut entlohnten Auftrag zu berichten. Doch als er dort ankam, waren die drei bereits verschwunden. Auch in ihrem Zimmer traf er Monika nicht an. Beleidigte Leberwurst, dachte er und legte sich angezogen aufs Bett, um sich die ganze Sache mit den zwei Morden gründlich durch den Kopf gehen zu lassen.

Eine halbe Stunde später stand er wieder auf. Er war zu dem Schluss gekommen, dass es als nächsten Schritt am sinnvollsten wäre, nach Traunstein zu fahren, um diese Sabine Leutstetter zu befragen. Sie war offenbar Peter Sollners letzte Liebe gewesen. Ein Täter, der aus Eifersucht gehandelt hatte, wäre demnach am ehesten in ihrem Umfeld anzusiedeln. Vorausgesetzt, er hatte von ihr und Sollner gewusst. Zum Beispiel ihr Mann. Oder ein anderer Geliebter von ihr. Falls das alles tatsächlich so gewesen sein sollte, hatte ihn Tanja vielleicht bei seiner Tat beobachtet, und entweder hatte er sie ebenfalls gesehen oder sie hatte ihn erpresst, und deshalb musste auch sie sterben.

Max war völlig klar, dass das im Moment nichts als graue Theorie war. Doch besser im Nebel herumstochern als gar nichts tun, sagte er sich. Außerdem würde er gleich auch noch bei Brigittes Rudi und bei Tanjas Igor vorbeischauen, um sich ein Bild von ihnen zu machen. Ganz unverdächtig waren die beiden ebenfalls nicht.

Vor allem Brigittes Rudi interessierte ihn, vorausgesetzt, es stimmte wirklich, dass sie Sollner bis zuletzt getroffen hatte.

Er duschte noch einmal, da er wegen der Hitze sauber geschwitzt hatte. Danach zog er erneut seine schwarzen Jeans an, streifte ein frisches weißes Sommerhemd über, schlüpfte barfuß in seine bequemen Mokassins, steckte Geld, Handy und Autoschlüssel ein und verließ das Zimmer. Im Erdgeschoss betrat er durch die Hintertür den schattigen Parkplatz auf der Nordostseite des Hotels.

Als er bei seinem Auto ankam, entdeckte er einen Zettel an der Windschutzscheibe. Er nahm ihn in die Hand und las: *Halt dich raus, Schnüffler.* Na, das war doch mal eine Überraschung. Wusste der Täter, dass er wegen der Kochmorde ermittelte? Oder war es ein schlechter Scherz von Monika und den anderen beiden, weil er lieber Morde aufklärte, als mit ihnen gemeinsam auf der faulen Haut zu liegen? Er knüllte das kleine weiße Stück Papier zusammen und warf es weg.

Danach stieg er kopfschüttelnd in seinen neuen roten Kangoo. Natürlich war er nicht ganz neu, sondern gebraucht. Max hatte es noch nie eingesehen, sich ein nagelneues Auto zu kaufen. Allein schon wegen des enormen Wertverlustes, nachdem man zum ersten Mal den Zündschlüssel herumgedreht hatte. Für ihn war ein Fahrzeug da, um ihn möglichst kostengünstig von A nach B zu bringen, nicht um damit anzugeben oder wie ein Verrückter damit rasen zu können. Verrückte gab es ohnehin schon genug auf den Straßen. Ein Auto musste funktionieren und bequem zu fahren sein. Sein Kangoo tat beides. Außerdem passten seine Musikanlage und die

Gitarren locker hinein, wenn er zu einem seiner Konzerte fuhr, die er gelegentlich immer noch als Rock- und Countrymusiker gab. Alles in allem war er deshalb sehr zufrieden mit seiner Anschaffung.

Nachdem er eine Weile lang Richtung Traunstein unterwegs war, vergaß er die kindische Drohung auf dem Zettel. Ihm fiel stattdessen die Schönheit der sonnenüberfluteten Landschaft um ihn herum auf. Die Blätter der Bäume leuchteten sattgrün. Die Wiesen blühten farbenfroh. Gefleckte Kühe standen darauf und kauten gemächlich vor sich hin. Ein paar Schwalben flogen darüber hinweg. Oberbayern wie im Bilderbuch.

Zunächst kreuzte er östlich von Bad Endorf den Schlosssee und den Langbürgner See. Dann erreichte er Seebruck, von wo aus er freien Blick über den Chiemsee hinweg bis zu den Alpen hatte. Kurz darauf entfernte er sich wieder vom berühmten bayrischen Meer, auf dem sich heute wegen des kräftigen Windes eine Vielzahl von Segelbooten tummelte. Er kam den Bergen immer näher, bis schließlich das Ortsschild von Traunstein vor ihm auftauchte. Gut gelaunt stellte er sein Auto am Karl-Theodor-Platz ab und machte sich zu Fuß auf den Weg zu Sabine Leutstetter.

Fünf Minuten später hatte er ihre Adresse erreicht und klingelte.

»Grüß Gott. Wollen Sie zu mir?« Ein kleiner Mann mit einem riesigen Schnauzbart streckte seinen Kopf zur Tür heraus. Seine dunklen Haare standen wild in allen Richtungen vom Kopf ab. Er schien geschlafen zu haben. Misstrauisch blickte er ihn aus fiebrigen braunen Augen an.

»Grüß Gott. Raintaler mein Name. Wohnt hier Frau Sabine Leutstetter?« Max streckte ihm die Hand hin.

»Ich bin ihr Mann, Herbert Leutstetter.« Herbert ignorierte Max' ausgestreckte Hand. »Was wollen Sie von ihr?«

»Ach, nichts Besonderes. Es geht um eine Bekannte von ihr in Bad Endorf.« Hoffentlich schluckt er das, Raintaler. Du kannst ihn ja schlecht fragen, ob er den Geliebten seiner Frau umgebracht hat. Da macht er doch gleich dicht. Außerdem schaut er nicht so aus, als hätte er Kraft genug gehabt, den Chefkoch mit Gewalt zu mästen. Erst mal solltest du am besten von seiner Frau wissen, was zwischen ihr und Sollner los war. Am Ende hatte sie nur ein bisschen Spaß mit ihm gehabt. Nichts Ernstes. Da musst du ja hier nicht vorschnell eine Ehe zerstören. Du kannst ihn dir später immer noch konkreter vornehmen.

»Welche Bekannte soll das sein?«

Mist, er schluckt es nicht. Kein Wunder, so misstrauisch, wie der dreinschaut.

»Frau Hochfellner vom *Chiemgauer Seehof.*«

»Eine Frau Hochfellner kennen wir nicht. Außerdem bin ich krank und brauche meine Ruhe.« Herbert schickte sich an, die Tür zu schließen.

»Es geht um einen Gewinn. Ihre Frau hat ein Dinner für zwei gewonnen.« Auf die Schnelle fiel Max gerade keine bessere Lüge ein. Aber sie war immer noch besser, als dass ihm der grantige Zwerg jeden Moment die Tür vor der Nase zuschlug.

»Im *Chiemgauer Seehof*?«

»Ja. Und man hat mich beauftragt, Ihrer Frau den Gutschein persönlich zu überreichen.«

»Warum hat man ihn nicht mit der Post geschickt?«

»Spezieller Service des Hauses.« Herrgottsack, wenn der nicht gleich aufhört, mich zu löchern, geh ich einfach wieder. Wie kann ein Mensch bloß so wenig gutgläubig sein. Entweder hat er schon ein paar Mal schlechte Erfahrungen gemacht oder er ist von Haus aus so. Sein Glück, aber im Moment mein Pech.

»Ach, wirklich?«

»Ja.« Max lächelte neutral.

»Ja gut. Na dann. Das Essen im *Chiemgauer Seehof* soll sehr gut sein.« Er grinste flüchtig. »Wann soll denn das sein mit dem Dinner?«

»Den Zeitpunkt können Sie frei wählen.«

»Das ist gut.« Herberts Miene erhellte sich zusehends. »Dann kann ich erst mal meine lästige Sommergrippe auskurieren.«

»Sicher, Herr Leutstetter. Gute Besserung übrigens. Ich hatte letztes Jahr eine Sommergrippe. Das ist kein Spaß. Vor allem dann, wenn man bei der Hitze auch noch Fieber bekommt.« Max lächelte einfühlsam. Übertreib es nicht, du alter Schleimer, dachte er, sonst glaubt er dir kein Wort.

»Danke. Ein Spaß ist das wirklich nicht. Da haben Sie völlig recht.« Leutstetter lächelte zurück. Das Misstrauen in seinem Gesicht war nun völlig verschwunden. »Sabine ist in der Arbeit. Sie arbeitet als Sekretärin im Rathaus.«

»Aha. Dann geh ich da gleich mal hin.« Da schau her, Raintaler. Da hast du wieder mal den Beweis dafür, dass am Ende alle gutgläubig sind. Die Geschichte, die du ihnen auftischt, muss nur gut genug sein, und du musst sie damit bei ihrem Ego packen. Außerdem verstehen sich Hypochonder sowieso blind. Jeder von uns ist selbst um den kleinsten fachlichen Austausch von Krankheitsgeschichten froh, wie du selbst aus langjähriger Krankheitserfahrung weißt.

»Tun Sie das, Herr Raintaler. Auf Wiederschauen.«

»Auf Wiederschauen, Herr Leutstetter, alles Gute.«

»Danke.« Herbert zog den Kopf ein. Er schloss die Tür.

Während Max auf dem Weg zum Rathaus war, fragte er sich, was Maria Hochfellner wohl zu seinem Angebot an die Leutstetters sagen würde. Wäre sie sauer? Ach wo. Er würde ihr den Dinnergutschein als für die Lösung des Falles unerlässlich verkaufen. Einen geizigen Eindruck hatte sie überdies nicht gerade gemacht. Da brauchte er sich bloß mal sein großzügiges Honorar anzuschauen.

»Frau Leutstetter arbeitet im zweiten Stock beim Fremdenverkehrsamt. Um was geht es denn?« Die Empfangsdame im Rathaus sah Max neugierig an.

»Das würde ich ihr gerne selbst sagen. Ist sozusagen eine Überraschung.« Max wusste aus eigener Erfahrung, dass Wände und Türen in öffentlichen Ämtern gelegentlich Ohren hatten. Er wollte nicht, dass sich morgen das ganze Städtchen das Maul über Sabine Leutstetter zerriss. Deshalb schwieg er lieber diskret.

»Aha. Na gut, wie Sie wollen.« Die pummelige Blondine lächelte säuerlich. »Aber anmelden muss ich Sie schon. Da könnte ja sonst jeder daherkommen.«

»Logisch, Raintaler ist mein Name.«

»Raintaler, gut.« Sie nahm den Telefonhörer von ihrem Tisch und sprach hinein: »Frau Leutstetter, hier ist ein Herr Raintaler, der Sie sprechen möchte … nein, was er will, mag er nicht sagen. Eine Überraschung, meint er … hoffentlich eine gute? Ja, das hoffe ich auch … ich schicke ihn also hoch, ja? … ist gut. Bis dann.« Sie legte auf. »Da hinten ist der Aufzug.« Sie zeigte jetzt schon etwas freundlicher lächelnd nach rechts.

»Vielen Dank.« Max lächelte freundlich zurück und ging quer durch den Empfangsraum hindurch auf den Fahrstuhl zu.

»Herein.« Die Stimme hinter der geschlossenen Tür klang sympathisch.

Max drückte die Klinke herunter und betrat den kleinen Raum dahinter. »Frau Sabine Leutstetter?«, fragte er.

»Ja, und Sie müssen der Herr Raintaler sein. Bitte nehmen Sie doch Platz.« Die gutaussehende brünette Frau im geschmackvollen Geschäftskostüm zeigte lächelnd auf den Besucherstuhl vor ihrem weißen Schreibtisch, der bis auf den Computerbildschirm darauf nahezu völlig leer war. Nur ein Notizblock und ein paar Stifte lagen noch in der Ablage seitlich davon.

»Danke sehr. Papierloses Büro?« Er zeigte auf die kahle Tischplatte.

»Ja, unser Chef will das so. Macht einiges einfacher, aber anderes dafür wiederum komplizierter. Aber deswegen sind Sie doch sicher nicht zu mir gekommen, Herr Raintaler. Oder sind Sie Papierhändler?« Sie lachte glockenhell. Ihre strahlend blauen Augen lachten mit.

»Nein, bin ich nicht.« Er lachte ebenfalls. Wie schön sie ist. Und sehr nett scheint sie auch zu sein. Zumindest auf den ersten Blick. Was tut dieser bärtige Zwerg Herbert Leutstetter eigentlich mit so einer Klassefrau, fragte er sich. Oder besser gesagt, was tut sie mit ihm.

Kein Wunder, dass sie gerne mal fremdgeht. Nicht zu früh urteilen, Raintaler. Vielleicht ist alles ganz anders. Befrag sie doch erst mal, bevor du sie in eine Schublade steckst. »Ich bin Privatdetektiv«, fuhr er mit gesenkter Stimme fort.

»Privatdetektiv? Soso.« Sie machte ein neugieriges Gesicht.

»Ja. Ich komme wegen Peter Sollner.«

»Wegen Peter? Was ist mit ihm?« Er bemerkte, wie ihr der Schreck in die Glieder fuhr.

»Haben Sie denn keine Zeitung gelesen?« Er zog erstaunt die Brauen hoch.

»Nein. Mein Mann und ich lesen nur die Wochenendausgabe. Wir haben zu wenig Zeit für mehr. Aber nun sagen Sie schon: Was ist mit Peter?«

»Sie kennen ihn also?«

»Ja.« Sie blickte verschämt zur Seite.

»Gut?«

»Ja.«

»Sehr gut?«

»Ja. Sehr gut. Was ist los? Ist etwas mit ihm, Herr Raintaler?«

»Nun … Herr Sollner ist tot.« Er sah sie aufmerksam an.

»Was …?« Sie setzte sich wie in Trance, starrte mit gebeugtem Rücken schweigend durch ihn hindurch.

»Leider. Er wurde umgebracht.« Max bemühte sich, so einfühlsam wie möglich zu klingen.

»Aber … aber warum?« Tränen stiegen ihr in die Augen.

»Das soll ich herausfinden.« Umgebracht hat sie ihn

auf keinen Fall, dachte er. So perfekt kann niemand schauspielern, der das nicht berufsmäßig betreibt.

»Tun Sie das, Herr Raintaler. Bitte finden Sie das Schwein.« Ihre tränenüberschwemmten Augen blitzten kurz hasserfüllt auf.

Max nickte. »Sehen Sie sich in der Lage, mir ein paar Fragen zu beantworten?«, fragte er dann.

»Ja, nein, doch.« Sie nahm ein Papiertaschentuch aus ihrer Handtasche, die neben ihr auf dem Boden stand. »Aber nicht hier. Lassen Sie uns in ein Café gehen.«

»Gerne.« Er nickte.

Sie stand langsam auf, zog eine leichte Sommerjacke über, hob ihre Handtasche auf und ging zur Tür. Max war derweil schon vorausgeeilt. Er öffnete ihr.

»Wohin gehen wir?«, erkundigte er sich, nachdem sie unten auf der Straße angelangt waren.

»Ins Park Café. Das ist zwar nicht so toll wie zum Beispiel das *Windbeutelgräfin* in Ruhpolding. Aber auf der Terrasse sitzt man schön, und der Kaffee ist super. Es liegt an der Bahnhofstraße vorn.«

»Gut, dann machen wir einen kleinen Spaziergang.«

»Ich kann die frische Luft im Moment gut gebrauchen.« Sabine atmete tief ein und aus. Unentwegt liefen ihr Tränen über die Wangen.

Im Park Café fanden sie gleich einen schattigen Platz auf der Terrasse. Ein leichter angenehm kühler Wind umwehte sie dort. Herrlich. So war die Sommerhitze auszuhalten.

»Wusste Ihr Mann von Ihrem Verhältnis mit Peter Sollner?«, wollte Max wissen, nachdem sie beide bei der freundlichen Kellnerin Cappuccino und Käsekuchen bestellt hatten.

»Um Himmels willen, nein.« Sie hielt erschrocken die Hand vor den Mund. »Er hat kein Sterbenswörtchen darüber erfahren. Peter und ich waren extrem vorsichtig bei unseren Treffen. Herbert hätte uns bestimmt alle beide umgebracht, wenn er etwas davon mitbekommen hätte.«

»Ist wohl sehr eifersüchtig, Ihr Mann?« Na ja, ganz so vorsichtig können sie nicht gewesen sein, wenn Brigitte und Maria Hochfellner über sie Bescheid wussten. Vielleicht hatte jemand vom Hotelpersonal Herbert gegenüber etwas ausgeplaudert. Möglich gewesen wäre es allemal.

»Ein Sizilianer ist ein Waisenknabe dagegen«, erwiderte sie nickend. »Manchmal ist er noch dazu ganz schrecklich aufbrausend.«

»Schlägt er Sie?«

»Nicht oft.«

»Nicht oft? Einmal genügt, würde ich sagen.« Er zog erstaunt die Brauen hoch. »Wo war ihr Mann gestern zwischen halb neun und null Uhr?«

»Daheim. Wir haben ferngesehen. Es ist wirklich schlimm, wenn er in seine Raserei gerät. Ich habe manchmal Todesängste ausgestanden.«

»Und warum lassen Sie sich nicht einfach scheiden?« Er schüttelte fassungslos den Kopf.

»Ich liebe ihn.«

»Und Peter Sollner?« Schon reichlich merkwürdig, wie widersprüchlich unser Dasein manchmal ist, dachte er.

»Den habe ich auch geliebt.« Sie schluchzte leise. »Und jetzt ist er nicht mehr da.«

»Übrigens, ich war vorhin bei Ihnen zu Hause, weil ich Sie dort gesucht hatte.«

»Oh Gott. Sie haben Herbert doch hoffentlich nichts von Peter und mir erzählt?« Sie hob erschrocken die Hand vor den Mund.

»Nein, keine Angst. Aber ich habe Sie und ihn zu einem Dinner in den *Chiemgauer Seehof* eingeladen.«

»In Peters Hotel? Aber wozu?« Sie hob erstaunt die Brauen.

»Ich musste das tun, damit er nichts von Ihrem Verhältnis zu Peter Sollner erfährt.«

»Aha. Muss ich das verstehen?«

»Nein, aber hingehen müssen Sie mit ihm. Ich habe Ihnen einen Gutschein überbracht, müssen Sie ihm sagen. Sonst schöpft er am Ende noch Verdacht, dass irgendetwas nicht stimmt.«

»Aber ich habe doch gar keinen Gutschein.«

»Können Sie sich selbst kurz einen am Computer basteln?«

»Schon.«

»Dann machen Sie das. Ich gebe der Hotelchefin Bescheid, dass Sie sich telefonisch voranmelden.«

»Gut, Herr Raintaler. Dann tue ich das. Sie müssen gut verdienen als Privatdetektiv.« Sie lächelte.

»Sie meinen, wegen der Einladung? Das Essen spendiert aber die Hotelchefin, nicht ich.« Er schüttelte grinsend den Kopf.

»Kennen Sie die so gut?«

»Kann man sagen.«

Der Kaffee und der Kuchen kamen. Sie tranken und aßen eine Weile lang schweigend. Dann bezahlte Max für beide. Er gab großzügig Trinkgeld. Geht sowieso auf Spesen, dachte er, während er sie noch zum Rathaus begleitete. Und wenn ihr Mann nun doch von ihr und Sollner erfahren hatte?, schoss es ihm gleich darauf auch noch durch den Kopf. Na ja, dann hatte er zumindest schon mal einen konkreten Verdächtigen. Allerdings einen mit Alibi der Ehefrau. Also doch wieder Essig?

Nachdem er sich von ihr verabschiedet hatte, kamen ihm Brigittes Rudi und Tanjas Igor wieder in den Sinn. Er wollte die beiden auf jeden Fall auch noch aufsuchen, um ihnen ein paar Fragen zu stellen. Immerhin war Tanja ebenfalls mit Sollner zusammen gewesen, auch wenn das schon eine Weile her war. Und Brigitte soll laut Maria Hochfellner bis zuletzt mit Sollner verbandelt gewesen sein. Also nichts wie auf nach Nussdorf zu Rudi und danach in den *Fröhlichen Wirt* hier in Traunstein. Bestimmt gab es dort auch ein kühles Bier. Hoffentlich hatten die nicht erst am Abend geöffnet.

12

»Schau da nicht hin, Magda.« Koch-Azubi Walter Meier hielt der neuen kroatischen Hilfsköchin Magda Kovac die Augen zu. Er drängte sie schnell aus der Tür zum Vorratsraum und verschloss diesen wieder.

Die gerade mal 18-jährige Magda sollte heute Morgen bei ihnen im *Chiemgauer Seehof* als Ersatz für die tote Tanja anfangen. Deswegen hatte die Chefin Walter beauftragt, einen Rundgang durchs Hotel mit ihr zu unternehmen. Er sollte ihr alles zeigen. Natürlich auch den Vorratsraum, denn dort würde sie ganz bestimmt des Öfteren etwas holen müssen. Auf die anderen Räume, in denen sie hier unten nichts zu suchen hatte, wie zum Beispiel die Sauna oder das Hallenbad, hatte er sie bereits auf dem Weg hierher hingewiesen.

»Aber warum? Ich denke, ich soll alles sehen.« Sie riss seine Hand von ihrem Gesicht. Ihre dunkelbraunen Augen blitzten ärgerlich.

»Später, Magda. Komm, wir gehen wieder nach oben.«

»Ich bin kein Kind mehr, Walter. Lass mich da auf der Stelle reinschauen.« Sie zeigte auf die graue Stahltür.

»Na gut. Wenn du unbedingt meinst.« Walter hatte nicht die geringste Lust, als Spaßbremse dazustehen. Wenn sie unbedingt sehen wollte, was er gesehen hatte, dann sollte sie das eben tun.

Er sperrte auf und ließ sie hinein.

Zwei Sekunden später kam sie laut schreiend wieder heraus, rannte an ihm vorbei den Flur hinunter und war wie der Blitz verschwunden. Walter zog die Tür zum Vorratsraum wieder zu und lief ihr so schnell er konnte hinterher. Höchste Eile war geboten. Das hier unten musste er auf jeden Fall unverzüglich der Chefin melden. Da mussten die Polizei her und ein Rettungswagen.

Als er keuchend die oberste Treppenstufe erreichte, sah er Maria Hochfellner hinter dem Empfangstresen stehen.

»Gott sei Dank sind Sie hier, Chefin«, zischte er mit weit aufgerissenen Augen, sobald er vor ihr stand. »Es ist etwas Schreckliches passiert.«

»Ja, um Himmels willen, Walter. Was ist denn? Du bist ja leichenblass.« Sie sah ihn erschrocken an.

»Die Beate. Sie …« Er zögerte.

»Was ist mit der Beate? Nun sag doch schon. Habt ihr gestritten?«

»Nein, sie ist, … ich meine, sie liegt, … nein, sie sitzt im Vorratsraum.« Walter war immer noch völlig atemlos. Seine Hände zitterten. Der Schreck steckte ihm in allen Gliedern.

»Die Beate. Ist sie etwa auch …?« Maria wagte es offenbar nicht, den Satz zu Ende zu sprechen.

»Tot«, flüsterte er. »Es schaut so aus, als wäre sie tot. Ihr Gesicht liegt in einem großen Teller voller Sauerkraut.«

»Herr im Himmel«, zischte die Besitzerin des Hotels mit geschockter Miene. »Das gibt es doch gar nicht.« Wollte da jemand ihr ganzes Personal ausrotten? Aber warum? Das musste ein Wahnsinniger sein. Eine andere Möglichkeit gab es nicht. »Pass auf, Walter«, flüsterte sie. »Kein Sterbenswörtchen darüber zu irgendjemandem. Hamma uns?« Sie sah ihren Azubi streng an.

»Logisch, Chefin. Ich schweige wie ein Grab«, versicherte er ihr. »Von mir erfährt keiner was.«

»Hoffen wir's. Und jetzt nimmst du dir auf den Schreck hin heute frei und gehst baden.«

»Aber ich muss doch …«

»Keine Widerrede.« Ihre Stimme ließ nicht den geringsten Zweifel daran, dass sie es genauso meinte, wie sie es sagte.

»Na gut, Chefin. Danke.« Walter trollte sich mit hängendem Kopf. Mist, er hätte nur zu gerne gewusst, wie das alles weiterging. Außerdem war er doch ein wichtiger Zeuge. Aber wenn die Chefin meinte, er sollte baden gehen, dann ging er eben baden. Ober sticht Unter. Das hatte er von klein auf beim Schafkopfen gelernt.

Max wachte auf, weil das Telefon neben seinem Bett klingelte.

»Raintaler«, meldete er sich verschlafen.

Er hatte gestern Abend mit Igor auf dessen privater Terrasse Wodka getrunken. Nicht zu knapp. Der Russe hatte ihm sein Leid geklagt, wegen der toten Tanja und dass er so weit weg von zu Hause war und sich einsam fühlte. So wie es aussah, wusste er nichts von Tanja und Sollner. Er schien sie außerdem wirklich geliebt zu haben. Immer wieder war er wegen ihr in Tränen ausgebrochen. Für Max, der sich um 20:30 Uhr auf Spesen ein Taxi zurück ins Hotel genommen hatte, stand er in der Reihe der Verdächtigen ganz hinten. Genauso wie Brigittes Rudi. Der war offensichtlich wirklich ein Windhund. Als Max, bevor er Igor besuchte, bei ihm geklingelt hatte, hatte ihm eine spärlich bekleidete sehr junge Frau geöffnet. Max hatte ihr gesagt, dass er Rudi ein paar Routinefragen bezüglich eines Kochs im *Chiemgauer Seehof* stellen wolle. Rudi war daraufhin ebenfalls in der Tür erschienen. Er hatte Max hereingebeten, aber nicht viel zu Sollner gewusst. Außerdem hatte er ein überzeugendes Alibi für die Tatzeitpunkte: Seine halb bekleidete Geliebte bestätigte, dass sie beide Male zusammen gewesen seien.

Als Max nach dem Wodkagelage mit Igor gegen

21 Uhr im leeren Hotelzimmer angekommen war, hatte er sich sogleich hingelegt und war vom Fleck weg eingeschlafen. Tief und fest. Bis jetzt.

»Hochfellner, Herr Raintaler. Es ist schon wieder was passiert.« Marias Stimme klang aufgeregt und panisch zugleich.

»Was ist denn los?« Max rieb sich die Augen.

»Unsere zweite Beiköchin, Beate Schröder …« Sie zögerte.

»Was ist mit ihr?«

»Sie sitzt im Vorratsraum, ihr Gesicht in einem großen Teller Sauerkraut.«

»Tatsächlich?« Er setzte sich ruckartig auf. Das war doch alles gar nicht mehr zu fassen.

»Tatsächlich. Sie scheint tot zu sein.« Sie klang wahrlich nicht so, als ob sie scherzen würde.

»Wer hat sie gefunden?« Max war mit einem Schlag hellwach.

»Unser Azubi, der Walter.«

»Wo ist er jetzt?«

»Ich habe ihm freigegeben und ihn zum Baden geschickt.«

»Hm, das ist suboptimal.« Max kratzte sich ausgiebig am Hinterkopf.

»Er ist 16, Herr Raintaler.« Sie klang ungeduldig. Offensichtlich war sie es nicht gewöhnt, kritisiert zu werden.

»Okay. Ich kann ihn später immer noch befragen. Haben Sie Berger gerufen?«

»Nein, der macht doch eh bloß wieder Schmarrn.« Die Ungeduld in ihrer Stimme wich purer Verachtung.

»Rufen Sie ihn trotzdem her. Drei Morde in kürzester Zeit. Das muss offiziell untersucht werden.«

»Na gut, mache ich. Kommen Sie trotzdem gleich runter?«

»Ich komme, wenn Herr Berger eingetroffen ist. Passen Sie bitte auf, dass niemand bis dahin dort unten etwas anrührt. Auch nicht die Tür und die Türklinken. Schicken Sie nur blitzschnell einen Ihrer Ärzte hinunter. Vielleicht lebt sie noch. Er soll alles aber nur mit einem Tuch oder mit Handschuhen berühren.«

»Gut, Herr Raintaler. Bis dann.«

»Bis dann.«

Sie legten auf.

Max ließ sich auf sein Kissen zurücksinken. Der totale Wahnsinn, dachte er. Das schaute jetzt wirklich nicht mehr wie ein harmloser dreifacher Mord aus Eifersucht aus. Da steckte offensichtlich noch mehr dahinter. Hier könnte es genauso gut um etwas ganz anderes gehen. Ein Racheakt? Vielleicht doch die Mafia. Oder es ging um Drogen. Oder ein Wahnsinniger, der vielleicht keine Kochmützen mochte, hatte die drei Opfer auf dem Gewissen. Er schlief erneut ein. Dass Monika neben ihm lag und von dem Lärm, den er veranstaltet hatte, aufgewacht war, bekam er dabei gar nicht mit.

»Max!«

Die Stimme kam ihm seltsam bekannt vor. Außerdem wurde er von jemandem geschüttelt. *Geschüttelt nicht gerührt*, ging es ihm durch den Kopf. Er schlug die Augen auf. Merkwürdig. Gerade hatte er noch in Kanada Lachse gefangen und war von einem Grizzly verfolgt worden, jetzt war er offensichtlich wieder zurück in Bayern. In seinem und Monikas Doppelzimmer in Bad Endorf im *Chiemgauer Seehof,* um genau zu sein.

»Moni? Was machst du denn hier?« Er glotzte sie erstaunt an.

»Na was wohl? Urlaub mit dir, du Depp. Jedenfalls war das die ursprüngliche Absicht. Wieder unter den Lebenden?« Sie blickte sichtlich missgelaunt auf ihn hinab.

»Ist irgendwas?«

»Frau Hochfellner will dich sprechen.« Sie reichte ihm, ohne weiter auf seine Frage einzugehen, den Telefonhörer.

»Raintaler.« Seine Stimme klang, als hätte er gestern mit Glasscherben gegurgelt. Er räusperte sich einige Male.

»Herr Raintaler. Ich wollte Ihnen bloß kurz Bescheid geben. Hauptkommissar Berger ist da. Er geht mit seinem Team in den Keller.«

»Gut, Frau Hochfellner. Ich komme.« Er legte auf.

»Geht das jetzt andauernd so weiter?« Monika schaute ihn fragend an.

»Was geht jetzt andauernd so weiter?« Er runzelte unwillig die Stirn, während er sich aus seinen Laken wühlte.

»Dass du nur für deinen Fall da bist und nicht für mich und unseren gemeinsamen Urlaub.« Sie verschränkte genervt die Arme vor der Brust.

»Kommt ganz darauf an«, erwiderte er. Schlimmer als die Heilige Inquisition. Allein wie sie schon dasteht. Sie scheint sich wieder mal absolut im Recht zu fühlen, Herrschaftszeiten.

»Na gut. Dann fahre ich wieder nach München.« Sie schob trotzig die Unterlippe nach vorne.

»Tu, was du nicht lassen kannst«, erwiderte er unbeeindruckt. »Dann bleibe ich eben alleine hier und genieße meinen kostenfreien Aufenthalt, solange ich Lust habe, und mache nebenher einen Serienkiller dingfest.«

»Einen Serienkiller? Es gab doch nur zwei Tote.«

»Drei.«

»Was? Noch jemand?«

»Jawohl, Gnädigste. Noch eine Köchin.«

»Ja, da ziehe ich ja erst recht aus, wenn hier ein Irrer reihenweise die Leute abschlachtet.« Sie blickte ihn erschrocken an.

»Bisher hat er sich ans Küchenpersonal gehalten. Schaust du vielleicht aus wie eine Köchin?« Er musste unfreiwillig grinsen.

»Nein. Aber wer weiß, vielleicht fallen ihm als Nächstes Schwarzhaarige mit blauen Augen ein.« Ihrem Gesichtsausdruck nach schien sie die Sache überhaupt nicht lustig zu finden.

»Schmarrn.« Er patschte barfuß ins Bad hinüber, um seine Blutdrucktablette einzunehmen und zu duschen.

»Und was sollte das mit dem kostenfreien Aufenthalt gerade heißen?« Sie kam ihm nach und lehnte sich mit ihrem Hinterteil gegen das Waschbecken, während er die Dusche aufdrehte.

»Frau Hochfellner, die Hotelchefin, hat mich engagiert, um die Morde aufzuklären. Ihre Bezahlung ist freie Kost und Logis für uns beide, solange wir Lust haben, hier zu bleiben, und 400 Euro Tagesgage plus Spesen für mich. Da schaust du, was?« Er grinste triumphierend.

Sollte sie doch heimfahren, wenn sie wollte. Er würde auf alle Fälle bleiben. So viel war sicher.

»Geh, red doch keinen Schmarrn.« Sie winkte ungläubig ab.

»Ist kein Schmarrn.«

»Echt nicht?« Sie machte große Augen. »400 Euro plus Tagesspesen. Und wir zwei wohnen und essen umsonst hier im *Chiemgauer Seehof*, solange wir wollen.«

»Ja, aber natürlich nur, bis der Fall geklärt ist.«

»Aha.« Sie stemmte nachdenklich die Hände in die Hüften. »Aha«, wiederholte sie einige Sekunden später noch einmal. »Soso.«

»Genau.« Max drehte die Dusche ab und nahm sein Handtuch vom Halter.

»Und wo warst du gestern? Als ich heimkam, hast du schon geschnarcht. Es hat im ganzen Zimmer gerochen wie in einer Brauerei.«

»Kann nicht sein. Ich habe Wodka getrunken, und der stinkt bekanntlich nicht.«

»Dann war es halt das Bier, das du dazu getrunken hast. Auf jeden Fall musste ich erst mal eine halbe Stunde lang lüften und mir dabei das dämliche Gequake der Frösche draußen anhören.«

»Ich dachte immer, du liebst die Natur.« Er ging zurück ins Schlafzimmer.

»Jetzt sag schon, wo du warst.« Sie heftete sich an seine Fersen.

»Erst, wenn du mir sagst, wo ihr gestern wart.« Er zog eine von den bequemen neuen Unterhosen an, die er sich letzte Woche noch im Kaufhaus am Marienplatz geholt hatte.

»Wir sind nach dem Mittagessen an den Chiemsee gefahren. Dort haben wir uns den ganzen Nachmittag gesonnt und gebadet und dann waren wir abends noch in Berchtesgaden essen.«

»Super. Ohne mir eine Nachricht zu hinterlassen. Ganz toll, Moni.« Er streifte ärgerlich sein rotes T-Shirt mit der Aufschrift *Ich bin nun mal so* über.

»Du hättest doch einfach anrufen können.« Sie zuckte die Achseln. »Oder hast du dein Handy in München gelassen?«

»Und wenn ich es tatsächlich vergessen hätte?«

»Hast du?«

»Nein. Aber es hätte doch sein können. Und es wäre dir völlig egal gewesen, stimmt's?«

»Das ist mir zu hoch. Also sag schon, wo du warst, und ich überlege mir, ob ich doch noch hier bleibe. Deal oder kein Deal?« Sie hielt ihm mit aufforderndem Blick die Hand hin.

»Na gut.« Er schlug ein. »Wusste ich es doch, dass du käuflich bist. Ich war in Traunstein und habe Verdächtige verhört.« Er grinste erneut triumphierend. Gewonnen, Raintaler.

»Beim Wodka?«

»Ein Verdächtiger ist Russe.«

»Logisch.« Sie lachte hämisch auf.

»Wenn ich es dir sage.«

»Also gut, Max. Ich überlege mir, ob ich doch hier bleibe. Aber nur, wenn du mir versprichst, ab und zu auch mal was mit mir zu unternehmen. Sonst kannst du es vergessen.« Sie verschränkte entschlossen die Arme vor der Brust.

»Versprochen.« Er zog die Jeans an und schlüpfte in seine Slipper. »Aber jetzt muss ich weg. Sehen wir uns in einer Stunde beim Frühstück?«

»Machen wir, alter Depp.« Sie lächelte gutmütig.

»Selber Depp. Aber ein lieber.« Er nahm sie in die Arme und drückte ihr ein dickes Bussi auf die Backe. Dann verließ er das Zimmer. Wichtige Aufgaben erwarteten ihn.

13

Als Max im Vorratsraum ankam, waren Berger und seine Leute bereits in Aktion. Raumfahrern gleich wuselten sie, vollständig in weiße Schutzkleidung gehüllt, um die tote Beate Schröder herum. Sie saß, wie die beiden Opfer vor ihr, auf einem Stuhl an dem kleinen Tisch neben dem Wandregal mit den Obst- und Gemüsekisten. Ihr Gesicht steckte tief in einem großen Suppenteller voller Sauerkraut und Blattsalat.

»Ja, der Herr Exkommissar. Haben Sie auch schon gehört, dass wir ein drittes Opfer haben?« Berger blickte ihn neugierig an.

»Schaut ganz so aus, Herr Hauptkommissar.« Max schaute humorlos zurück. »Das ist jetzt überhaupt nicht mehr lustig hier.« Er zeigte auf die tote Beiköchin. »An

Ihrer Stelle würde ich sämtliche Hotelgäste befragen, ob ihnen etwas aufgefallen ist.«

»Zu spät, Herr Raintaler. Meine Leute sind schon dabei.«

»Hoffentlich gehen sie dabei diskret vor. Sonst kann Frau Hochfellner morgen wegen allgemeiner Hotelflucht zusperren.«

»Diskret sind wir natürlich, Herr supergescheiter Stadtpolizist a.D.« Berger schnaubte grantig. »Und ob wir hier alles zusperren, überlege ich mir gerade selbst. Da muss die gute Maria gar nicht aktiv werden.«

Aha, man kannte sich näher. Da schau her, Raintaler. Hatte es am Ende private Gründe, warum Maria Hochfellner glaubte, dass Berger diesen Fall hier verpfuschte? Konnte zumindest gut sein. »Wieso wollen Sie denn zusperren?«

»Es hat drei Tote gegeben. Wenn das kein Grund ist, was dann? Die Gäste könnten in Gefahr geraten.«

»Aber bisher musste doch nur Küchenpersonal dran glauben.«

»Bisher schon. Aber das kann sich auch ändern.«

»Mag sein. Schaut im Moment aber nicht so aus.« Max legte nachdenklich die Stirn in Falten. »Derselbe Täter?«, fragte er dann.

»Wahrscheinlich.« Berger klang jetzt wieder etwas freundlicher. »Alles ist so wie bei den letzten beiden Opfern. Aber natürlich muss die Leiche erst noch in die Gerichtsmedizin, um Weiteres abzuklären.«

»Wer tut so was bloß?« Max schüttelte nachdenklich den Kopf.

»Wenn Sie mich fragen, können wir die Theorie mit

der Eifersucht vergessen.« Berger schüttelte ebenfalls den Kopf. »Es sei denn, da war jemand auf drei Leute gleichzeitig eifersüchtig.«

»Unwahrscheinlich, stimmt. Und wenn Leitner letztes Mal recht hatte, und es steckt doch die Russenmafia dahinter? Irgendein brutaler Racheakt, ein uraltes sibirisches Ritual, das wir hier bisher noch nicht kannten?«

»Lassen Sie ihn das bloß nicht hören.« Berger senkte seine Stimme. »Da wird er mir sonst gleich wieder übermütig.«

»Vielleicht ging es dabei um Drogenhandel, Menschenhandel oder einen Lebensmittelskandal. Und die drei Opfer wussten mehr darüber, als für sie gut war. Ist doch alles möglich.«

»Möglich, Herr Raintaler. Muss aber nicht unbedingt mit der Russenmafia zu tun haben. Wir bewegen uns da im Moment alle auf rein spekulativem Boden.«

»Vielleicht weiß noch jemand von der Küchenbelegschaft etwas Wichtiges und wird das nächste Opfer. Die in der Küche sollte man zuerst befragen, finde ich.«

»Tun Sie, was Sie nicht lassen können, Herr Detektiv. Aber kommen Sie uns nicht in die Quere.« Berger drohte ihm mit dem erhobenen Zeigefinger. »Wir befragen diese Herrschaften natürlich auch noch offiziell.«

Max nickte nur stumm und verließ den Vorratsraum wieder. Hier würde sich nichts Neues für ihn ergeben. Und wenn doch, konnte er Berger später immer noch danach fragen. Obwohl der heute im Gegensatz zum letzten Mal nicht gerade den Eindruck gemacht hatte, als würde er gerne mit ihm kooperieren. Herrje, wie konnte ein einzelner Mensch bloß so launisch sein.

Er begab sich auf direktem Weg in die Küche. Dort traf er aber nur die zwei Azubis und den sehr jungen Jungkoch Günter Burger an. Der meinte, dass Herr Moser, der Chef de Partie zum Einkaufen nach Rosenheim gefahren sei und erst mittags wieder hier wäre. Herr Spreizner, der Souschef, habe sich heute Morgen krankgemeldet. Und Walter Meier habe überraschend freibekommen. Nein, über die Toten wüsste keiner von ihnen großartig etwas. Man arbeite hier viel, für Privates bliebe gerade den Jungköchen und Azubis so gut wie keine Zeit. Eine reine Katastrophe wäre die Sache mit den drei Toten. Jetzt müssten sie hier alle doppelt so viel arbeiten als gewöhnlich. Zumal die neue Beiköchin, diese Magda Kovac, vorhin auch noch fluchtartig das Hotel verlassen hätte.

Das ist insgesamt eine verdammt magere Ausbeute, dachte Max, während er sich von der arg dezimierten Küchenmannschaft verabschiedete. Und Koch werde ich ganz bestimmt nicht. Das ist ja der reine Stress. Er dachte bisher immer, dass es in so einer Küche recht gemütlich zugeht. Bisserl was braten, einen Salat zurechtzupfen oder gemütlich ein paar Nudeln abgießen. Weit gefehlt. Er behielt im Kopf, dass er noch mit dem Chef de Partie, Moser, und dem dritten Koch-Azubi, Walter Meier, reden musste. Spreizner würde er nachher gleich mal zu Hause besuchen. Wenn er krank war, musste er schließlich daheim sein. Aber jetzt musste Max erst mal etwas essen. Monika wartete sicher schon im Frühstücksraum auf ihn.

»Spät kommt er, doch er kommt«, begrüßte sie ihn mit leicht vorwurfsvollem Tonfall.

»Nur zehn Minuten, Moni. Das ist immer noch im akademischen Viertel.« Er zeigte auf seine Armbanduhr, setzte sich zu ihr an den Fenstertisch, an dem sie bereits gestern und vorgestern gesessen hatten, und schenkte sich Kaffee ein.

»Und wie war's im Keller des Grauens?« Sie lächelte flüchtig, war gleich darauf aber wieder ernst.

»Drei Tote. Alle auf dieselbe Art umgebracht«, flüsterte er. »Das ist alles schon sehr ungewöhnlich.«

»Ungewöhnlich? Ja um Himmels willen!« Sie lachte kurz humorlos auf. »Das würde ich allerdings auch meinen.«

Während sie mit gutem Appetit aßen und tranken, näherten sich Franz und Sandra dem Tisch.

»Da ist er ja wieder, der verlorene Sohn«, scherzte Franz, während sie sich setzten. »Wo warst du denn so lange?«

»Ermittlungen, Franzi. Ich arbeite, während du es dir hier gut gehen lässt.«

»Du müsstest ja nicht.« Franz zuckte die Achseln.

»Doch, ich habe einen offiziellen Auftrag von der Hotelchefin bekommen.« Max setzte ein wichtiges Gesicht auf.

»Ehrlich?«

»Ehrlich.«

»Dann unternimmst du jetzt wohl überhaupt nichts mehr mit uns?« Franz runzelte die Stirn.

»Doch, nur nicht so viel.« Max lächelte beschwichtigend.

»Und was sagst du dazu?«, wandte sich Franz an Monika.

»Passt schon«, erwiderte sie. »Das Angebot kann er nicht ablehnen.«

»Ist es so viel?« Franz machte große Augen.

Monika nickte nur stumm, ihre Honigsemmel weiterkauend.

Franz drehte sich wieder in Max' Richtung. »Wirklich?«, fragte er ihn.

»Wirklich, Franzi.« Max nickte ebenfalls.

»Dann kann man wohl nichts machen. Sag Bescheid, wenn ich dir helfen kann. Aber nur, wenn es nicht zu viel Zeit kostet.« Franz schlug Max gratulierend auf die Schulter.

»Ich wüsste da schon was.«

»So schnell? Hm, na gut. Und was?« Man konnte Franzi deutlich ansehen, dass er sein Angebot bereits bereute.

»Ich hab mein Auto in Traunstein stehen gelassen. Könntest du mich nach dem Frühstück hinfahren?«

»Nach dem Frühstück, sagst du? Hm.« Franz wollte ganz offensichtlich Zeit schinden, um zu überlegen, wie er aus der Sache am besten wieder herauskam.

»Genau. Nach dem Frühstück.« Max, der seinen alten Freund und Exkollegen in- und auswendig kannte, grinste breit.

»Oh je, das ist ganz schlecht. Ich habe gleich eine längere Anwendung.« Franz' Miene erhellte sich schlagartig. »Herrje, fast hätte ich es vergessen«, fügte er hinzu.

»Ja, da kann man natürlich nichts machen.« Max schmunzelte. Da ist er jetzt aber froh, der Wurmdobler, dass ihm seine Anwendung eingefallen ist.

»Ich fahr dich, Max«, bot ihm Sandra an.

»Du?« Max staunte Bauklötze.

Was mochte Sandra dazu bewegen, ihm einen Gefallen tun, fragte er sich. Sie hatte ihn die meiste Zeit über immer nur mehr oder weniger als Monikas und Franz' Anhängsel betrachtet. Die anderen beiden schauten ebenso überrascht drein wie er.

»Warum nicht? Ich fahre gern. Oder soll ich dir mein Auto leihen, Moni?« Sie blickte Monika abwartend an.

»Nein, passt schon, Sandra«, beeilte sich Monika zu antworten. »Ich wollte nach dem Frühstück einen Krimi anschauen und dann in den Pool springen.«

»Na gut. Dann fahre ich dich also nachher, Max. Abgemacht.« Sandra nickte ihm zur Bestätigung noch einmal zu. Dann aß sie einen Löffel von dem Magerjoghurt ohne Früchte, den sie sich vom Büffet mitgebracht hatte.

Nachdem sie fertig gefrühstückt hatten, verabschiedete sich Max von Monika und Franz. »Ich muss noch kurz zu Maria Hochfellner hoch«, klärte er Sandra auf. »Dauert nicht lange.«

»Kein Problem. Ich setze mich solange auf die Terrasse und lese Zeitung.« Sie lächelte.

Herrschaftszeiten, sie ist so übertrieben freundlich zu mir. Irgendwas stimmt da nicht. Na ja. Ich werde es wohl früh genug erfahren, sobald ich mit ihr im Auto sitze.

Während er in der ersten Etage auf Maria Hochfellners Büro zuging, kam ihm in den Sinn, dass er es schon reichlich merkwürdig fand, dass sich Spreizner ausgerechnet heute krankgemeldet hatte. An dem Tag, an dem ein weiteres Mordopfer hier im Hotel zu beklagen war.

Nachdem er auf sein Klopfen hin gebeten wurde, einzutreten, öffnete er die Tür zu Maria Hochfellners Büro und sah sich einer völlig aufgelösten Hotelchefin gegenüberstehen.

»Herr Raintaler, was mach ich denn nur?«, jammerte sie mit Tränen in den Augen. »Drei Köche tot, eine Neue gleich wieder verschwunden. Und dann fragen Bergers Leute auch noch meine Gäste aus. Wenn das so weitergeht, kann ich morgen zusperren. Die ziehen doch alle aus, wenn sie erfahren, dass es drei Morde gegeben hat.« Sie raufte sich vor Verzweiflung die Haare, packte die Papiere auf ihrem Schreibtisch und warf sie in die Luft. »Und das war es dann mit meiner Karriere. Da kann ich doch gleich einpacken.«

»Geh, so schlimm wird es schon nicht werden, Frau Hochfellner«, versuchte Max, sie zu beruhigen. Er näherte sich ihr langsam.

»Doch.« Sie schluchzte. »Alles umsonst, mein ganzes Leben geht den Bach hinunter. Wäre doch nur mein Vater noch da. Der wusste immer guten Rat.«

»Ich bin an der Sache dran. Je eher wir den Mörder haben, desto schneller vergessen die Leute wieder, dass es hier Tote gegeben hat. Glauben Sie mir.« Max zwang sich, in beruhigendem Tonfall zu sprechen.

»Meinen Sie?« Sie hielt inne.

»Ja, das meine ich.« Er setzte sich ihr gegenüber in den Besucherstuhl. »Es sieht alles längst nicht so schlimm aus, wie Sie glauben.«

»Aber wenn die Gäste gehen, habe ich keinen Umsatz mehr.« Nackte Panik schlich sich in den Klang ihrer Stimme.

»Es kommen auch wieder neue Gäste.«

»Aber die laufenden Kosten. Ich muss das Personal bezahlen, Strom, Gas, sonstige Verbindlichkeiten, Herr Raintaler.«

»Das wird schon werden.« So wie sie aussieht, ist sie ganz schön am Ende, stellte Max innerlich fest. Herrschaftszeiten, so was Blödes aber auch mit diesen toten Köchen. »Berger hat mir versprochen, sehr diskret unter den Gästen nachzuforschen.«

»Wirklich? Aber wie soll das gehen bei Mord?«

»Na ja, stimmt schon. Aber wird schon nicht so schlimm werden.« Er klang mehr als zuversichtlich. »Und für die Küche sollten Sie sich beim Studentendienst der FH in Rosenheim ein paar Aushilfen holen. Die kosten nicht so viel, kommen schnell und unbürokratisch her, und Ihre verbliebene Küchencrew kann ihnen anschaffen, was sie tun sollen.«

»Darauf bin ich noch gar nicht gekommen. Da sehen Sie mal, wie ich mit den Nerven runter bin. Gute Idee. Danke, Herr Raintaler.« Sie lächelte ihn dankbar an.

»Nichts zu danken.« Max tat es mit einer Geste ab. »Ich würde gerne mit Herrn Spreizner, Ihrem Souschef, reden. Könnten Sie mir bitte seine Adresse geben?«

»Na klar, kein Problem. Moment, ich suche sie Ihnen raus.« Sie wühlte eine Zeitlang in ihren Karteikarten. Dann schrieb sie etwas auf einen kleinen weißen Zettel. »Er wohnt gar nicht weit von hier, in Höslwang. Hier bitte.« Sie händigte ihm die Adresse darauf aus.

»Vielen Dank.« Er steckte den Zettel in seine Brieftasche und stand auf. »Lassen Sie bitte nicht den Kopf hängen. Das wird alles schon wieder.«

»Na gut. Ich gebe mir Mühe«, erwiderte sie mit einem tapferen Lächeln. »Bis später, Herr Raintaler.«

»Bis später.«

Als Max in die Empfangshalle hinunter kam, winkte ihm Sandra vom Ausgang aus zu.

»Na, doch nicht auf der Terrasse gesessen?« begrüßte er sie lächelnd.

»Zu heiß.« Sie lächelte zurück.

»Fahren wir?«

»Ja.«

Sie setzten sich in ihren kleinen Renault Clio. Sandra steckte den Schlüssel ins Zündschloss, drehte die Klimaanlage auf und fuhr los. »Max …?«, meinte sie, nachdem sie eine Weile lang unterwegs waren.

»Ja, Sandra?«

»Ich brauche deine Hilfe.«

»Du? Meine Hilfe?« Was war denn das? Sandra, die große Lebens- und Diätberaterin brauchte *seine* Hilfe? Sonst war sie es doch immer, die allen anderen ihre guten Ratschläge erteilte, egal, ob die das nun wollten oder nicht.

»Ja.« Sie schaltete einen Gang runter, um die nächste Kurve besser anfahren zu können.

»Was ist denn passiert? Ist etwas mit Franzi? Hattet ihr wieder mal Streit?« Er schaute neugierig zu ihr hinüber.

»Nein, keinen Streit.« Sie schüttelte den Kopf. »Aber ich mache mir große Sorgen.«

»Um Franzi?«

»Ja.«

»Was ist denn mit ihm?« Er runzelte nachdenklich die Stirn.

»Er lebt zu ungesund.«

»Das stimmt.« Er nickte eifrig. »Aber das wissen wir doch alle. Was kann ich dagegen tun?«

»Könntest du nicht mal mit ihm reden?«

»Mensch, Sandra. Ich habe ihm bestimmt schon 100 Mal gesagt, dass er das Rauchen aufgeben und sich mehr bewegen soll. Aber es ist ihm scheißegal, wenn man ihm etwas sagt.« Max spürte, wie ungeduldig er auf dieses Thema reagierte. Fast schon allergisch. Zu oft hatte er seinen alten Freund und Exkollegen bereits auf seine Laster hingewiesen.

»Ich weiß«, sagte sie. »Aber magst du es vielleicht nicht noch einmal versuchen?« Er sah aus den Augenwinkeln, wie sie sich mit dem Handrücken die Tränen aus den Augen wischte.

»So schlimm?«

»Ja. Ich möchte nicht so bald Witwe werden.«

»Na gut. Ich rede mit ihm.«

»Versprochen?« Sie schluchzte kurz auf.

»Versprochen.« Er tätschelte ihr beruhigend die Schulter, obwohl er ahnte, dass er es wahrscheinlich wohl doch nicht tun würde. Wozu auch? Erstens würde ihm Franz wie gewöhnlich nicht zuhören. Zweitens war der kleine glatzköpfige Hauptkommissar bei der Münchner Kripo schließlich erwachsen.

14

»Autsch, ist das heiß. Muss das so heiß sein?« Franz legte sich mit hochrotem Kopf auf die Fangopackung, die eine der Physiotherapeutinnen, Gerda Stöckl, gerade hereingebracht hatte.

»Wenn's nicht heiß ist, hilft es nichts, Herr Wurmdobler. Das habe ich Ihnen doch schon so oft erklärt.« Die kräftig gebaute Gerda stemmte mit ungeduldiger Miene die Hände in die Hüften.

»Aber dass es gleich dermaßen heiß sein muss. Zefix noch mal. Das verbrennt einem ja geradezu den Rücken.« Er rutschte unruhig auf der Massageliege hin und her.

»Geh, Herr Wurmdobler. Sie sind doch ein gestandenes Mannsbild. So einem macht das bisserl Hitze doch nichts aus.« Gerda breitete eine Decke über ihn, damit er richtig ins Schwitzen kam.

»Na ja, stimmt schon.« Franz räusperte sich. Er hatte Mühe, sie über seinen auch nach drei Wochen Kur immer noch mächtig großen Bierbauch hinweg anzusehen. »Da müssen wir halt jetzt durch, was? Obwohl das Ding heute wirklich unglaublich heiß ist. So heiß war es noch nie.«

»Die Fangopackung ist genau wie immer, Herr Wurmdobler. Glauben Sie mir. Ich bin in 20 Minuten zurück. Versuchen Sie sich zu entspannen.« Gerda zog die Tür des kleinen Behandlungszimmers hinter sich zu.

Franz mochte Gerda nicht. Sie hatte so eine ganz gewisse bevormundende Art, die ihn an Sandra erinnerte. Egal welche von beiden ihn ansprach, er kam sich jedes Mal wie ein kleines Kind vor. Gut, gegen Sandras Befehle und Anweisungen konnte er nicht viel ausrichten. Schließlich waren sie verheiratet. Aber diese Gerda könnte wirklich etwas mehr Respekt vor einem Hauptkommissar aus der Großstadt zeigen. Außerdem was hieß schon, die Fangopackung wäre genauso wie immer? *Wie immer* gab es hierbei gar nicht. Die Temperaturen konnten durchaus unterschiedlich sein. Es kam halt immer darauf an, wie lange sie das Ding heißmachten. Hielten diese Heil- und Wellnessdeppen einen eigentlich für blöd, bloß weil man Übergewicht hatte? Es sah zumindest ganz danach aus.

Nach der Fangopackung und der für seinen Geschmack viel zu brutalen, regelrecht unsensiblen Massage, die ihm Gerda Stöckl anschließend verpasst hatte, ging's für Franz direkt zur Wasseraerobic. Eine geschlagene Stunde lang. Doch so heiß die Fangopackung gewesen war, so kalt war das Wasser im Schwimmbad heute, in das er gerade vorsichtig vom Rand aus seine Zehen gesteckt hatte. Hatten sie etwa vergessen, es aufzuheizen, oder es absichtlich gekühlt, weil es draußen so heiß war? Es gab Tage, an denen stimmte einfach nichts. Heute war einer davon. Aber so war das Leben nun mal. Also los, Augen zu und durch, sagte er sich. Langsam stieg er über die senkrechte Treppe neben den Startklötzen ins eisige Nass.

»Auf geht's, Herr Wurmdobler. Und hopp, und hopp.« Julia Steinbrenner nickte ihm aufmunternd zu. »Schlafen können wir heute Nacht wieder, ha, ha, ha.«

»Ja, ja. Ein alter Mann ist kein D-Zug.« Franz mochte die schlanke Blondine mit der Kurzhaarfrisur genauso wenig wie Gerda Stöckl. Ihr pseudofröhliches sportliches Getue raubte ihm nun schon seit drei Wochen den letzten Nerv. Immer mussten die Übungen noch schneller gehen und noch länger dauern. Warum konnte man nicht einfach nur ganz gemütlich ein paar Schwimmübungen mit den Gästen machen? Oder Wassertreten, während der Kopf entspannt auf dem Beckenrand lag? Toter Mann wäre auch noch eine Option gewesen. Aber nein, hier im *Chiemgauer Seehof* musste es andauernd zugehen wie bei der Olympiade. Unerträglich und irgendwie auch reichlich rücksichtslos gegenüber den vielen, eben nun einmal nicht ganz so sportlichen Gästen.

»Und die Arme ganz nach oben, Herr Wurmdobler. So ist es recht. Wir wollen schließlich unser Gewicht verlieren, nicht wahr? Von alleine geht das nicht. Das ist schon mit ein wenig Arbeit verbunden.« Julia stand oben am Beckenrand und führte den Hampelmann vor. Die Gemeinde der nassen Turnjünger folgte ihren Bewegungen und versuchte sie so gut wie möglich im hüfthohen Wasser nachzumachen.

»Mir geht das alles zu schnell«, protestierte Franz. Zefix, ich glaube, der durchtrainierte junge Drachen hat mich auf dem Kieker. Immer redet sie nur mich blöd an. Die anderen lässt sie in Ruhe. Wahrscheinlich spürt sie, wie unsympathisch sie mir ist. Mal schauen, was sie dazu sagt, wenn ich untergehe. Wahrscheinlich bekommt sie einen sauberen Schreck und meint, mich retten zu müssen. Und wenn sie dann kommt, um mich rauszuziehen, schlage ich hektisch um mich und ziehe sie in meiner vermeintlichen Panik unter Wasser. Jawohl, so wird's gemacht, Franzi. Mal sehen, ob sie dann immer noch so eine große Klappe hat. Er holte tief Luft und ließ sich wie ein Wal ins Wasser plumpsen. Den Umstehenden klatschten die Wellen dabei bis zum Hals.

Bereits nach wenigen Sekunden hatte er das dringende Gefühl Luft holen zu müssen. Scheißraucherei, dachte er. Vielleicht gebe ich die vermaledeiten Glimmstängel demnächst doch noch auf. So sehr er sich auch anstrengte, er schaffte es nicht länger als bestenfalls sieben oder acht Sekunden, unter Wasser zu bleiben. Schnaubend, japsend und prustend kam er wieder an die Oberfläche.

»Super, Herr Wurmdobler.« Julia lächelte ihm hämisch zu, während sie ein paar Seitwärtsbeugen vorführte. »Versuchen Sie es noch einmal drei Sekunden länger. Aber ertrinken Sie uns nicht dabei. Wir alle würden Sie und Ihren besonderen Humor sehr vermissen.«

»Ich ertrinke schon nicht. Halten Sie mich für so blöd?« So ein Miststück, dachte er. Die hätte mich nicht mal rausgeholt. Hätte mich eiskalt absaufen lassen. Na warte, kommt Zeit, kommt Rat. Irgendwann kriegst du es von mir zurück, du knochiges Turngerät. Verlass dich drauf. Ein Franzi Wurmdobler ist zwar dick, aber er kann genauso gut zurückschlagen wie jeder Dünne. So viel ist sicher. Einer naseweisen Sportlehrerin, die gerade frisch von der Uni kommt, ist er auf alle Fälle gewachsen.

»Nein, Herr Wurmdobler, ich halte Sie nicht für blöd. Aber ich sage Ihnen jetzt einmal etwas.« Julia unterbrach ihr Vorturnen. »Seit drei Wochen machen Sie unsere Übungen hier nicht richtig mit. Wie wäre es denn, wenn Sie sich ein anderes Sportprogramm aussuchen?« Sie stemmte verärgert die Hände in die Hüften.

»Schlecht. Ich brauche was mit Wasser.« Das mit den Händen in den Hüften scheint hier eine Art Therapeutenkrankheit zu sein, dachte er. Alle machen das. Hat man ihnen das in der Ausbildung beigebracht? Meinen sie etwa, dass sie uns damit beeindrucken können? Wenn sie bloß wüssten, wie weit sie damit auf dem Holzweg sind.

»Weil?« Sie hörte sich an wie ein Drillsergeant.

»Weil eben.« Er musste hier ja wohl niemandem erklären, dass er seinen Bauch lieber halb unter Wasser als im Freien unter einem dünnen Turnleiberl hatte. Das Gewabbel und Geschwabbel über seinem Hosenbund sollte schließlich nicht gleich jeder sehen. Schon gar nicht auf der großen Gymnastikwiese vor der breiten Fensterfront des Speisesaals, wo die meisten Kurse veranstaltet wurden, sobald es das Wetter zuließ. Auch wenn man etwas zu viel auf die Waage brachte, musste das nicht gleich heißen, dass man völlig uneitel war.

»Aha. Auch eine Antwort. Aber warum nützen Sie die Gelegenheit dann nicht und machen anständig mit, wie alle anderen auch? Sie müssen hier ja keine Höchstleistungen vollbringen, aber ein bisschen bemühen sollten Sie sich schon.« Julia versuchte es jetzt mit dem Ton einer Kindergartentante, die einen besonders schwer erziehbaren Schützling zur Vernunft bringen wollte.

»Mich strengt das einfach zu sehr an.« Franz verschränkte die Arme vor der Brust. Warum er gleichzeitig versuchte, auf einem Bein zu stehen, wusste er nicht genau. Wahrscheinlich wollte er einfach nur schauen, ob es hinhaute. Auf festem Boden hatte er es bereits bei allen möglichen Gelegenheiten probiert und war jedes Mal kläglich gescheitert. Er meinte, sich nebelhaft daran zu erinnern, dass die ursprüngliche Idee von einem Karatefilm herrühren musste, den er einmal zu Teenagerzeiten gesehen hatte. Nur dass der Held dort nicht im Wasser auf einem Bein gestanden hatte wie er, sondern auf einem Pfahl am Strand. Es freute ihn ungemein, dass er hier im Pool gerade längst nicht so schnell aus dem Gleichgewicht kam wie an Land. Allzu weit weg von einem richtigen Karatekämpfer war er damit sicher nicht.

»Na gut, Herr Wurmdobler. Bei manchen Menschen ist Hopfen und Malz verloren. Das meine ich übrigens wörtlich. Dann machen Sie halt mit, so gut Sie können. Aber stören Sie die anderen nicht, einverstanden?« Die junge Kursleiterin ergab sich seufzend ins offensichtlich Unvermeidliche.

»Geht klar.« Franz nickte grinsend. Er holte erneut tief Luft und tauchte ein zweites Mal unter. »War es jetzt länger?«, fragte er sie, nachdem er wieder aufgetaucht war.

»Ihnen ist einfach nicht zu helfen, Herr Hauptkommissar.« Sie musste schallend lachen.

Die anderen Wasserakrobaten im Becken lachten mit. Dann nahmen sie ihre Übungen wieder auf. Franz gab sich für seine Verhältnisse allergrößte Mühe, mitzuhalten, nahm sich aber zwischenrein immer wieder eine kleine Auszeit, indem er sich erschöpft ins kühle Nass platschen ließ.

Nachdem die Stunde endlich um war, sprach er ein kleines Dankgebet dafür, dass er die unmenschliche Plackerei wieder einmal überlebt hatte, duschte gleich beim Pool, zog seinen Bademantel über, schlüpfte in seine Pantoffeln und machte sich auf den Weg ins Zimmer.

Endlich Freizeit! Für heute drohten keine weiteren Schikanen hier im Haus mehr. Der restliche Tag stand zu seiner freien privaten Verfügung. Genial. Um dabei so viel wie möglich fürs eigene Seelenheil herauszuholen, musste jede Minute sorgfältig geplant werden. Welche Biergärten galt es anzusteuern? Wo bekam man Vollkornkuchen mit fettarmer Schlagsahne? Gab es außer dem Diätschweinsbraten beim *Alten Wirt* in Prien irgendwo noch andere Fleischgerichte, die schlank machten, zum Beispiel gegrillte Haxe mit Sauerkraut?

»Hallo, Franzi. Da bist du ja endlich. Wie war deine Wasseraerobic?« Sandra lächelte ihn vom Bett aus an. Sie hatte es sich dort mit einer Zeitschrift in der Hand bequem gemacht.

»Anstrengend«, erwiderte er schnaufend. »Da habe ich mir heute auf jeden Fall einen Vollkornkuchen und am Abend ein schönes Stück Fleisch verdient. Ich habe bestimmt 1.000 Kalorien verbrannt.«

»1.000 Kalorien! Das muss ja eine ganz schreckliche Schinderei gewesen sein.« Sie legte die Zeitschrift, ein Hochglanzmodemagazin, auf das Nachttischchen neben ihrem Bett.

»Das war es auch, Hasilein. Das war es auch.« Er zog seinen Bademantel und die Badehose aus und legte sich völlig außer Atem neben sie.

»Na, da wird doch jemand nicht etwa Lust auf noch mehr Anstrengung haben«, gurrte sie, während sie vielsagend die Brauen hob.

»Um Himmels willen, nein, Hasilein. Ich will mich bloß kurz ausruhen, und dann fahren wir mit Moni an den Königssee. Max hat ja keine Zeit, so wie es ausschaut.«

»Machen wir, Franzi. Und stell dir vor, wenn du heute zum Beispiel nur noch einen Salat isst und statt deinem geliebten Bier eine Weißweinschorle trinkst, hast du morgen bestimmt ein Kilo abgenommen.« Sie schien sich sehr darüber zu freuen, dass er so fleißig Sport getrieben hatte. Auf jeden Fall klang ihre Stimme samtweich, freundlich, anteilnehmend und vor allem kein bisschen vorwurfsvoll.

»Nur *eine* Weißweinschorle? Bei der Hitze? Das kann nicht dein Ernst sein, Hasilein.« Er blickte sie erschrocken an. »Auf St. Bartholomae soll es übrigens ganz köstliche geräucherte Renken und Saiblinge geben«, fuhr er fort, nachdem er sich von seinem Schock wieder einigermaßen erholt hatte.

»St. Bartholomae?« Sie zog fragend die Brauen hoch.

»Eine kleine Kirche auf Hirschau, einer Halbinsel im Königssee. Es gibt da eine ganz berühmte Wallfahrtskirche. Und Fisch eben.«

»Aha. Das ist gut. Fisch ist gesund und macht schlank.«

»Eben, Hasilein. Das wusste ich doch, dass dir das gefällt.« Er strich ihr sanft über die Haare. »Einen Biergarten haben die übrigens auch.«

»Na, dann wäre unser Ausflug ja gerettet.« Nicht zu fassen. Der ändert sich nie, dachte sie. Eher geht die Welt unter.

»Wie meinst du das, Hasilein?«

»So wie ich es sage, Franzi.« Sandras Stimme klang nicht samtweich. Unbedingt freundlich hörte sie sich auch nicht an. Und von Anteilnahme war darin selbst beim besten Willen nicht die geringste Spur zu entdecken. Viel eher konnte man darin eine kräftige Spur von Vorwurf ausmachen. Doch, doch. Auf jeden Fall.

15

Während Franz und Sandra sich für ihren Ausflug zurechtmachten und Monika ihren Krimi zu Ende guckte, fuhr Max längst in seinem Kangoo zu Spreizner.

In Höslwang angekommen, fand er dessen Haus auf Anhieb. Es lag direkt an der Hauptstraße. Er parkte gleich davor, stieg aus und begab sich zu Spreizners Tür, wo er zweimal klingelte.

»Grüß Gott, der Herr. Was gibt es, Herrgottsack?« Die Tür öffnete sich nur einen Spalt weit. Der kurzhaarige Mann mit dem grauen Dreitagebart dahinter schaute ihn neugierig an.

»Grüß Gott, Herr Spreizner. Raintaler mein Name. Ich bin Privatdetektiv aus München und soll die drei Morde an Ihren Kollegen aus der Hotelküche aufklären. Hätten Sie ein paar Minuten Zeit für mich?«

»Da kann ja jeder kommen. Scheiße noch mal.« Spreizner, der nur ein kleines Stück kleiner als Max war, bedachte ihn mit einem misstrauischen Blick.

»Frau Hochfellner hat mich beauftragt.«

»Frau Hochfellner? Soso.« Das Misstrauen in Spreizners Gesicht blieb. »Ja, fick mich doch ins Knie.«

»Sollen wir sie kurz anrufen?« Max zog sein Handy heraus.

»Nein. Passt schon, Herr Raintaler. Aber wissen Sie, seit diesen verdammten Morden bin ich vorsichtig. Vielleicht stehe ich als Nächster auf der Liste des miesen Killers. Das wäre eine saubere Scheiße. Verstehen Sie? Eine echt saubere Scheiße.« Die Beunruhigung stand dem Souschef des *Chiemgauer Seehofs* deutlich ins Gesicht geschrieben. Er öffnete die Tür etwas weiter.

»Verstehe. Eine saubere Scheiße.« Max nickte. Er scheint eine Art mildes Tourettesyndrom zu haben, dachte er. Hätte ich selbst zwischendrein auch gerne mal. Zumindest in Anwesenheit bestimmter Menschen. »Aber wir wollen nicht hoffen, dass es wirklich so ist. Auf jeden Fall sollten Sie bis zur endgültigen Klärung aller Sachverhalte vorsichtig sein.«

»Drei Morde, sagen Sie? Ja, so eine Scheiße. Wer musste denn noch sterben? Ich weiß nur von Peter und Tanja.« Spreizner kratzte sich mit nachdenklicher Miene am Hinterkopf.

»Ihre zweite Beiköchin, Beate Schröder, wurde heute Morgen ebenfalls tot aufgefunden.«

»Die Beate? Herrgott noch mal. Was für eine beschissene Scheiße.« Spreizner starrte ihn geschockt an. »Etwa wieder im Vorratskeller?«

»Wie kommen Sie darauf?« Max beäugte ihn neugierig. Der flucht wirklich nicht schlecht, dachte er. Ich möchte ihn zu gerne mal erleben, wenn er schlechte Laune hat oder aufgeregt ist. Dann geht es wahrscheinlich erst so richtig ab.

»Weil die anderen beiden im Vorratsraum umgebracht wurden. Stimmt doch, oder?«

»Ja, stimmt.«

»Na gut, kommen sie in Gottes Namen rein.« Spreizner betrachtete ihn noch einmal mit einem langen prüfenden Blick von oben bis unten. Dann trat er beiseite, um ihn an sich vorbeizulassen. »Aber kommen Sie mir nicht zu nahe, sonst erwischt Sie meine beschissene Migräne am Ende auch noch.«

»Ich wusste gar nicht, dass Migräne ansteckend ist«, erwiderte Max, während er eintrat. Anscheinend haben wirklich die meisten Köche eine große Wampe, stellte er fest, während er sich an seinem Gastgeber vorbeidrückte. Offensichtlich sogar in einem Diäthotel. Kommt wohl davon, weil er dort seinen hungernden Gästen alles wegfuttert. Er schmunzelte.

»Ich auch nicht. Kann aber doch sein. Endgültig wissen kann man so etwas nie.« Spreizner hustete krachend.

»Da haben Sie auch wieder recht. Wehret den Anfängen hat mein Vater, Gott hab ihn selig, immer gesagt. Hier entlang?« Max zeigte auf die verglaste Tür vor ihnen. Oder täusche ich mich gerade, was den Umfang der Köche betrifft?, dachte er weiter. Diese Fernsehköche zumindest sehen doch gar nicht so dick aus. Vor allem die Jüngeren unter ihnen scheinen oftmals geradezu durchtrainiert zu sein. Doch, doch. Auf jeden Fall.

»Ja, bitte. Da geht es ins Wohnzimmer.«

»Schön haben Sie's hier«, meinte Max, als sie den lichtdurchfluteten weitläufigen Raum mit den vielen fast deckenhohen Fenstern betraten.

»Man tut, was man kann«, erwiderte Spreizner mit einem geschmeichelten Lächeln, während sie sich an den riesigen Esstisch aus massiver weiß gebeizter Eiche setzten. »Die übliche Scheiße aus diesen beschissenen Einrichtungshäusern kann ich nicht ausstehen. Deswegen mache ich verdammt viel selbst, verfickt noch mal.«

Wahrscheinlich kocht er hier auch privat für Freunde,

sagte sich Max. Gleich links der offene Kochbereich mit allen Schikanen ist echt super. Schaut richtig professionell aus. Bestimmt kocht er so gut, wie er flucht. Da würde ich mich auch gerne einmal zum Essen einladen lassen.

»Kann ich Ihnen etwas zu trinken anbieten, Herr Raintaler. Kaffee? Wasser?« Spreizner erhob sich halb.

»Zu einem Kaffee würde ich nicht Nein sagen.« Max lächelte dankbar.

»Espresso? Cappuccino? Normal?«

»Ein Espresso wäre genial.«

»Kommt sofort, verfluchte Scheiße.« Spreizner trat an seine riesige Küchenzeile und hantierte an der Espressomaschine herum.

Während sein Gastgeber Kaffee machte, blickte sich Max erneut in dem modern eingerichteten Raum um. Koch hättest du werden sollen, Raintaler. Dann hättest du auch so eine Prachtvilla statt deiner kleinen Zweizimmerbude in München.

»Frau Hochfellner schickt Sie also?«, erkundigte sich Spreizner, als er mit zwei Tässchen auf einem kleinen Tablett zurückkam. Zucker und ein Schälchen mit italienischem Mandelgebäck befanden sich ebenfalls darauf.

»Ja.« Max bedankte sich kopfnickend für den Kaffee. »Ich befrage im Moment jeden, der mir bei der Aufklärung der Morde weiterhelfen kann.«

»Und da holt die Chefin extra einen Privatdetektiv aus München? Ganz schöner Aufwand, Herrgott noch mal.«

»Nein, ich mache zufällig im *Chiemgauer Seehof* Urlaub.«

»Aha. Die Münchner mag ich normalerweise gar nicht.« Spreizner setzte sich Max gegenüber. Er sah ihm geradewegs in die Augen.

»Und wieso?« Max hob gespannt die Brauen.

»Sie sind scheißarrogant.«

»Nicht alle.« Max grinste. Ein paar Normale kenne ich sogar selbst noch, dachte er. Auch wenn es immer weniger werden. Viele haben einfach zu viel Geld. Das macht überheblich und unzufrieden.

»Außerdem sind das alles gar keine echten Bayern mehr, sondern lauter Auswärtige, verdammte Scheiße.«

»Multikulti halt«, meinte Max achselzuckend. »Ist doch gut. Und ein paar echte Bayern gibt es bei uns schon auch noch.«

»Sehen Sie. Nur ein paar Bayern. Das ist genau das, was mir nicht gefällt. Der Bayer an sich wird im großen Stil aus der Stadt gedrängt, und der verbleibende Restbayer muss sich in München an so gut wie jede andere Kultur der Welt anpassen, weil die Fremden, die herkommen, sich meistens nicht anpassen wollen. Das ist nicht gut. Sie werden es selber sehen, Herr Raintaler. Das ist der Untergang unserer bayrischen Kultur. Erst stirbt unser Dialekt aus und danach wir. Eine ganz extrem saubere Scheiße ist das, sage ich Ihnen.«

»Sie kochen doch auch französisch und italienisch im *Chiemgauer Seehof*, Herr Spreizner. Oder? Und Espresso und Mandelgebäck servieren Sie sogar hier bei sich zu Hause, wie man sieht. Wo bleibt denn da die bayrische Kultur?«

Max hatte keine große Lust, über Deutschland als Einreiseland zu diskutieren. Dafür gab es schließlich die Politiker. Ihm war das ganze Thema generell viel zu unübersichtlich. Er wusste nur, dass er per se nichts gegen Ausländer hatte. Solange sie sich wie alle anderen anständig aufführten natürlich.

»Aber jetzt Schluss damit«, fuhr er fort. »Ich würde Ihnen gerne ein paar Fragen zu den Morden an Ihren Kollegen in der Hotelküche stellen.«

»Bitte, Herr Raintaler, nur zu.« Spreizner schaute abwartend.

»Sind Ihnen irgendwelche Konflikte unter den Kollegen bekannt?«

»Scheiße, nein.«

»Gar nichts?«

»Bis auf den täglichen beschissenen Kleinkrieg, der in jeder Küche der Welt herrscht, nicht.« Spreizner trank einen Schluck Espresso.

»Gab es Probleme beim Einkauf?«, bohrte Max weiter.

»Wie meinen Sie das?«

»Gab es zum Beispiel sehr günstige Angebote, bei denen die Qualität nicht so ganz astrein war? Die Toten wussten davon und erpressten den Lieferanten oder den Herstellungsbetrieb. Und die haben sich das nicht gefallen lassen. So was in der Art wäre doch denkbar.«

»Meinen Sie etwa irgend so ein Drecksgammelfleisch oder so etwas in der Art?« Spreizner blickte verärgert drein. Er knallte laut seine Tasse auf den Tisch. »Da wären wir als Diäthotel aber längst weg vom Fenster. Wissen Sie denn nicht, dass Betriebe wie unserer verdammt streng geprüft werden?«

»Es muss ja nicht unbedingt Gammelfleisch sein«, fuhr Max unbeirrt fort. »Und *geprüft* heißt gar nichts. Viele

Sachen sind nur angeblich geprüft. Vielleicht gab es Probleme mit einem sehr günstigen Anbieter von was auch immer.« Na, der regt sich aber ganz schön auf. Irgendetwas stimmt nicht mit ihm. Außer seinem martialischen Fluchen. Schauen wir mal, dann sehen wir's schon.

»Da sind Sie aber ganz gewaltig auf dem Holzweg, Herr Detektiv.« Spreizner schüttelte genervt den Kopf. »Sie haben doch selbst bei uns gegessen. War da etwa irgendetwas nicht in Ordnung?«

»Na ja, ... nein. Alles gut eigentlich«, gab Max zu.

»Na sehen Sie. Wir verwenden ausschließlich frische, qualitativ hochwertige Ware aus regionalem Anbau. Alles scheißgutes Biozeugs. Dafür sind wir bekannt, und verdammt stolz sind wir auch darauf.«

»Würden Ihre Gäste einen Unterschied zwischen einem Biosalat und einem normalen Salat überhaupt bemerken? Das ist nämlich gar nicht gesagt.« Max hatte während seiner Laufbahn als Polizist und Kriminaler etliche Anbieter von angeblicher Bioware als Betrüger entlarvt. Niemand hatte gemerkt, dass die Sachen nicht Bio gewesen waren, zumindest wenn es um Gemüse oder Salat ging. Beim Fleisch war das dann wieder etwas anderes, da schmeckte man den Unterschied relativ deutlich.

»Auf jeden Fall schmecken die das. Das schmeckt man einfach. Sogar ohne eine beschissene Zunge.« Spreizner donnerte seine Faust auf den Tisch. Seine Migräne schien mittlerweile völlig verflogen zu sein.

»Hat sich in letzter Zeit jemand übers Essen beschwert? Gab es Streit mit Gästen?«

»Beschwerden bekommen wir andauernd. Sie ahnen ja gar nicht, wie unangenehm manche beschissenen Zeitgenossen werden können. Vor allem dann, wenn sie Hunger haben, aber nicht essen dürfen, wie sie wollen. Großartigen Streit gibt es deswegen jedoch nicht.« Spreizner schüttelte den Kopf. »Der Gast hat recht, ist die Devise unseres Hauses. Er bekommt immer, was er will. Soweit das in unseren Scheißmöglichkeiten liegt, natürlich.«

»Aha.« Merkwürdig, dachte Max. Mal ganz abgesehen von seinem wilden Herumfluchen, schaut er schon die ganze Zeit über so aus, als wüsste er etwas, was er mir nicht sagen will. Andauernd geht sein Blick unruhig hin und her, er zappelt mit den Beinen, und seine Hände zittern auch. Hat er etwa deswegen blaugemacht? Vielleicht hat er einfach bloß Angst, sich in seiner Küche blicken zu lassen, weil er das nächste Opfer sein könnte. »Sonst irgendetwas Besonderes? Denken Sie gut nach. Je mehr Sie mir erzählen, umso größer ist die Chance, dass ich den Mörder erwische.«

»Aber ich weiß wirklich nichts, Herr Raintaler. Glauben Sie mir doch. Wenn mir irgendetwas einfällt, rufe ich Sie an. In Ordnung? Ich würde mich jetzt gerne wieder hinlegen. Mein Scheißkopf, Sie verstehen? Verfickte Scheiße noch mal, der tut echt verdammt beschissen weh.«

»Na gut, Herr Spreizner. Machen wir es so.« Von Kopfweh merkt man zwar nichts mehr bei ihm, aber da kann ich mich auch täuschen. Max trank den letzten Schluck Espresso, der inzwischen kalt geworden war. Dann stand er auf.

Spreizner erhob sich ebenfalls von seinem stabilen Holzstuhl. Er begleitete seinen Gast noch zur Tür, wo sie sich voneinander verabschiedeten.

»Gute Besserung!«, rief ihm Max noch über die Schulter hinweg zu, während er auf sein Auto zuging.

»Scheiße ja! Danke!«, rief Spreizner zurück.

Herrschaftszeiten, wer bringt nur drei Köche nacheinander um? Das gibt es doch normalerweise gar nicht, rätselte Max wieder und wieder, als er auf die Landstraße nach Bad Endorf einbog. War es vielleicht doch ein Irrer, der im *Chiemgauer Seehof* Amok lief? Jemand, dessen Motiv nur irgendwo im Nirgendwo zu finden war? Ach was. Wer sollte das denn sein? Diesem übelgelaunten Spreizner war auf jeden Fall nicht 100-prozentig zu trauen. Er hielt mit etwas hinter dem Berg. Der blonde Münchener Exkommissar und jetzige Privatdetektiv war schon gespannt, was Bergers Leute bei ihrer *diskreten* Befragung der Hotelgäste herausgefunden hatten.

Als er wenig später die Lobby betrat, wurde er von lautem Stimmgewirr empfangen. Eine riesige wild gestikulierende Menschentraube stand vor dem Empfangstresen. Maria Hochfellner versuchte, die Menge von der anderen Seite aus mit Worten und Gesten zu beschwichtigen.

»Ich bleibe nicht in einem Hotel, in dem man um sein Leben bangen muss«, ließ ein älterer grauhaariger Herr im ebenso grauen Anzug vernehmen.

»Wir auch nicht! Auf keinen Fall! Nichts wie weg hier! Mordbude ade! Raus und nach Haus!«, gaben ihm andere Stimmen recht.

Offensichtlich war der Supergau für die deutlich gestresste Hotelchefin eingetroffen. Natürlich hatten die Leute bei der Befragung durch die Kripo mitbekommen, dass es hier im Haus Morde gegeben hat. Und jetzt machten sich die Ratten auf, das sinkende Schiff zu verlassen.

»Aber meine Damen und Herren. Ich verspreche Ihnen, dass Ihnen nichts passieren wird«, versicherte Maria der aufgebrachten Menge mit fester Stimme. »Die besonderen Umstände, die wir hier in den letzten Tagen hatten, hängen ausschließlich mit dem Personal zusammen.«

»Mit dem Personal fängt es an, und dann sind die Gäste dran.« Der ältere grauhaarige Herr im grauen Anzug schien sich als Anführer der empörten Massen zu verstehen. Wahrscheinlich musste er zu Hause bei seiner Frau immer brav sein und hatte gerade zum ersten Mal im Leben Gelegenheit, sich in den Vordergrund zu spielen.

»Aber die Polizei ist in der Angelegenheit bereits sehr weit vorangekommen«, sagte Maria. Ihr Gesicht nahm immer mehr die Farbe von reifen Tomaten an. »Außerdem habe ich einen bekannten Privatermittler auf die Sache angesetzt.«

»Wir wollen unser Geld zurück!«, schrie eine sehr mollige Dame um die 50. »Sofort und auf der Stelle.« Ihre dicken Backen wackelten vor Empörung.

Maria entdeckte Max. Sie hob hilflos die Arme.

»Meine Damen und Herren!«, rief der daraufhin laut über die Versammlung hinweg. »Ich möchte Sie kurz um Ihre Aufmerksamkeit bitten. Ich bin selbst Gast hier im *Chiemgauer Seehof*.«

Neugierig drehten sich die Köpfe der Anwesenden nach ihm um.

»Und ich bin auch Privatdetektiv«, fuhr Max fort. »Davor war ich 20 Jahre lang bei der Münchner Kriminalpolizei. Bitte glauben Sie mir. Es ist für Sie hier im Hotel nicht gefährlicher als auf der Straße draußen.« Er machte eine kurze Kunstpause, um das Gesagte bei den Leuten sacken zu lassen. Dann sprach er weiter. »Der Täter, der hier hinter dem Personal her ist, erwischt seine Opfer wann er will und wo er will. Sollte einer von Ihnen der Nächste auf seiner Liste sein, wird er Sie sowieso überall erwischen.«

»Meinen Sie tatsächlich?« Der ältere Herr riss ungläubig die Augen auf.

»Natürlich.« Max nickte. »Der Mann bringt seine Opfer nicht wahllos um. Seine Taten folgen einer gewissen Logik. Konkret sieht das so aus, dass er bisher nur Mitglieder der Küchenmannschaft des *Chiemgauer Seehofs* im Visier hat. Keine Gäste.« Er räusperte sich. »Aller Wahrscheinlichkeit nach wird das auch so bleiben. Da bin ich mir so gut wie sicher.«

»Na ja, wo er recht hat, hat er recht«, murmelte die mollige Frau nachdenklich.

»Normalerweise sollten Sie hier im *Chiemgauer Seehof* also nichts zu befürchten haben«, schloss Max seine kleine Ansprache. »Bleiben Sie ruhig hier, wenn Sie das wollen. Hier kann ich Sie außerdem beschützen. Auf Ihrem Heimweg kann ich das nicht.« Er blickte gelassen auf die still gewordene Meute zwischen ihm und Maria.

»Na gut, ich bleibe. Gleich gibt es eh Essen.« Der grauhaarige ältere Herr schnappte sich seinen Rollkoffer und ging zum Aufzug.

Die meisten Anwesenden folgten ihm. Nur vier Gäste blieben bei Maria stehen, um dennoch auszuchecken.

Sie lächelte Max dankbar zu und kümmerte sich dann schnell um die Abreisewilligen.

Max eilte währenddessen direkt auf die Küche zu. Bestimmt war der Chef de Partie inzwischen vom Einkaufen zurück. Die Tür stand offen. Er trat unaufgefordert ein.

»Sind Sie Herr Moser?«, fragte er gleich darauf den riesigen ihm fremden Mann in weißer Kochkleidung, der gerade Öl in eine große Pfanne goss.

»Wer will das wissen?«, erwiderte der kräftig gebaute Hüne. »Und vor allem, was wollen Sie in meiner Küche?« Er blickte mit einem feindseligen Glitzern in den Augen von seiner Pfanne auf.

»Max Raintaler ist mein Name«, erwiderte Max unbeeindruckt. »Ich bin Privatdetektiv. Ihre Chefin, Frau Hochfellner, hat mich wegen der Morde unter den Küchenangestellten engagiert.«

»Soso.« Der Koch gab seine ablehnende Haltung nicht auf.

»Ja, *soso*. Sind Sie nun Herr Moser oder nicht?« Max' Ton wurde schärfer.

»Ja, warum?« Moser stellte seine Ölflasche beiseite.

»Weil ich auch an Sie ein paar Fragen habe.«

»Na gut, dann fragen Sie. Ich habe nichts zu verbergen.« Moser verschränkte die Arme über seinem enormen Bauch. Er blickte Max aus zusammengekniffenen Augen an.

Herrschaftszeiten, ist das ein unfreundlicher Depp, dachte Max. Mit dem würde ich nicht um viel Geld zusammenarbeiten wollen. Vorausgesetzt ich könnte kochen, was ich natürlich nicht kann und auch nie können werde, so wie es ausschaut. »Ist Ihnen in letzter Zeit irgendetwas Ungewöhnliches bei den Opfern aufgefallen. Waren sie anders?«

»Das möchte ich wohl meinen.« Moser glotzte wie eine Bulldogge.

»Ja und?« Max' Ton verschärfte sich noch mehr. Der büffelige Zeitgenosse hier ging ihm gerade gewaltig auf die Nerven.

»Der Sollner ist seit drei Wochen andauernd rausgerannt und hat telefoniert. Keine Ahnung, mit wem er gesprochen hat, wahrscheinlich mit einem von seinen zahllosen Weibern. Oder mit mehreren. Auf jeden Fall hat er dabei oft genug herumgeschrien wie ein Depp.«

»Aha. Sonst noch was?« Max sah ihn gespannt an.

»Die Tanja hat, glaube ich, Drogen genommen. Einmal habe ich sie hinter dem Haus beim Kiffen erwischt.«

»Was, ehrlich?« Max zog erstaunt die Brauen hoch. Das hätte er der hübschen Polin gar nicht zugetraut. Sie hatte so rein und unschuldig auf ihn gewirkt. Da konnte man es mal wieder sehen. Selbst als altgedienter Kriminaler täuschte man sich ab und zu ein wenig in den Menschen.

»Der Sollner war oft mit ihr und Beate in Rosenheim in der Disco. Manchmal haben sie auch noch die Brigitte aus der Physio mitgenommen. Tanzen und saufen bis in den Morgen. Drogen waren dabei sicher auch im Spiel.«

»Hat also nicht nur Tanja Drogen genommen?«

»Nein, alle. Sollner zum Beispiel war ein begnadeter Kokser vor dem Herrn. Wenn der seinen täglichen Schnee nicht hatte, bekam er den Blues und wurde unausstehlich. Mich hat er in so einer scheiß Laune sogar mal geschlagen.«

»Das ist ja schrecklich, Herr Moser. Gott sei Dank haben Sie es überlebt.« Max konnte den Kerl einfach nicht leiden. Warum genau das so war, wusste er auch nicht. »Wissen Sie, wie diese Disco in Rosenheim heißt?«

»*In and Out.*«

»Fällt Ihnen sonst noch etwas ein, Herr Moser?« Max runzelte fragend die Stirn.

»Im Moment nicht.« Moser schüttelte den Kopf.

»Na gut. Falls doch, rufen Sie mich bitte einfach auf Zimmer 22 an, okay?«

»Geht klar, Herr Raintaler.« Moser klang wesentlich freundlicher als zu Beginn ihrer kleinen Unterhaltung.

Wahrscheinlich hat er gemerkt, dass ich auch nicht von gestern bin, dachte Max. Komisch, er sang wie ein Zeiserl. Beschuldigte er die anderen etwa deshalb ihrer zahlreichen Verfehlungen, weil er von sich ablenken wollte? Möglich war es natürlich.

16

»Super Idee mit dem Cabrio, Franzi.« Monika hielt ihre Hände nach oben in den lauen Fahrtwind.

»Finde ich auch«, schloss sich Sandra fröhlich grinsend ihrer Vorrednerin an. »Da sieht man wenigstens etwas von der blühenden Landschaft rundherum, und die Berge sieht man auch. Genial.«

»Freut mich, dass es euch so gut gefällt«, erwiderte Franz, der hinter dem Steuer saß. »Ich habe mir auch alle Mühe gegeben, euch einen schönen Tag zu bieten.«

Er hatte für den Ausflug an den Königssee vorhin im Ort extra einen offenen Mercedes gemietet, in dem sie zu dritt bequem Platz hatten. Jetzt fuhren sie damit gemächlich übers Land. Traunstein und die Salzburger Autobahn hatten sie bereits hinter sich. Sie befanden sich kurz vor Inzell. Es wurde steiler und bergiger um sie herum. Bäume, Wiesen und Felder flogen an ihnen vorbei. Nach Berchtesgaden war es nun nicht mehr weit. Parken würden sie in Schönau direkt am See. Dort, wo die Ausflugsboote losfuhren.

»Du hast dir wirklich große Mühe gegeben, Franzi. Ist positiv vermerkt. Danke.« Sandra, die auf dem Beifahrersitz saß, strich ihm sanft über die Glatze.

»Stimmt. Danke, Franzi.« Monika lächelte ihm von hinten über den Rückspiegel zu. »Es ist herrlich, durch die frische Bergluft hier draußen zu düsen.«

»Mir gefällt es selbst. Habe ich mir da nicht wenigstens eine klitzekleine schöne Maß im Biergarten verdient?«, nutzte er die Gunst der Stunde.

»Und wer fährt uns zurück ins Hotel?«, fragte Monika.

»Na ja …« Franz zögerte.

»Etwa ich? Wie immer, wenn du dein blödes Bier saufen musst?« Sandra blickte ihn mit hochgezogenen Brauen an.

»Nun, ich dachte … äh, schon. Also vielleicht. Weil du ja meistens keinen Alkohol trinkst.« Franz grinste schief. Verdammter Mist, hätte er mit dem Thema doch bloß noch gewartet, bis sie gegessen hatte und richtig glücklich und zufrieden war. Jetzt hatte er wahrscheinlich den ganzen Ausflug über Ärger am Hals. Zumindest sah es so aus.

»Und was, wenn ich heute mal Lust auf ein Glas Wein gehabt hätte?« Sandra hörte sich streng und empört an.

»Na gut. Also kein Bier«, gab Franz resigniert nach, der keine Lust auf Ärger hatte. »Ich bin eh zu dick.« Er blickte traurig auf die Straße vor ihnen. Dann warte ich halt mit dem Bier, bis ich wieder in München bin, sagte er sich. In meinen geliebten Stammkneipen kann ich machen, was ich will. Da redet sie mir nicht drein.

»Ist das denn wirklich so wichtig mit deinem Bier?«, wollte Sandra ein paar Minuten später wissen. Sie klang dabei schon wieder etwas zugänglicher. »Du sollst doch keins trinken während der Diät.«

»Ich weiß. Ist nicht so wichtig, Häschen. Ich kann auch ohne Bier mit euch fröhlich sein.«

»Na gut. Dann trink halt dein Bier. Aber nicht wieder endlos. Höchstens zwei oder drei Maß. Versprochen?« Sandra stach ihren Zeigefinger in die frische Bergluft.

»Ja, aber …« Seine Miene erhellte sich. »Ehrlich?«

»Lass gut sein, Franzi. Ich kann dein trauriges Gesicht einfach nicht sehen. Und bei dem schönen Wetter heute schon gar nicht.« Sie strich ihm erneut über den Kopf. Mit Zwang erreichte sie bei ihm gar nichts, wurde ihr gerade bewusst wie nie zuvor. Er musste selbst entscheiden, was gut für ihn war. Nur dann würde er auch die volle Verantwortung für sich selbst übernehmen. Das blieb jedenfalls zu hoffen.

»Meinst du wirklich?« Er konnte sein Glück immer noch nicht recht fassen. Hoffentlich war nicht wieder irgendein Haken an der Sache. Misstrauisch blickte er sie von der Seite an. »Ganz ohne Schmarrn?«

»Ganz ohne Schmarrn«, bestätigte sie. »Du trinkst gemütlich dein Bier, und ich fahre uns später heim.«

»Aber nur zwei, drei Maß, Franzi. Das ist eh schon eine ganze Menge.« Monika streichelte von hinten Sandras Schulter, um sie ihrer Anerkennung für ihr großzügiges Angebot zu versichern. »Ich kann aber auch fahren, wenn ihr wollt«, fügte sie hinzu.

»Passt schon, Moni. Trink du ruhig deinen geliebten Weißwein zum Fisch. Ich mag heute eh keinen Alkohol.« Sandra klang kein bisschen genervt oder beleidigt.

Was ist denn mit der los?, fragte sich Monika. So schnell hat sie noch nie klein beigegeben. Hat sie am Ende eingesehen, dass sie Franzi so nehmen muss, wie er ist? Das wäre zumindest mal ein kleiner Fortschritt in der Beziehung der beiden. Vorsicht, Frau Schindler. Wer im Glashaus sitzt, der sollte nicht mit Steinen werfen. Deine Beziehung mit Max ist auch nicht unbedingt die einfachste.

Sie bogen in den Parkplatz in Schönau ein. Franz stellte den Mercedes im Schatten ab und schloss das Verdeck. Dann machten sie sich auf zur Anlegestelle für die großen und kleinen Elektroboote, die von hier aus über den saubersten See Deutschlands kreuzten, der wie ein riesiger smaragdgrüner Spiegel im Sonnenlicht glitzerte. Die steil aufragenden Berge rund um ihn herum boten einen wahrhaft majestätischen Anblick. Hier zeigte sich die Natur von ihrer imposantesten Seite. So viel war sicher.

Da hinauf komme ich zu Fuß wohl nicht mehr in

diesem Leben, dachte Franz. Höchstens mit dem Hubschrauber oder mit einer Seilbahn. Ja mei, so war es halt. Das ungesunde Leben in der Stadt hinterließ seine Spuren. Da durfte er froh sein, dass es bei ihm gesundheitlich noch nicht allzu dramatisch auf der Kippe stand. Mit ein bisschen Diät, etwas Bewegung und Zurückhaltung beim Bier und beim Essen sollte er bald wieder fit sein. Zumindest fit genug, um das Isarhochufer in München zu besteigen, ohne dabei allzu sehr schnaufen zu müssen.

Sie setzten sich in das Boot nach St. Bartholomae. Nach zehn Minuten Wartezeit ging es los.

»Schon ein Wahnsinn, diese riesigen Berge.« Monika zeigte auf die felsigen Gipfel um sie herum.

»Beeindruckend«, stimmte ihr Sandra zu. »Man sollte einmal eine Tour dort hinauf machen. Auf den Kehlstein, den Jenner, den Watzmann oder auf den Hochkalter.« Sie zeigte begeistert zu den grauen Felszacken hinauf, die ins strahlende Blau des Himmels hinein ragten. »Das Steinerne Meer würde ich auch zu gerne einmal aus der Nähe sehen.«

»Woher kennst du denn die ganzen Namen?« Monika zog erstaunt die Brauen hoch. »Ich hätte höchstens den Watzmann gewusst. Die Ostwand sieht man übrigens besonders gut bei St. Bartholomae hinten.«

»Heimatkunde in der Schule.« Sandra lachte.

»In München? Geh Schmarrn. Da haben wir doch nicht die Alpengipfel auswendig gelernt. Oder doch?« Monika kratzte sich nachdenklich am Kopf.

»Nein. Zumindest nicht alle. War bloß Spaß. Ich habe sie mir auf der Landkarte angeschaut. Und die Prospekte im Hotel habe ich auch alle gelesen.«

»Ach so. Und ich dachte schon, ich hätte was Wichtiges in der Schule verpasst.« Monika legte theatralisch den Handrücken an die Stirn und tat so, als würde sie erleichtert aufatmen.

»Ich schaue mir die hohen Berge am liebsten von unten an.« Franz grinste.

»Am besten bei einem schönen Bier.« Sandra schüttelte, ebenfalls grinsend, den Kopf.

»Logisch.« Monika lachte nur.

Das Boot hielt mitten auf dem See an.

»Und jetzt alle bitte einmal ganz still sein. Dann hört ihr etwas, was ihr noch nie gehört habt.« Der Bootsführer zauberte von irgendwo ein Flügelhorn hervor. Er spielte eine kurze Tonfolge darauf.

Prompt kam seine Melodie von der berühmten Echowand, vor der sie gestoppt hatten, zurück.

»Beeindruckend«, raunte Franz.

»Zauberhaft«, flüsterte Sandra.

»Sapperlot«, meinte Monika. Sie schob anerkennend die Unterlippe vor.

Auch die anderen Fahrgäste aus aller Welt zeigten sich beeindruckt. Viele von ihnen zückten ihre Kameras, um die Echowand zu fotografieren. Ganz so als wollten sie die reflektierten Geräusche auf Bild festhalten, was natürlich nicht ging und deshalb ein ausgemachter Schmarrn war. Logisch.

Das Elektroboot nahm wieder leise Fahrt auf. Wenig später landeten sie an der Anlegestelle der idyllisch daliegenden Halbinsel Hirschau, auf der St. Bartholomae lag.

»Ich will mir unbedingt die Kapelle anschauen. Schon als Kind habe ich mir gerne Kapellen angesehen«, sprudelte es aus Sandra hervor, während sie an Land gingen. »Kapellen sind einfach toll. Kapellen und Kirchen. Und Dome natürlich auch.«

»Ins Jagdschloss sollten wir auch gehen. Darf man da überhaupt rein?« Monika blickte fragend von einem zum anderen.

»Logisch. Da ist doch seit dem Jahr 1700 die Gaststätte mit dem schönen Biergarten drinnen.« Franzi setzte einen triumphierenden Blick auf. Endlich wusste er auch einmal etwas über Kultur.

»Ach so. Na dann, umso besser.« Monika nickte erfreut.

»Dass du das mit dem Biergarten weißt, ist ja wieder mal typisch, Franzi.« Sandra lachte.

Sie ist wirklich ungewöhnlich gut aufgelegt, dachte Monika. Hoffentlich bleibt das auch so. Nicht, dass ihr am Ende noch einfällt, dass sie zu großzügig war, und es gibt wieder Knatsch zwischen den beiden.

»Wollen wir uns vor der Kirchenbesichtigung etwas stärken? Das Frühstück ist schon wieder eine ganze Weile her.« Franz sah seine Begleiterinnen neugierig an.

»Jetzt schon Bier? Es ist gerade mal ein Uhr.« Sandra hob leicht genervt die Brauen.

Wusste ich's doch, dachte Monika. Es geht schon wieder los zwischen den beiden. Als hätte ich es gerochen.

»Nein, kein Bier.« Na ja, Rom wurde schließlich auch nicht an einem Tag erbaut, sagte sich Franz. Zumindest rastet sie nicht gleich wieder aus. Das ist doch schon mal etwas. »Ich würde gerne im *Fischerstüberl* etwas ganz Besonderes essen.« Er lächelte vielsagend.

»Und was soll das sein?« Sandra hielt neugierig den Kopf schief. Ihrem freundlichen Ton nach hatte sie sich schnell wieder eingekriegt.

»Einen Schwarzreiter.«

»Pferdefleisch?«, erkundigte sich Monika angewidert.

»Nein. Ein Schwarzreiter ist ein ganz besonderer kleiner Saibling aus dem Königssee. Ein Fisch. Er wird auf dünnen Holzspießen über einem Haselnussrost geräuchert. Eine absolute Spezialität. Muss gigantisch schmecken. Das *Vier Jahreszeiten* in München bestellt ihn. Und der Prinz Luitpold von Bayern kriegt auch jedes Jahr welchen zugeschickt.«

»Na, das dürfen wir uns natürlich nicht entgehen lassen.« Monika nickte eifrig.

»Nichts wie hin zum *Fischerstüberl.*« Sandra hob den Arm wie ein General aus alter Zeit, der das Kommando zum Angriff gab.

»Hast du eigentlich auch irgendwelche Prospekte gelesen, Franzi?«, wollte Monika wissen, während sie aufbrachen. »Oder woher weißt du das alles?«

»Nein, keine Prospekte. So etwas weiß man als Bayer mit Kultur einfach, Moni.« Franz grinste zufrieden in sich hinein.

Ich trau mich wetten, dass er doch welche gelesen hat, sagte sie sich. Und zwar sehr gründlich. 100-prozentig. Aber lass ihn. Sandra schielte ihn auf einmal ganz stolz von der Seite her an. Soll er seinen Triumph haben. Ist selten genug bei den beiden, dass er mal die Hosen anhat.

Der Schwarzreiter war köstlich, die Kapelle sehenswert und die ganze Halbinsel Hirschau sowieso traumhaft schön. Glücklich und zufrieden mit ihrem Tagesausflug saßen Franz, Monika und Sandra um 15:30 Uhr im Biergarten der Gaststätte St. Bartholomae. Monika hatte ein schattiges Plätzchen für sie entdeckt.

»Eine Maß und einen Schweinsbraten ohne Knödel, bitte. Ich bin auf Diät.« Franz strahlte vor Glück, als er bei der freundlichen Kellnerin im Dirndl seine Bestellung aufgab.

»Für mich einen Weißwein und einen großen Salatteller, bitte«, sagte Monika, die sich ein breites Grinsen nicht verbeißen konnte.

»Für mich auch den Salat, bitte. Ich hatte heute schon einen Ihrer herrlichen Schwarzreiter. Und ein stilles Wasser dazu.« Sandra gab der Kellnerin ihre Speisekarte.

»Kommt sofort, die Herrschaften«, erwiderte die junge blonde Frau und verschwand so schnell, wie sie gekommen war.

»Hallo! Herr Wurmdobler! Hier bin ich! Juhu!«

»Um Himmels willen! Was will denn die schon wieder? Schaut bloß nicht hin.«

Franz duckte sich schnell unter den Tisch, wo er so tat, als würde er sich den Schuh zubinden. Aber natürlich kam sein Tarnmanöver zu spät. Donatella Höslinger aus Regensburg hatte ihn ja bereits längst entdeckt. Mit weitausgreifenden Schritten wuchtete sie ihre massigen Pfunde zu ihnen an den Tisch herüber. Sie trug ein viel zu enges weißes Leinenminikleid, ihre dicken Lippen waren grellrot bemalt, ihre blonden Locken quollen unter einer weißen Sonnenkappe hervor. Sie schien in bester Gesprächslaune zu sein. Und was noch viel schwerer als das wog: Sie war allein.

»Das ist aber schön, dass wir uns hier treffen, Herr Wurmdobler. Wollen Sie mir Ihre netten Begleiterinnen nicht vorstellen? Huhu, Herr Wurmdobler!« Sie bückte sich, damit er ihr Gesicht von seiner Tauchstation aus besser sehen konnte.

»Ja, die Frau Höslinger.« Franz kehrte mit hochrotem Kopf an die Oberfläche zurück. »So ein Zufall. Schauen Sie sich auch den Königssee an?« Gott sei Dank hat sie nicht gemerkt, dass ich in den Slippern gar keine Schnürsenkel habe, sagte er sich. Obwohl, warum sollte sie es eigentlich nicht wissen. Vielleicht hörte sie dann endlich einmal damit auf, ihm überallhin nachzulaufen.

»Wunderbar ist es hier, nicht wahr? Haben Sie schon die geräucherten Renken probiert? Ein Gedicht. Und das Wetter. Herrlich. Ich habe mir vorhin natürlich auch die Kapelle angesehen. Ganz wunderbar. Abends soll es hier ja sehr still werden, wenn die Boote nach Schönau zurückkehren. Nur die Wanderer auf den Watzmann dürfen dann hier bleiben. Haben Sie übrigens diese Sache im Hotel mitbekommen?«

»Welche Sache?« Franz nützte die kurze Atempause, die sie gerade einlegte, um so schnell als möglich seine eigene Frage abzuschießen.

»Es sollen drei Köche ermordet worden sein. Schrecklich, nicht wahr?« Donatella riss die grell geschminkten Augen auf und hielt die Hand vor den Mund.

»Ach wirklich?« Franz hob die Brauen, als würde ihn diese unglaubliche *Neuigkeit* überraschen.

»Ja. Ich wollte mit einigen Gästen auschecken, aber ein sehr gutaussehender Privatdetektiv aus München hat die meisten von uns überredet, hier zu bleiben. Tja, und da bin ich nun.« Sie drehte sich breit lächelnd einmal um die eigene Achse.

»Soso, ein fescher Privatdetektiv.« Franz musste schmunzeln, obwohl sie ihm nicht erst seit gerade eben gehörig auf den Wecker ging. »Ja dann, Frau Höslinger. Super. Einen schönen Tag noch.«

»Den haben wir doch schon, Herr Wurmdobler. Ist da noch frei?« Sie zeigte auf den vierten Stuhl an ihrem Tisch.

»Äh, leider nicht. Da, da kommt gleich noch einer. Der, der … äh, Gerd Müller. Er ist bloß kurz auf der Toilette.«

»Der Bomber der Nation?« Donatella riss erstaunt die Augen auf.

»Nein. Ein Bekannter aus München. Ornithologe.« Franz war kein Beruf eingefallen, der ihre aufdringliche Besucherin weniger interessieren könnte.

Monika und Sandra waren redlich bemüht, sich das Lachen zu verbeißen. Es war auch zu herrlich, zu beobachten, wie Franzi verzweifelt versuchte, sich aus der für ihn offensichtlich arg peinlichen Situation herauszuwinden.

»Ein Vogelkundler. Ja wie interessant.«

»Ja, Hobbyvogelkundler und Bahnangestellter.« Mist, dachte Franz. Die klebt wie Holzleim. Aber mit dem Bahnangestellten konnte er sie bestimmt in die Flucht jagen. Was gab es schon Langweiligeres als einen Bahnangestellten?

»Soso, und bei der Bahn ist er auch. Macht nichts. Ich stehe auf, wenn er kommt. Donatella Höslinger ist übrigens mein Name«, wandte sie sich mit ausgestreckter Hand an Monika und Sandra, während sie sich schnell setzte. »Ich komme aus dem schönen Regensburg. Sind Sie beide auch zur Kur hier? Sie sind doch viel zu schlank.«

»Wir besuchen meinen Mann nur, damit er die letzte Woche Diät auch noch gut übersteht. Ich bin Sandra aus München, grüß Gott.« Sandra schüttelte ihr breit grinsend über den Tisch hinweg die Hand. Sie hatte schnell bemerkt, dass ihre anfängliche Eifersucht hier keinesfalls angebracht war. Wenn Franz etwas auf den Tod nicht leiden konnte, waren es geschwätzige Frauen. Und Donatella Höslinger war sehr geschwätzig. Eindeutig. Ansonsten schien sie einfach nur Kontakt zu suchen, damit ihr gut geöltes Mundwerk auch beschäftigt war. Davon, dass es ihr Franz als Mann besonders angetan hätte, merkte man nichts.

»Ich bin Moni, die Freundin von dem gutaussehenden Privatdetektiv.« Monika grinste noch ein Stück breiter als Sandra.

»Ach wirklich? Das ist ja ein wunderbarer Zufall. Mein Herbert konnte leider diesmal nicht mitkommen. Er muss schuften, der Arme. Das Geld für meine Kur verdienen.« Donatella ließ ein glockenhelles Lachen verlauten.

Es steckte an. Die anderen lachten mit.

»Donatella? Klingt Italienisch?«, stellte Monika fest.

»Meine Mutter, Signora. Daher habe ich auch mein Temperament.« Donatella rollte das R wie eine Südländerin.

»Aber die blonden Haare. Ich dachte immer, Italienerinnen wären dunkelhaarig.« Sandra zeigte auf Donatellas Kopf.

»Da ist mein Vater durchgeschlagen. Ein echter Deutscher. Blond und blauäugig.« Sie lachte erneut.

Wie beim Max, dachte Monika. Auch ein echter Deutscher. Jedenfalls dem Aussehen nach. Benehmen tut er sich nicht gerade so. Aber wie benehmen sich eigentlich echte Deutsche? Egal. Anderes Thema.

Kurz darauf kamen die Getränke und das Essen.

»Schweinsbraten?« Donatella zog überrascht die Brauen hoch.

»Ja«, erwiderte Franz. »Ohne Knödel. Eiweiß macht schlank.«

»Wirklich?«

»Logisch.«

»Dann hätte ich gerne bitte auch so einen Schweinsbraten ohne Knödel«, teilte sie der Kellnerin mit. »Und eine Radlermaß dazu.«

»Radler macht dick. Zuviel Zucker.« Franz schüttelte den erhobenen Zeigefinger.

»Na gut. Dann eben auch ein Bier.« Donatella nickte entschlossen. »Aber nicht, dass ich dann zu singen anfange. Normalerweise trinke ich nämlich nur sehr wenig.«

»Wie ich«, meinte Sandra.

»Der Herr Müller ist aber lange auf der Toilette«, stellte die üppige Regensburger Betriebsnudel etwas später fest. »Es wird ihm doch nichts passiert sein. Oder hat er den nächsten Zug genommen?« Sie schaute albern kichernd von einem zum anderen.

»Ach, vielleicht ist er spazieren gegangen«, erwiderte Sandra, die erneut mitlachen musste. »Bleiben Sie doch einfach sitzen und leisten Sie uns Gesellschaft, Donatella. Wenn Sie wollen, nehmen wir Sie nachher auch in unserem Cabrio mit ins Hotel.«

»Mein Gott, das wäre ja ganz herrlich.« Die Regensburgerin stieß einen verzückten Kiekser aus. »Was haben die hier eigentlich als Nachspeise?«

Na warte. Das kriegst du zurück, Sandra, das schwöre ich dir, sagte sich Franz. Er brütete eine Weile lang wütend vor sich hin. Dann trank er erst mal einen großen Schluck Bier.

Während er sich noch über den in seinen Augen restlos versauten Tag ärgerte, entdeckte Monika drei Tische weiter den übergewichtigen Mann, der ihr und Sandra bereits vorgestern im Café in Bad Endorf aufgefallen war, weil er so viel Torte gegessen hatte und die Kellnerin dort so ungewöhnlich aggressiv angegangen war. Auch jetzt und hier stritt er wieder lautstark mit dem Personal herum. Zwei riesige Schweinshaxen mit Kartoffelknödeln und ein voller Maßkrug standen vor ihm auf dem Tisch. Trotzdem hatte er offensichtlich einen Grund gefunden, sich bei dem lederbehosten Kellner vor seinem Tisch zu beschweren.

Manchen kann man es anscheinend nie recht machen, dachte sie. Na ja, meins wäre diese andauernde Hungerei ehrlich gesagt auch nicht. Fast schon verständlich, wenn einer dabei zur Furie wird.

17

Da Max die anderen nicht auf den Zimmern angetroffen hatte, war er gegen 19 Uhr alleine in den Speisesaal zum Abendessen gegangen. Oben im Zimmer hatte er gerade noch Walter Meier angerufen. Maria Hochfellner hatte ihm dessen Handynummer vorher telefonisch durchgegeben, nachdem sie sich bei Max für seine Hilfe in der Lobby bedankt hatte. Walter konnte ihm aber auch nichts wirklich Hilfreiches über die Verhältnisse in der Hotelküche oder über Beate sagen, die er am Morgen tot aufgefunden hatte. Er würde ihn aber auf jeden Fall noch persönlich aufsuchen, um ihn zu befragen. Dabei sah man einfach besser, ob jemand die Wahrheit sagte oder nicht.

»Da sitzt er ja, unser Herr Detektiv.« Monika winkte ihm von der Tür aus zu.

Hinter ihr betraten Sandra und Franz den Raum. Auch sie winkten ihm zu. Die beiden Frauen schienen richtig fröhlich zu sein. Franz wirkte dagegen regelrecht niedergeschlagen.

»Servus, Leute«, begrüßte Max die Ankömmlinge, während sie sich zu ihm setzten. »Wie war euer Tag? Wo wart ihr denn?«

»Am Königssee«, erwiderte Franz. Er machte dabei ein sehr ernstes Gesicht.

»Aber ihr wart dort auf keiner Beerdigung, oder?« Was hat dem denn die Petersilie verhagelt?, wunderte sich Max. Verträgt er das viele gesunde Essen am Ende überhaupt nicht mehr?

»Nein. Natürlich nicht.« Monika lachte. »Wir hatten einen wunderschönen Nachmittag mit Donatella.«

»Wer ist Donatella?«

»Frau Höslinger aus Regenburg.«

»Ach nein. Die aus dem Café in Endorf?«

»Genau die.« Sandra grinste breit.

»Drei Frauen und du, Franzi. Gratuliere. Da warst du doch bestimmt der reinste Hahn im Korb.« Max klopfte seinem alten Freund und Exkollegen anerkennend auf die Schulter.

»Leider.« Franz ließ traurig den Kopf hängen.

»Wieso leider?« Max runzelte erstaunt die Stirn.

»Donatella entspricht nicht unbedingt Franzis Vorstellung von einer Traumfrau.« Monika lachte erneut. Noch etwas länger und lauter als vorher.

Sandra lachte mit.

»Sehr witzig, ihr beiden. Das bekommt ihr auf jeden Fall noch zurück.« Franz hatte offensichtlich nicht die geringste Lust, mitzulachen. Er stierte nur grimmig vor sich auf den Tisch. »Den ganzen Nachmittag haben sie mir versaut mit der aufdringlichen Höslinger, Max«, beschwerte er sich in jammerndem Tonfall.

»Wieso denn das?«

»Die redet und redet und redet wie ein Wasserfall. Ich schwöre es dir, Max, das hält kein Schwein aus.« Franz schüttelte vehement den Kopf. »Dabei hatte ich mich so sehr auf den Biergarten gefreut.«

»Aber das Bier hat doch wenigstens geschmeckt. Oder hast du wegen deiner Diät ein Alkoholfreies getrunken?«

»Kein Bleifrei. Aber nur eine Maß, Max. Nicht mehr. Bei der Höslinger ihrem Dauermonolog wird sogar das

Bier sauer. Ich schwöre es dir.« Der kleine, dicke glatzköpfige Hauptkommissar starrte ausdruckslos an die gegenüberliegende Wand.

»Nur eine Maß? Das ist wirklich extrem wenig.« Max musste sich das Lachen verbeißen. Er kannte niemanden, der so schön wegen Nichtigkeiten leiden konnte wie Franz. »Aber was anderes. Was haltet ihr denn davon, wenn wir nachher alle zusammen nach Rosenheim ins *In and Out* fahren?«, fuhr er fort.

»Ins *In and Out*? Was soll das denn sein? Etwa ein Puff?« Franz beäugte ihn misstrauisch. Es sah ganz so aus, als würde er heute auf gar keinen Fall weitere Unvorhersehbarkeiten ertragen können oder wollen.

Albernes Gelächter am Tisch.

»Eine Disco«, erwiderte Max, nachdem sich alle wieder beruhigt hatten.

»Ach so.«

»Ich muss dort wegen meinen Mordfällen etwas recherchieren. Was meint ihr?« Max blickte fragend in ihre Gesichter.

»Ich bin dabei. Disco, tanzen, super.« Sandra zuckte rhythmisch mit den Schultern.

»Ich auch.« Monika lächelte zurückhaltend.

Max wusste, dass Diskobesuche nicht unbedingt zu ihren Lieblingsbeschäftigungen gehörten. Aber gegen ein bisschen Tanzen im Urlaub schien es auch von ihrer Seite her nichts einzuwenden zu geben.

»Wegen deinen Mordfällen?«, erkundigte sich Franz. »Gibt es diesbezüglich etwas Neues?«

»Eine Drohung hing an meiner Windschutzscheibe, dass ich mich aus was auch immer raushalten soll. Aber sonst habe ich noch nicht viel. Vielleicht weiß ich mehr, nachdem wir dort waren.«

»Na gut, ich komme mit. Musik hören, ein paar g'schmackige Drinks schlürfen. Warum nicht. Aber tanzen werde ich auf gar keinen Fall. Das sage ich euch gleich.« Er schüttelte wild entschlossen den Zeigefinger.

»Musst du nicht, Franzi. Das würde sowieso niemand sehen wollen.« Sandra lachte laut.

Max und Monika lachten unverzüglich mit.

Immer auf die kleinen Dicken, dachte Franz und grinste gutmütig. Wart's nur ab, Sandra. Rache wird immer süßer, je länger sie reift.

Das Essen kam. Es gab einen schönen Sommersalat mit Sprossen für Franz, streng nach Diätplan. Die anderen hatten ihr Menü am Morgen nach dem Frühstück per Wunschzettel bestellt. Lendensteak mit Folienkartoffel und Salat für Max, Zander mit zartem Gemüse für Monika und eine Bouillabaisse mit Knoblauchbaguette für Sandra. Zum Nachtisch gab es für alle, außer Franz, Kaiserschmarrn, eines seiner absoluten Lieblingsgerichte. Er leckte sich gierig die Lippen, während es sich die anderen unter wollüstigem Stöhnen schmecken ließen.

Nachdem alle, bis auf Franz, satt und zufrieden waren, begaben sie sich auf ihre Zimmer, um sich umzuziehen. Auf dem Weg dorthin nahm Franz Max vor dem Aufzug beiseite.

»Max, ich muss dir etwas gestehen.«

»Du bist unendlich verliebt in mich.« Max grinste breit.

»Geh, Schmarrn. Nein. Es ist … wegen der Drohung. An deiner Windschutzscheibe.«

»Ja und? Was ist damit?«

»Ja, also, äh … ich war das.«

»Du? Aber wieso machst du so einen Schmarrn?« Max riss überrascht die Augen auf. »Spinnst du?«

»Ich wollte, dass du mit uns Urlaub machst.« Franz trat verlegen von einem Fuß auf den anderen.

»Sehr witzig, Franzi. Sei froh, dass ich den albernen Zettel sowieso nicht ernst genommen habe.« Max schüttelte den Kopf. Da fällt dir echt nichts mehr ein, sagte er sich.

»Nicht?« Franz' Miene erhellte sich.

»Nein. Und jetzt lass uns umziehen gehen.«

»Alles klar, Max. Bis gleich.«

»Bis gleich.« Der hat ja einen sauberen Vogel, der gute Herr Wurmdobler, dachte Max. Will der mir doch tatsächlich Angst machen, damit ich, statt zu ermitteln, mit ihm und den Frauen in der Gegend herumgondle. Warum sagt er mir nicht einfach, was er will? Herrschaftszeiten, wer solche Freunde hat, braucht keine Feinde mehr. Aber wirklich.

Keine halbe Stunde später ging es auch schon los nach Rosenheim. Sie nahmen Max' Kangoo, weil darin mehr Platz war als in Sandras winzigem Renault Clio. Franz war mit dem Zug angereist und hatte deshalb kein Auto dabei. Max fuhr. Sandra versprach, zurückzufahren, da sie wie immer nichts trinken würde.

»*Sie* wollen hier rein?« Der kräftig gebaute junge Türsteher des *In and Out* zog erstaunt die Brauen unter der glänzenden schwarzen Topffrisur hoch, als die vier offensichtlich gutsituierten älteren Herrschaften aus München vor ihm auftauchten.

»Warum nicht?«, erwiderte Monika mit einem strahlenden Lächeln. »Wir machen Urlaub.«

»Genau.« Auch Sandra lächelte. Mindestens so strahlend und unwiderstehlich wie Monika.

»Na gut. Aber es kostet Eintritt.« Der junge Mann blickte sie nach wie vor ungläubig an.

Max meinte, in seinen Augen dieselbe Art von Dumpfheit zu erkennen, die er bereits bei vielen Türstehern gesehen hatte. Entweder wurden nur extrem geistlose Menschen Türsteher, oder der Türsteherjob machte einen auf die Dauer blöd. So oder so ähnlich musste es sein.

»Kein Problem, wir haben letzte Woche Taschengeld bekommen.« Auch er lächelte.

»Na gut, gehen Sie rein.« Der tumbe Gelfrisurträger tat das, wozu er, abgesehen von der immens wichtigen Aufgabe, unpassende Leute nicht hereinzulassen, sonst noch da war: Er öffnete ihnen die Tür. »Die Kasse ist gleich links.«

»Alles klar«, erwiderte Max, während sie sich an ihm vorbeischoben.

»Wenn wir hier drinnen den Altersdurchschnitt gerade nicht enorm anheben, fresse ich einen Besen«, raunte Franz Max zu, während sie den weitläufigen Tanzpalast betraten.

»Da kann ich dir nur guten Appetit wünschen«, raunte der blonde Münchner Exkommissar zurück.

Vor ihnen standen massenhaft Jugendliche und ein paar schätzungsweise 20- bis 30-Jährige vor einem langen dunklen Holztresen, der sich links von ihnen bis zur gegenüberliegenden Wand hinzog. Dahinter befand sich ein mit bunten Flaschen gefülltes riesiges Regal. Rechts vom Tresen erstreckte sich eine große Tanzfläche, auf der sich vor allem miniberockte Mädchen verrenkten. Bunte Lichter blinkten, aus den riesigen Boxen darüber dröhnte laute Technomusik.

»Trinken wir erst mal was.« Max steuerte den Tresen an. Die anderen folgten ihm.

Nachdem der großgewachsene Barkeeper ihnen zwei Mojitos für die Damen und zwei Caipirinhas für die Herren gebracht hatte, fragte ihn Max, ob er Peter Sollner oder Tanja, Beate oder Brigitte aus Bad Endorf kenne.

»Nein. Nie von denen gehört«, erwiderte der Jüngling mit den dunkelgrünen Augen. »Ich arbeite erst seit einer Woche hier. Aber nachher kommt der Rainer. Der könnte sie kennen. Er ist der Besitzer.«

»Wann ist nachher?«, wollte Max wissen.

»In einer halben Stunde.«

»Danke.«

Monika und Sandra begaben sich ungeachtet ihres Alters zwischen die herumhüpfende Chiemgauer Jugendmeute auf der Tanzfläche. Franz setzte sich auf einen der bequemen Barhocker, von dem aus er einen guten Überblick über das gesamte Lokal hatte. Max befragte die jungen Leute vor dem Tresen bezüglich der Küchenmannschaft des *Chiemgauer Seehofs*. Aber niemand wollte eine Ahnung davon haben, wer Peter, Brigitte, Tanja oder Beate sein sollten. Als er ganz hinten am Tresen ankam und erneut sein Sprüchlein herunterbetete, sauste ein langhaariger blonder Bursche direkt neben ihm wie ein geölter Blitz durch den Notausgang davon. Max zögerte nicht lange und folgte ihm auf dem Fuß. Die Tür führte direkt auf den Hinterhof, auf dem drei Autos parkten. Offensichtlich wurde er als Personalparkplatz genutzt.

Max blickte sich außer Atem in der Dunkelheit um. Der Spurt gerade eben war etwas zu plötzlich für seinen vom Essen, Sitzen und Stehen heruntergefahrenen Kreislauf gekommen. Rechts von ihm raschelte es hinter einer Mülltonne. Auf leisen Sohlen schlich er hin, bekam einen Stoß in die Seite, stürzte auf den Asphalt und schlug sich kräftig den Kopf an. Sekundenlang lag er benommen da, rappelte sich mit stechenden Schmerzen in den Schläfen wieder hoch, horchte in die Nacht hinein, versuchte, jemanden zu erkennen. Aber er hörte nur noch leise Schritte, die sich vom Ende des Hofes aus eilig entfernten.

Kurz darauf hörte er Schreie aus derselben Richtung. Er rannte hin, um zu sehen, was los war. Als er ums Eck bog und sich daraufhin seitlich der Disco in einer schmalen Nebenstraße wiederfand, hielt er erleichtert an. Er schnaufte erst einmal kräftig durch.

»Na, da staunst du, Herr Supersportler. Was so eine Diät doch alles ausmacht.« Franz stand breit grinsend vor ihm. Mit der rechten Hand hielt er den langhaarigen Flüchtigen am Schlafittchen, der einigermaßen beunruhigt aussah.

»Super, Franzi. Wie in alten Zeiten. Respekt.« Max näherte sich den beiden. Direkt vor ihnen blieb er stehen.

»Ja, ja. Totgesagte leben eben doch länger.« Franz trug ein stolzes Lächeln im Gesicht.

»Trotzdem kannst du das Rauchen aufhören.« Max lächelte ebenfalls. »Bier und Schweinsbraten ist ja alles okay, aber Rauchen ist echt Scheiße. Bringt einen um.

Und blöde Zettel an meine Windschutzscheibe zu klemmen, kannst du in Zukunft auch bleiben lassen.«

»Müssen wir das jetzt besprechen, Max?«

»Nein.«

Der junge Mann mit den langen blonden Haaren schaute nervös von einem zum anderen. Er schien liebend gern wissen zu wollen, was das Ganze hier gerade bedeuten sollte.

»Gut. Dann lass uns damit aufhören, bevor uns unser Freund hier noch für ein streitlustiges Schwulenpärchen hält.« Franz schüttelte den Burschen kräftig durch, während er sprach.

»Hast recht«, stimmte ihm Max zu. Hat eh keinen Sinn ihm etwas auszureden, dachte er.

»Weiß ich.« Franz grunzte zufrieden.

»Warum bist du vor mir davongelaufen?« Max zog die Brauen hoch. Er schaute dem Jugendlichen direkt in die Augen.

»Ich dachte, es gibt Ärger.« Der junge Mann senkte den Blick. Er traute sich offenbar nicht, Max in die Augen zu sehen.

»Richtig gedacht. Du hast ihn nämlich schon. Also los, red endlich.«

»Seid ihr Bullen?«

»Kann sein. Kann nicht sein.« Max piekste ihm mit dem Zeigefinger in die Brust.

»Also keine Bullen?« Die Angst wich nicht aus seinem Blick.

»Warum bist du weggelaufen? Sag schon.« Max hörte sich alles andere als freundlich an. Er war immer noch sauer auf den dämlichen Kerl, der ihm gerade auf dem Parkplatz die Kopfschmerzen beschert hatte.

»Na ja. Ich habe ein paar Gramm Gras für den Eigenbedarf dabei. Und ich dachte …«

»… dass ich dich hochnehmen will?«, schnitt ihm Max das Wort ab.«

»So in der Art. Aber wenn ihr keine Bullen seid, hat euch dann der Jugo geschickt? Sagt ihm, er bekommt sein Geld. Nächste Woche bin ich wieder flüssig.« Er hörte sich panisch an.

»Wie heißt du?«, fragte ihn Max.

»Jörg, Jörg Metzger. Kommt ihr nun vom Jugo oder nicht? Ich bezahle ganz bestimmt.« Jörgs Stimme hörte sich jammernd und zeternd wie eine Sirene an. Er schwitzte stark und trat unruhig von einem Fuß auf den anderen.

»Wir kommen nicht vom Jugo.« Herrschaftszeiten, geht dem die Düse, sagte sich Max. Dieser Jugo muss ja eine ganz gefährliche Nummer sein.

»Nicht? Ehrlich?« Er atmete hörbar erleichtert auf.

»Ehrlich.« Max sah ihn eine geraume Zeitlang erwartungsvoll an. Er sagte kein Wort.

»Was ist denn?«, fragte Jörg verunsichert. Die Angst in seinem Blick nahm wieder zu.

»Nichts. Ich wollte dich eigentlich nur fragen, ob du einen Peter Sollner oder eine Brigitte, Tanja oder Beate aus dem *Chiemgauer Seehof* kennst.« Max zuckte unschuldig die Achseln.

»Sonst nichts?«

»Sonst nichts.«

»Also?«, mischte sich Franz ins Gespräch. Er hielt Jörg nach wie vor am Kragen fest.

»Klar kenne ich den Peter und seine Mädels. Jeder hier kennt sie.«

»Den Eindruck hatte ich da drinnen aber gerade nicht.« Max reckte herausfordernd sein Kinn nach vorne.

»Die haben alle Angst vor dem Jugo.«

»Na, den würde ich ja gerne mal kennenlernen, diesen Jugo.«

»Besser nicht. Glauben Sie mir.«

»Zurück zu Sollner und seinen Mädels. Nahmen sie Drogen?« Max spürte, dass der Bursche vor ihm weit mehr wissen musste, als er bisher verraten hatte.

»Also, der Peter Sollner hat sich hier alles Mögliche reingezogen. Koks, Amphetamine, Ecstasy. Alkohol und Dope sowieso. Wie die meisten hier. Die Mädchen aus seiner Küche, die er dabei hatte, haben auch alles Mögliche genommen. Nur nicht so viel wie er.«

»Ach wirklich? Und woher bekommt man hier das Zeug?«

»Vom Jugo eben. Darf ich eine rauchen?«

»Von mir aus.« Max zuckte die Achseln. »Jeder muss selbst wissen, ob er leben oder sterben will«, fügte er mit einem strengen Seitenblick auf Franz hinzu, der sich gerade eine Zigarette anzündete. »Wann ist der denn immer hier, dieser Jugo?«

»Einmal in der Woche. Meistens am Montag. Er kommt dann extra von München aus angefahren.« Jörg steckte seine rechte Hand in die linke Brusttasche seiner ärmellosen Jeansjacke.

»Langsam rausholen«, warnte ihn Franz.

»Logisch. Ich mach ganz langsam.« Jörg kramte eine Schachtel Filterzigaretten und ein gelbes Plastikfeuerzeug hervor.

»Und ihr kauft alle bei dem?«, wollte Max wissen.

»Ja, alle kaufen bei ihm. Er duldet keine Konkurrenten. Vor einem Jahr sind zwei Albaner bei einem Unfall ums Leben gekommen, die vorher versucht hatten, hier im *In and Out* Crack zu verkaufen.«

»Aha. Und du hast also Schulden bei ihm?«

»Ja. Er hat auch schon Leute umgebracht, die Schulden bei ihm hatten, heißt es.« Wieder schlich sich panische Angst in Jörgs Gesichtsausdruck.

»Hatte Peter Sollner auch Schulden bei diesem Jugo?«

»Keine Ahnung. Aber gut möglich.« Jörg zuckte mit zitternder Stimme die Achseln. »So gut wie jeder hier hat Schulden bei ihm.«

»Alles klar, danke für die Auskunft.« Max' Stimme klang nun völlig ruhig und sachlich. Sein Ärger war verflogen. Hier ging es gerade um etwas viel Wichtigeres als um Kopfschmerzen. Mit ein bisschen Glück war er vielleicht gerade auf die erste brauchbare Spur zum Mörder der Köche im *Chiemgauer Seehof* gestoßen. »Weißt du, wo ich den Jugo finden kann? Ich glaube, du kannst ihn jetzt loslassen, Franzi.«

»Ich würde es in München um den Hauptbahnhof herum versuchen.« Jörg zog seine Jacke zurecht, nachdem Franz seinen Griff gelockert hatte. Er lächelte beiden dienstbeflissen zu. Dann zündete er sich eine Zigarette an und inhalierte tief.

»Na gut, Jörg. Du kannst wieder reingehen.« Max nickte ihm auffordernd zu.

»Echt?«

»Echt.«

Jörg lächelte erneut. Dann eilte er schnell Richtung Haupteingang des *In and Out* davon. Bevor es sich diese beiden Detektive oder was auch immer sie waren noch anders überlegten.

»Und was hältst du davon?«, erkundigte sich Max, sobald er mit Franz alleine war.

»Diesen Jugo sollte man auf jeden Fall mal gründlich unter die Lupe nehmen.«

»Das denke ich auch. Gehen wir wieder rein?«

»Logisch, wir haben ja nicht mal unseren ersten Drink ausgetrunken.«

»Das geht ja gar nicht.«

»Eben.«

18

»Moni?«

»Ja. Was ist?« Sie öffnete verschlafen die Augen.

»Es ist halb neun. Ich muss los, nach München.« Max gab ihr ein Küsschen auf die Wange.

»München?«

»Ja, habe ich dir doch gestern gesagt. Ich will versuchen, dort diesen Jugo aufzutreiben.« Er richtete sich auf und ging zur Tür.

»Den Drogenhändler aus dem *In and Out*?«

»Ja, Franzi und ich wollen ihm eine Falle im *In and*

Out stellen. Ihn über die Morde hier im Hotel ausquetschen. Und ihn vielleicht sogar dingfest machen.«

»Warum überlasst ihr das nicht der Kripo?« Sie gähnte ausgiebig.

»Die dürfen ihn nicht so hart anpacken wie wir. Da redet so einer doch nie.«

»Ist Selbstjustiz nicht verboten?« Monika hob fragend die Brauen.

»Ist keine Selbstjustiz. Eher Amtsmissbrauch von Franzi. Na ja, ein bisschen Selbstjustiz vielleicht auch. Aber was soll's? Ich will den Kerl, der die Küchenmannschaft auf dem Gewissen hat, unbedingt erwischen. Außerdem ist dieser Jugo auf alle Fälle ein Gangster.«

»Der Zweck heiligt die Mittel?«

»Schaut fast so aus.« Max bekam einen roten Kopf. Er grinste leicht verlegen. Normalerweise waren halblegale Aktionen wie diese nicht sein Ding. Aber er und Franzi waren gestern übereingekommen, dass momentan weit und breit keine bessere Möglichkeit in Sicht war.

»Und warum wartest du nicht, bis er das nächste Mal ins *In and Out* zum Dealen kommt?« Sie schaute verwundert drein.

»Weil ich dabei wertvolle Zeit verliere.«

»Warum verhört ihr ihn dann nicht gleich in München?«

»Weil Franzi hier seine Anwendungen machen muss. Er kann heute tagsüber nicht weg. Und ich müsste die Kripo einschalten, weil es alleine zu gefährlich wäre, ihn auszufragen. Und die Kripo wollen wir ja nicht dabeihaben, aus den bereits erklärten Gründen.« Herrje, manchmal will sie es aber schon sehr genau wissen, dachte

Max. Er verdrehte leicht genervt die Augen. Natürlich wandte er seinen Kopf dabei zur Seite, sodass sie es nicht sah. Sonst hätte es bloß wieder Nachfragen gegeben, warum er denn so schauen würde. Und darauf hatte er im Moment überhaupt keine Lust.

»Wann kommst du wieder?«

»Heute Abend.«

»Ach, und ich mache hier solange weiter allein mit Sandra und Franzi Urlaub?« Sie klang schon wieder unleidlich.

»Logisch, das hatten wir doch gestern so abgemacht.« Er zuckte nur die Achseln.

»Hatten wir das?«

»Ja. Hatten wir.« Er verdrehte erneut die Augen. Gleichzeitig schüttelte er den Kopf. Herrgott noch mal, gestern war sie noch mit allem einverstanden gewesen. Heute klang sie schon wieder vorwurfsvoll. Rein in die Kartoffeln und gleich wieder raus aus den Kartoffeln. Gab es denn gar keine Kontinuität mehr? Konnte man sich auf nichts mehr verlassen?

»Und du willst so gehen?« Sie zeigte auf seine Jeans und das dunkelrote T-Shirt mit der Aufschrift *Komiker*.

»Warum nicht?«

»Na gut. Servus.« Sie schloss kopfschüttelnd die Augen. »Nimm meinen Schlüssel mit. Wegen Blumengießen.«

»Mach ich. Servus, bis dann.«

»Bis dann.«

Na also, ging doch. Er steckte ihren Kneipen- und Wohnungsschlüssel ein, drückte die Klinke herunter und trat auf den Flur hinaus.

Als er im sonnigen München ankam, fuhr er zu einem großen Parkhaus in der Hirtenstraße und stellte seinen Kangoo dort ab. Danach besorgte er sich erst mal ein Stück kalte Pizza an einem der Stände im Bahnhof. Kauend machte er sich damit auf den Weg zu den einschlägigen Kneipen, Sexshops, Kinos und Tabledance-Bars, die hier zum Teil bereits am Vormittag geöffnet hatten.

Bei den Angestellten und Stammgästen, die er in den verschiedensten Etablissements nach dem Jugo fragte, erweckte er zur Tarnung den Anschein, als wäre er an Drogen interessiert. Doch niemand konnte oder wollte ihm weiterhelfen. Logisch, einem Fremden gegenüber zeigte man sich erst einmal misstrauisch und distanziert. Vor allem wenn es um Drogen ging. Die Zeiten, als er die üblichen Verdächtigen und Spitzel hier als Kriminaler kannte, waren längst vorbei. Gott sei Dank. Sonst hätte ihn am Ende noch jemand erkannt. Oder hatte ihn jemand erkannt? Kam er deshalb bei seiner Suche nicht voran? Schwer zu sagen.

Auf jeden Fall wollte er den Jugo unbedingt nach Rosenheim locken. Franz und er hatten gestern noch abgemacht, dass sie sich den Kerl gemeinsam hinter dem Parkplatz des *In and Out* schnappen würden. Dort würde sie niemand bemerken, und das Überraschungsmoment wäre auf ihrer Seite.

Nach zwei Stunden erfolgloser Suche verließ er das letzte Café auf seinem Weg mit dem Vorsatz, gleich wieder in den schönen Chiemgau zu fahren. Er müsste es wohl ein anderes Mal versuchen oder die nächsten Tage im *In and Out* in Rosenheim auf den Drogenhändler warten. Suboptimal, weil dabei wertvolle Zeit verloren ging, aber wohl nicht zu ändern. Bevor er nach Bad Endorf zurückkehrte, würde er nur noch kurz bei sich und bei Monika zu Hause nach dem Rechten sehen.

»Du suchst nach dem Jugo, Alter?« Ein südländisch aussehender Mann mit sehr viel Gel im daumenlang geschnittenen schwarzen Haar stellte sich ihm vor der Tür in den Weg. Schwarze Jeans, weißes T-Shirt, Goldkette, helles Baumwollsakko.

»Wer sagt das?« Max hob überrascht die Brauen.

»Dieser und jener. Außerdem bemerkt man einen weißen Elefanten im Schwimmbad sofort.« Der Fremde mit dem Dreitagebart kaute mit weit aufgesperrtem Mund auf seinem Kaugummi herum.

»Was habe ich mit einem weißen Elefanten im Schwimmbad zu schaffen?« Max senkte die Stimme.

»Ihr fallt beide auf. Der Elefant mit seiner Größe, du mit deinen Fragen. Bist du von hier? Warum kenne ich dich nicht?«

»Ich komme aus dem bayrischen Wald.« Max sprach immer noch leise. Er machte einen Schritt nach rechts, um den Eingang zu dem Café, aus dem er gerade gekommen war, nicht weiter zu versperren.

»Bayrischer Wald, aha. Wie heißt du?«

»Max.«

»Also nicht Komiker?«

»Nein, wieso?«

»Weil's auf deinem Hemd steht.«

»Ach so, das.« Max schaute an sich herunter. »Bloß Spaß.«

»Max und wie noch?«

»Wird das hier ein Verhör oder was?«

»Willst du den Jugo nun treffen oder nicht?«

»Logisch.«

»Dann sag mir, wie du heißt. Oder soll ich ihm sagen, dass ihn ein blonder Komiker sprechen will?«

»Warum nicht? Außerdem kennst du meinen Namen bereits.«

»Der Jugo macht aber nur Geschäfte mit Leuten, die einen vollen Namen haben.«

»Ach wirklich? Ist das so?« Max hob arrogant die Brauen. Er stemmte selbstbewusst die Hände in die Hüften. »Der Herr Drogenhändler will die Regeln machen? Wer will denn hier Geld ausgeben? Er oder ich?«

»Ist nun mal so, Alter. Sag mir deinen Namen oder vergiss es.« Der Mann zuckte mit keiner Wimper, während er Max fixierte.

»Na gut. Max Müller heiße ich. Und du?« Max reckte herausfordernd sein Kinn nach vorne. Nur nicht klein beigeben, Raintaler. Sonst hält dich der Bursche am Ende noch für ein Weichei. Und mit Weicheiern macht man bekanntlich keine Geschäfte. Schon gar nicht in der Drogenszene.

»Ich bin der Serbe.«

»Aha. Und das soll ein richtiger Name sein?«

»Klar. Ich heiße so.« Der Serbe grinste.

»Schmarrn.«

»Doch. Darko Serbe.«

»Darko Serbe. Wie Rudi Deutscher? Dass ich nicht lache. Na gut. Von mir aus.« Der lügt doch wie gedruckt, dachte Max. Egal, von ihm will ich auch nichts. Hauptsache, er macht mir den Kontakt mit dem Jugo. Der Serbe, der Jugo. Fehlen nur noch der Kroate, der Bosnier und der Albaner, dann sind die Jungs vom Balkan so gut wie komplett.

»Also?« Darko kniff seine Augen zusammen. Er nahm Max genauer ins Visier.

»Was also?« Max ließ sich von dem prüfenden Blick seines Gegenübers nicht verunsichern. Zu oft hatte er es als Kripobeamter mit schrägen Vögeln ähnlichen Kalibers zu tun gehabt, und zu oft hatten sie sich am Ende als weit weniger gefährlich herausgestellt, als es den ersten Anschein gehabt hatte. Vorsicht war aber auf jeden Fall geboten. Man wusste nie, wen die Burschen sonst noch so kannten und wie gefährlich der- oder diejenigen wiederum waren.

»Was willst du vom Jugo?«

»Stoff natürlich. Was dachtest du? Legosteine?«

»Wie viel?«

»Viel.«

»Wie viel?«

»Zwei Kilo.«

»Butter, Erbsen, Karotten?«

»Koks.« Max lächelte kalt.

»Zwei Kilo Koks also?«

»Zwei Kilo Koks, ja. Nuschle ich?«

»Du siehst nicht so aus, als hättest du genug Asche für zwei Kilo Koks.« Darko kaute derart heftig auf seinem Kaugummi herum, als ginge es darum, das zähe Ding mit seinen Goldzähnen zu pulverisieren.

»Wie sieht denn deiner Meinung nach jemand mit genug Asche für zwei Kilo Koks aus?« Max blieb ruhig. Wenn er jetzt nicht cool blieb, wäre der Bursche gleich wieder weg. So viel war sicher.

»Nicht wie du jedenfalls.«

»Na gut. Vergiss es einfach.« Max drehte sich um. Er schickte sich an, zu gehen.

»Ist ja gut, Alter. War nicht so gemeint.« Darko holte ihn mit zwei Schritten ein. Er packte ihn am Oberarm und grinste einschmeichelnd.

»So? Wie denn dann?« Max blieb stehen. Er blickte arrogant auf die ungepflegte Hand, die ihn festhielt.

»Ist doch klar, dass ich dich erst mal abklopfen muss, bevor ich dich mit dem Chef bekannt mache.« Darko ließ ihn wieder los. »Der reißt mir doch sonst eigenhändig den Kopf ab.«

»Der Jugo ist dein Chef?«

»So ähnlich, ja.«

»Und jetzt?« Max blickte ihn neugierig an.

»Ich sage dir, wie wir es machen.«

»Aha.«

»Du gibst mir deine Handynummer. Der Chef ruft dich an, sobald er kann.«

»Und das soll funktionieren? Umgekehrt wäre es mir lieber.«

»Es ist so, wie es ist.«

»Na gut. Von mir aus. Aber wenn er nicht bis spätestens morgen Mittag anruft, schau ich mich anderweitig um. Sag ihm das.« Max zog sein Handy aus der Tasche, um nach seiner Nummer zu suchen, die er bei seinen Kontakten unter *Ich* abgespeichert hatte. Er konnte sich das lange Zahlenungetüm beim besten Willen nicht merken.

Darko kramte ebenfalls sein Handy hervor und schaltete es ein. »Also?«

Max gab ihm seine Nummer. Dann verabschiedeten sie sich unauffällig voneinander.

Als er wenig später in Thalkirchen zu seiner Wohnung hinaufstieg, begegnete er im ersten Stockwerk seiner weißhaarigen Nachbarin, der alten Frau Bauer. Sie hatte ein mit großen bunten Blüten bedrucktes Sommerkleid an. Über dem Arm trug sie, wie immer um diese Jahreszeit, ihren leichten beigefarbenen Sommermantel. Seit dem Tod seiner letzten Verwandten, Tante Isolde, die vor ihm Frau Bauers Nachbarin gewesen war, versorgte sie ihn ab und zu mit Gulasch, Käsekuchen und neuen Socken. Nicht weil sie sollte, sondern weil sie wollte. Er nahm ihre gelegentlichen Bemutterungsversuche mit einem Lächeln in der Seele an. Einmal, weil er sich dabei irgendwie aufgehoben fühlte, und dann schmeckten ihr Käsekuchen und das Gulasch auch noch unwiderstehlich gut. Außerdem mochte er sie und wollte sie in ihren nachbarschaftlichen Bemühungen nicht enttäuschen. Im Gegenzug half er den Bauers beim Einkaufen oder er brachte das alte Rentnerehepaar gelegentlich mit seinem Auto zum Arzt.

»Ja, der Herr Raintaler. Sie habe ich aber schon lange nicht mehr gesehen. Waren Sie verreist?« Die alte Dame legte, sobald sie auf gleicher Höhe waren, den Kopf schief. Sie sah ihn fragend aus ihren wasserblauen Augen an.

»Bin zurzeit am Chiemsee, Frau Bauer, Kurzurlaub.« Er grinste freundlich.

»Am Chiemsee? Das ist ja schön.« Sie strahlte offenherzig. »Da waren mein Bertram und ich früher gelegentlich beim Segeln. Ein Freund von uns hatte dort ein riesiges Boot, eine Segeljacht. Herrlich.«

»Ja, schön ist es dort. Aber auch nicht ganz ungefährlich.« Max senkte seine Stimme.

»Ein Kriminalfall für Max Raintaler?« Sie spitzte neugierig die Ohren.

»Sieht so aus, Frau Bauer. Aber nicht weitersagen. Ist alles noch geheim. Sie verstehen?« Er legte den Zeigefinger seiner rechten Hand vor den geschlossenen Mund.

»Verstehe, Herr Raintaler. Aber wenn Sie zurück sind, erzählen Sie mir alles, abgemacht?« Sie stieg weiter die Treppe hinab.

»Abgemacht. Dann noch einen schönen Tag, Frau Bauer. Ich schaue bloß noch kurz bei mir oben nach dem Rechten.«

»Soll ich Ihre Blumen gießen, solange Sie weg sind?« Sie drehte sich noch einmal zu ihm um.

»Nein, danke. Sind alle aus Plastik. Schönen Tag noch.« Das fehlte ihm gerade noch, dass sie in seinen Sachen herumschnüffelte. Oberflächliche nette Kontakte im Haus immer gerne. Aber ansonsten hieß es bei ihm: *my home is my castle*.

In seiner Wohnung im zweiten Stockwerk angekommen sortierte er die Post, warf die Werbung in den Mülleimer und goss anschließend seine Palme und den Kaktus, die beide natürlich nicht aus Plastik waren. Dann duschte er ausgiebig, um die Hitze des brütenden Sommertages abzuschütteln.

Gegen 15 Uhr machte er sich in einem frischen schwarzen T-Shirt mit der weißen Aufschrift *Schwarz* und frischen Jeans zu Monikas Wohnung über ihrer kleinen Kneipe auf, um dort ebenfalls die Blumen zu gießen, wie er ihr das heute Morgen versprochen hatte. Nachdem alle acht Zimmerpflanzen ausreichend Wasser bekommen hatten, legte er sich angezogen auf das große Doppelbett in ihrem Schlafzimmer, um sich ein wenig auszuruhen. Dabei schlief er ein.

Sieben Stunden später weckte ihn sein Handy mit Ennio Morricones *Lied vom Tod* aus dem berühmten Western von Sergio Leone. Er öffnete die Augen, richtete sich auf und tastete in der inzwischen eingekehrten Dunkelheit danach. Schließlich wurde er auf dem Nachtkästchen neben sich fündig und hob ab.

»Hallo?«, meldete er sich mit verschlafener Stimme.

»Max?«

»Ja, Moni.«

»Wo bist du? Es ist elf vorbei.«

»Bei dir.«

»Schmarrn. Ich bin allein.«

»Bei dir daheim.« Er rieb sich die Augen.

»Wieso?«

»Ich warte auf einen Anruf von diesem Drogendealer, diesem Jugo.«

»Kommst du dann heute gar nicht mehr hierher ins Hotel?« Sie klang enttäuscht.

»Nein. Schaffe ich nicht. Morgen bin ich wieder da.« Er gähnte.

»Na gut. Dann bis morgen. Falls du uns nicht im Hotel antriffst, sind wir irgendwo auf einem Berg. Franzi muss nur am frühen Morgen zur Massage. Ansonsten hat er den ganzen Tag über frei. Auf welchen Berg wir gehen, weiß ich noch nicht.« Sie hörte sich jetzt nicht mehr nur enttäuscht an. Vielmehr schien sie wieder mal regelrecht angefressen zu sein.

»Alles klar. Ich werde euch schon finden.«

»Oder auch nicht. Ist doch auch schon egal.« Sie legte grußlos auf.

Herrschaftszeiten, was musste sie denn immer gleich so übertrieben ausrasten? Es war doch eigentlich alles geklärt zwischen ihnen. Er schüttelte verständnislos den Kopf, legte ebenfalls auf und ließ sich in die Laken zurückfallen. Sekunden später war er wieder eingeschlafen.

19

»Hallo?«

Max richtete sich ruckartig mit seinem Handy in der Hand in Monikas Bett auf. Das *Lied vom Tod* hatte ihn erneut geweckt. Er trug immer noch Jeans und T-Shirt. Seine Schuhe hatte er natürlich ausgezogen, bevor er sich gestern hingelegt hatte. Die Sonne schien direkt zum Fenster herein. Sie stand noch flach am Himmel, dennoch schwitzte er bereits. Es schien ein weiterer heißer Sommertag zu werden.

»Sie wollten mich sprechen, Herr Müller?« Die Stimme am anderen Ende der Verbindung hatte einen starken östlichen Akzent.

»Keine Ahnung. Wer sind Sie denn?« Er runzelte angestrengt die Stirn. So früh am Morgen und schon Ratespielchen. Wer brauchte denn so was?

»Ich bin der, der Sie anrufen sollte.«

»Alles klar. Habe noch geschlafen.« Der Jugo. Max war schlagartig hellwach. Hatte Darko Serbe also nicht zu viel versprochen. Na bestens. Seinen Namen nannte der Drogenhändler natürlich nicht am Telefon. Sicher wusste er genauso gut wie Max, dass heutzutage die ganze Welt mithören konnte.

»Was kann ich für Sie tun?« Der Jugo klang wie ein Versicherungsmakler. Sachlich, höflich, dennoch engagiert.

»Es geht um eine geschäftliche Angelegenheit.«

»Dann müssten wir das am besten von Angesicht zu Angesicht besprechen.«

»Dasselbe wollte ich gerade auch sagen.« Max kratzte sich ausgiebig am Hinterkopf. Ich muss unbedingt wieder mein gewohntes Shampoo aus der Apotheke holen, dachte er. Das Zeug im *Chiemgauer Seehof* vertrage ich scheinbar überhaupt nicht.

»Englischer Garten?«, kam es knapp vom anderen Ende der Verbindung.

»Englischer Garten ist gut. Auf einer der Bänke vor dem Monopteros?«

»Gut. Neben der großen Wiese. Um zehn?«

»Ich bin da.« Max sah auf seine Armbanduhr. Es war kurz nach acht. Er hatte jede Menge Zeit.

»Gut.«

»Wie erkenne ich Sie?«

»Ich erkenne Sie.« Der Jugo legte auf.

Max erhob sich vom Bett, nahm in der Küche seine obligatorische Blutdrucktablette ein und patschte ins Bad hinüber. Erleichtert stellte er fest, dass er hier bei Monika eine Flasche von seinem Spezialshampoo stehen hatte.

Nachdem er sich abgetrocknet und angezogen hatte, machte er sich Kaffee und aß ein Marmeladebrot dazu. Er war gespannt darauf, was bei seinem Treffen herauskommen würde. Auf jeden Fall musste er den Jugo, mit dem Stoff im Gepäck, nach Rosenheim ins *In and Out* locken. Dort konnte er ihn dann mit Franzis Hilfe vielleicht wirklich des Mordes an den Köchen des *Chiemgauer Seehofs* überführen. Immer vorausgesetzt natürlich, er war der Täter. Auf jeden Fall konnte er ihn aber anschließend auch gleich noch den dortigen Behörden übergeben. Zwei Kilo Koks sollten genügen, um ihn für längere Zeit hinter schwedische Gardinen zu bringen.

Was ist unser München bloß für eine wunderschöne Stadt, dachte er knapp zwei Stunden später, als er von der Universität aus in Richtung Englischer Garten spazierte. Die herrlichsten historischen Bauten, die wilde Isar, die weltberühmte Wiesn, eine tolle Uni, genial gutes Bier und jede Menge Grünflächen. Traumhaft. 100 Punkte.

Es war nun richtig heiß. Die Sonne knallte gnadenlos vom azurblauen Himmel herunter. Bei dem kleinen Stand neben dem Eingang in den Park machte er kurz Halt.

»Einen Milchkaffee zum Mitnehmen«, bestellte er. »Oder einen *Coffee to go mit Latte*, wie es hier unten steht.« Er zeigte auf die Tafel mit den Getränkepreisen unter dem Verkaufstresen. Herrje, billig ist was anderes, dachte er. Da gibt es aber gleich wieder einen dicken Punkteabzug, liebe Weltstadt mit Herz.

»Gerne, der Herr. Kommt sofort.« Die blonde Studentin hinter dem Verkaufstresen lächelte ihn freundlich an. Sie drehte sich zu ihrer Kaffeemaschine um und hantierte routiniert daran herum.

»*Coffee to go*, lauter Schmarrn, der von den Amis herüberkommt«, grantelte Max derweil so gut wie unhörbar vor sich hin. »Bald spricht wirklich gar keiner mehr Deutsch oder Bayrisch. Da hat der grantige Spreizner schon irgendwie recht.«

Wenig später setzte er sich mit seinem viel zu heißen Pappbecher in der Hand auf eine der Bänke am Wegrand vor dem Monopteros. Kaffee trinken und abwarten. Wenn ich rauchen würde, täte ich mir jetzt eine anzünden, dachte er. Aber ich bin ja kein Raucher. Gott sei Dank.

Ein schlaksiger dunkelhaariger Mann in Bluejeans und schwarzer Lederjacke setzte sich neben ihn. Gleichzeitig tastete ihn jemand von hinten ab.

»Geht's noch?«, fuhr er den Burschen ärgerlich an, während er sich zu ihm umdrehte. Er verschüttete dabei fast sein sündteures Heißgetränk.

»Hallo, Max, keine Panik.« Er blickte direkt in die dunklen Augen von Darko Serbe. »Wir wollen bloß sichergehen, dass du nicht verkabelt oder bewaffnet bist. Reine Routine.«

»Na gut. Aber musst du dich dabei unbedingt wie ein Indianer von hinten anschleichen, Mann? Ich habe fast einen Herzinfarkt bekommen.«

»Sorry, Max.« Darko ließ wieder von ihm ab, blieb aber hinter ihm stehen. »Er ist sauber, Jugo.«

»Und wie machen wir es?« Der Schlaks in der Lederjacke neben Max sah ihn fragend an.

»Wie, *wie machen wir es jetzt*?« Max erwiderte seinen Blick kopfschüttelnd. »Und was machen wir?«

»Wolltest du Andenschnee haben oder nicht?«

»Doch, natürlich.« Max lehnte sich zurück. Jetzt bloß cool bleiben, Raintaler. Die Sache nicht zu hektisch angehen. Nicht, dass du dabei den Überblick verlierst. Diese Jungs sind nicht blöd und garantiert skrupellos. Auf jeden Fall haben sie gute Kontakte. Sonst würden sie sich nicht so lange auf dem freien Markt halten. »Du siehst gar nicht aus wie ein Jugo«, fuhr er forsch fort. »Eher wie ein Russe.«

»Russe, Jugo, Pole, Franzose. Wen kümmert es?« Der Jugo zündete sich mit zusammengekniffenen Augen eine Filterlose an. Er sog den Rauch tief in seine Lungen hinunter.

»Stimmt auch wieder.« Max trank einen Schluck Kaffee.

»Wie viel?«

»Zwei Kilo.«

»Wann?«

»Spätestens morgen.«

»So schnell? Das geht nur für 70.000 das Kilo.«

»Das ist zu viel.« Max machte Anstalten, aufzustehen. Darko legte ihm von hinten die Hände auf die Schultern und drückte ihn auf die Bank zurück.

»Wie viel willst du denn anlegen?«, fragte der Jugo.

»100.000.«

»Dafür bekommst du aber keine zwei Kilo.«

»Von dir vielleicht nicht. Egal. Es gibt ja noch andere Schneefelder.« Max klang so, als würde ihn die ganze Sache kalt lassen. Er machte erneut Anstalten, zu gehen.

»Warte mal. 100.000 für zwei Kilo, sagst du?« Der Jugo runzelte fragend die Stirn.

»Genau.« Max trank erneut aus seinem Pappbecher. Langsam, ohne sich seine Angespanntheit auch nur im Geringsten anmerken zu lassen.

Der Jugo zauberte schnell einen Taschenrechner aus seiner Lederjacke hervor. Er tippte wild darauf herum. Nach einer Weile sah er wieder davon hoch.

»Und?« Max zeigte nach wie vor keinerlei Gefühlsregungen. Obgleich sein Herz kräftig und schnell schlug. Kein Wunder. Ein falsches Wort, und er konnte genauso schnell tot sein wie Sollner und die anderen. 100-prozentig hatten die beiden halbseidenen Gestalten Waffen dabei.

»Ich könnte dir einen Rabatt einräumen. Aber nur, wenn wir langfristig zusammenkommen.«

»Wenn der Stoff gut ist, sehe ich da kein Problem.«

»Hast du das gehört, Darko? Gut, sagt er. Unglaublich, oder?« Der Jugo lachte höhnisch auf.

»Aber echt.« Darko lachte mit.

»Na dann.« Max zuckte nur die Achseln. »Wir müssen das Ganze hier, wie gesagt, nicht durchziehen.«

»Jetzt pass mal auf, Alter. Wir haben nur erstklassige Ware. Direkt aus dem Dschungel.« Der Jugo hob den Zeigefinger wie ein Oberlehrer. »Die ist nicht gut. Die ist exzellent, kapiert?«

»Na gut. Umso besser für uns alle.« Max schaute regungslos auf die riesige Liegewiese vor ihnen. In zwei Stunden nach dem Mittagessen tummeln sich dort wieder die Massen an Studenten und Sonnenhungrigen, dachte er flüchtig. Und am Eisbach liegen die Nackerten.

»Wo machen wir unseren Deal?«

»In Rosenheim. Kennst du das *In and Out*?«

»Kenne ich. Aber wieso nicht hier? Oder im bayrischen Wald? Ich denke, du kommst aus dem bayrischen Wald.« Der Jugo setzte einen misstrauischen Blick auf.

»Ich bin diese Woche beruflich in der Gegend da unten.« Bravo, Raintaler. Das ist nicht mal gelogen. »Morgen um 21 Uhr dort?«

»Beruflich. Soso. Was machst du denn beruflich?«

»Geschäfte.«

»Na klar, Alter. Habe ich mir fast gedacht.« Der Jugo lachte erneut. Diesmal allerdings nicht höhnisch wie gerade eben, sondern anerkennend. »Na gut. Ich muss mich da sowieso mal wieder blicken lassen. Ich bringe die Ware, du das Geld. Cash natürlich. In kleinen gebrauchten Scheinen.«

»Natürlich.«

»Und woher weiß ich, dass du es wirklich ernst meinst?«, fragt der Jugo.

»Du hast mein Wort.« Max grinste lässig.

»Das ist mir zu wenig. 10.000 Vorschuss, als Zeichen für deinen guten Willen.«

»Geht's noch? Wir kennen uns nicht mal. Woher weiß ich denn, dass du mit der Kohle nicht einfach abhaust?« Max lachte laut auf.

»Du hast mein Wort.«

»Reicht mir nicht. Steht hier vielleicht *verarscht mich*?« Er zeigte auf seine Stirn.

»Willst du das Zeug nun oder nicht?«

»Lassen wir's. Da, wo ich herkomme, wird normalerweise bei Erhalt der Ware bezahlt.« Max stand gemächlich auf. Diesmal legte Darko nicht die Hände auf seine Schultern.

»Na gut.« Der Jugo blieb sitzen.

»Wie bitte?«

»Okay. Ich bringe die Ware, du das Geld. Zwei Kilo für 100.000.«

»Gut.«

Max nickte den beiden kurz zum Abschied zu. Dann ging er geradewegs zu seinem Auto, das er hinter der Uni in der Amalienstraße geparkt hatte, und fuhr nach Bad Endorf. Wenn er dort angekommen war, würde er sich auf seinen Erfolg erst einmal eine schöne Halbe gönnen. So viel war sicher.

20

»Und stell dir vor, Franzi. Der Kerl kommt morgen tatsächlich um 21 Uhr ins *In and Out*. Mit zwei Kilo Koks. Dann muss unsere Falle bloß noch zuschnappen, und wir haben ihn.«

Es war 14:30 Uhr. Sie standen zu zweit an der ansonsten leeren Hotelbar und tranken Bier. Max hatte Franz gerade von seinem Gespräch im Englischen Garten erzählt. Franz hatte aufmerksam zugehört.

»Du willst ihn also hinter dem Haus unter Druck setzen, um herauszufinden, ob er die Morde hier im Hotel begangen hat?«, fragte er nun. »Und ich soll mitmachen, obwohl ich Urlaub habe.«

»Ja. So hatten wir es vorgestern Abend im *In and Out* doch zumindest abgemacht. Oder habe ich da was falsch verstanden?« Max hob fragend die Brauen.

»Nein, passt schon. Ich bin dabei. Das Turnen und Spazieren gehen hier ist mir langsam wirklich zu blöd. Da ist jede Abwechslung willkommen. Selbst wenn es dabei ums Arbeiten geht.«

»Ich dachte, du gehst gerne spazieren?«

»Normalerweise schon. Aber heute Vormittag wollten mich Moni und Sandra einen Hang hinaufjagen, wie du ihn noch nicht gesehen hast.« Franz streckte seinen Arm in die Höhe, um die Steilheit des Anstieges zu verdeutlichen.

»Tu die Hand wieder runter, Franz.«

»Warum?« Franz blickte ihn verwirrt an.

»Weil du ausschaust wie einer, der den Führer grüßt.« Max musste grinsen. Peinlich berührt war er aber auch. Am Ende hielt sie noch jemand für Nazis, was natürlich ein völliger Schmarrn gewesen wäre. Aber woher sollte das ein Fremder wissen?

»Ach so. Dabei waren wir gar nicht auf dem Obersalzberg. Na gut.« Franz grinste. Er nahm den Arm wieder herunter. »Auf jeden Fall habe ich unseren beiden Damen zu verstehen gegeben, dass sie mich gern haben können, und bin zur nächsten Alm zurückgegangen.«

»Auf ein schönes Bier.«

»Logisch, Max. Was denn sonst? Ich war total erschöpft.«

»Verstehe. Und was war dann?«

»Eine gute Stunde später kamen die beiden an. Fit und fröhlich. Fürchterlich.« Franz schnaubte empört. »Sandra hat natürlich sofort angefangen, über meine vier Bier zu schimpfen.«

»Ich dachte, du hattest nur eins?«

»*Ein* Bier, Max. Nicht als Zahl, sondern als Begriff. *Ein* Bier ist so viel Bier, wie man braucht, damit man keinen Durst mehr hat. Das weißt du doch selbst.« Franz sah seinen alten Freund an, als würde er ihm gerade das Einmaleins erklären.

»Stimmt. So gesehen.« Max musste immer breiter grinsen. »Dann hast du aber mit dem hier fünf Halbe intus, und das am frühen Nachmittag. Respekt.«

»Mag sein. Ist doch auch scheißegal. Jedenfalls schaut es so aus, dass ich lieber mit dir auf Verbrecherjagd gehe, bevor ich mich hier weiterhin von meiner persönlichen Diätberaterin stressen lasse.« Franz trank sein Bier aus und knallte das Glas schwungvoll auf den spiegelblank polierten dunklen Holztresen. Beschlossen war beschlossen.

»Das freut mich natürlich. Hoffentlich ist Sandra dann aber nicht genauso sauer auf dich wie Moni auf mich.« Max trank ebenfalls einen Schluck.

»Und wenn schon. Ist mir egal. Ich bin doch kein kleines Kind, das man andauernd bemuttern muss.«

»Stimmt auch wieder. Über 20 Jahre Kripo sprechen eine andere Sprache.«

»Eben, Max. Und deswegen bestelle ich mir jetzt gleich noch ein Bier.« Franz winkte den trotz der großen Hitze in weißes Hemd, Schlips und Uniformjacke gezwängten Ober vom anderen Ende des Tresens herbei und tat, was er gerade angedroht hatte.

»Tu, was du nicht lassen kannst, Franzi. Dir ist sowieso nicht zu helfen.« Max schüttelte grinsend den Kopf und bestellte sich ebenfalls noch eine Halbe.

Dabei fragte er sich, wann das mit Franz' übermäßigem Alkohol- und Zigarettenkonsum eigentlich angefangen hatte. Bereits in der Schule? Oder erst während des Studiums? Er musste sich eingestehen, dass er es vergessen hatte. Egal, ist schließlich sein Bier, sagte er sich. Bis zur Pensionierung wird er schon noch durchhalten, mein kleiner Kugelblitz.

Was danach kam, wusste sowieso niemand. Vielleicht zahlten sie in ein paar Jahren generell keine Rente oder Pension mehr aus, und alle Alten mussten verhungern. Weiter verwunderlich wäre das nicht gewesen. Da brauchte man sich die sauberen Damen und Herren Politiker von heute bloß mal genauer anzuschauen. Wie auch immer. Auf alle Fälle wäre damit eins von Franz' Problemen schon mal gelöst gewesen. Wer verhungerte, hatte in der Regel kein Übergewicht.

»Wie genau stellst du es dir denn vor, diesen Jugo unter Druck zu setzen?«, erkundigte sich Franz, nachdem er sich nach dem ersten Schluck seiner frischen Hopfenkaltschale zufrieden den Schaum vom Mund gewischt hatte. »Sollen wir ihn als Gespenster verkleidet erschrecken?«

»Schmarrn.« Max senkte die Stimme. »Ich dachte, ich breche ihm zum Beispiel den Arm. Oder du schneidest ihm einen Finger ab.«

»Spinnst du?« Franz riss erschrocken die Augen auf.

»War bloß Spaß, Franzi.« Max lachte übermütig. Er schlug Franz auf die Schultern, bis der zu husten begann. »Na wie wohl?«, fuhr er danach in ernsthafterem Tonfall fort. »Wir könnten ihn erst mal ganz einfach in die Mangel nehmen. Handschellen und Knarre an den Kopf. Danach improvisieren wir.«

»Das klingt schon besser.«

»Na siehst du. Uns wird schon was Passendes einfallen.«

»Guter Cop, böser Cop?«

»Auch das, logisch. Obwohl wir ihm nicht wörtlich sagen sollten, dass einer von uns ein Bulle ist. Mir wäre es lieber, er hält uns für Konkurrenten. Russenmafia oder so was.«

»Damit er richtig Schiss kriegt. Gute Idee«, freute sich Franz.

»Eben. Wer hat heute noch Angst vor der Polizei? Keiner. Und wenn er die Morde an Sollner und Konsorten gestanden hat, übergeben wir ihn der Rosenheimer Kripo.«

»Und wenn nicht?«

»Dann weiß er vielleicht etwas bezüglich Sollner und Konsorten, was wir bisher noch nicht wissen. Wir setzen ihn mit dem Koks unter Druck, damit er ausspuckt. Aber hochgehen lassen wir ihn deswegen am Ende auf jeden Fall. Was wir ihm vorher natürlich nicht verraten.«

»Klingt gut.« Franz nickte. Er schob anerkennend die Unterlippe vor.

»Nur noch widerlich, diese Typen, die aus purer Profitgier massenhaft junge Leute auf dem Gewissen haben und morden und erpressen, wie sie gerade lustig sind.«

Max' Gesichtsausdruck versteinerte. Man sah ihm deutlich an, dass er sehr ernst meinte, was er gerade gesagt hatte.

»Ich mag die Burschen auch nicht.« Franz nickte langsam. »Habe sie noch nie gemocht. Weißt du noch … die Sache mit deinem Cousin damals?«

»Logisch. Als wäre es gestern gewesen.« Ein Cousin von Max war zu ihrer Jugendzeit an Heroin gestorben. Goldener Schuss, weg war er. Sie waren zusammen aufgewachsen, hatten viele gemeinsame Freunde gehabt, unter anderem Franz. Seit dem Tod seines Cousins hasste Max alles, was mit Drogen zu tun hatte, inklusive der Leute, die sich daran bereicherten und dafür skrupellos über Leichen gingen.

»War eine schlimme Sache, das mit ihm.« Franz nickte nachdenklich.

»Stimmt. Und dieser Jugo ist ein absolutes Schwein, wenn du mich fragst. Vorausgesetzt der Junge im *In and Out*, dieser Jörg Metzger, hat uns keinen totalen Schmarrn erzählt.«

»Da kann ich dich beruhigen. Hat er nicht.«

»Hat er nicht? Soso? Woher weißt du das denn?« Max staunte Franz überrascht an.

»Ich hab heute Vormittag mal ganz unverbindlich bei Bernd im Revier in München nachgehakt.« Franz schwitzte. Logisch. Das viele Bier und die Hitze mussten ja irgendwann ihre Wirkung tun. Er kramte ein Papiertaschentuch aus seiner Hosentasche und strich sich damit über die schweißnasse Glatze.

»Beim scharfen Bernd? Und?« Natürlich kannte Max Franz' Kollegen Bernd Müller, der sich seinen Spitznamen aufgrund seiner beinharten Verhörmethoden eingehandelt hatte. Schließlich war er früher auch einmal sein Kollege gewesen.

»Der Jugo soll jede Menge Dreck am Stecken haben. Er saß bereits wegen Drogenhandel, Mädchenhandel und räuberischer Erpressung. Wegen schwerer Körperverletzung ebenfalls. Die Münchner Drogenfahndung hat ihn im Visier. Konnte ihm aber bisher nichts nachweisen.«

»Oh je. Aber nicht, dass die sauer auf uns sind, wenn wir ihn den Rosenheimern übergeben.« Max war während seiner Zeit als Kripobeamter der Mordkommission ein paar Mal mit den Jungs vom Drogendezernat zusammengekracht. Gut Kirschen essen war mit denen nicht gewesen. Schon gar nicht, wenn man ihnen in die Quere kam.

»Kann schon sein.«

»Egal.« Max wischte seine Bedenken mit einer schnellen Handbewegung weg. »Ich will meinen Mörder erwischen. Das ist jetzt das Wichtigste.«

»Absolut.« Franz bestellte sich sein nächstes Bier beim Barmann. Er hatte gerade einen unmenschlichen Durst, was bei der Hitze auch weiter kein Wunder war.

»Wo sind Sandra und Moni eigentlich«, erkundigte sich Max nach einer kleinen Gesprächspause, während der jeder von ihnen versonnen vor sich hin gestarrt hatte.

»Die sind mit dieser grässlichen Donatella Höslinger unterwegs.« Franz bekam allein bei dem Gedanken an die übergewichtige Regensburgerin einen roten Kopf vor Ärger.

»Schon lange?« Max musste schon wieder grinsen.

»Vor ungefähr zwei Stunden, gleich nach dem Mittagessen, sind sie los.«

»Weißt du, wo sie hin sind?«

»Keine Ahnung.« Franz schüttelte den Kopf. »Würde mich aber nicht wundern, wenn sie irgendwo bei Kaffee und Kuchen sitzen. Diese Höslinger frisst in sich rein, als gäbe es kein Morgen, seit sie hier ist.«

»Macht sie nicht auch eine Diätkur?«

»Eigentlich schon. Bei ihr schaut das aber eher wie eine Mastkur aus.«

»Wer im Glashaus sitzt, Franzi …«

»Siehst du mich essen?«

»Nein, aber trinken.«

»Na und? Bier ohne zusätzlich zu essen macht schlank.«

»Ach, etwa wie Schweinsbraten ohne Knödel? Von dir kann man wirklich noch was lernen. Wer hat dir das mit dem Bier denn schon wieder erzählt?« Max' Grinsen wurde langsam zur Dauereinrichtung. Hoffentlich hörte Franz bald auf mit seinem albernen Schmarrn, sonst drohte ihm am Ende noch eine Gesichtslähmung.

»Das hat der Bierpapst im Fernsehen gesagt.«

»Der Bierpapst? Im Fernsehen?«

»Ja. Ein Österreicher, der sich mit dem Bier auskennt wie kein Zweiter.«

»Ein Österreicher?«

»Ja, leider. Mir wäre es auch lieber, es wäre einer von uns.« Franz schüttelte genervt den Kopf. »Wer trinkt denn schon freiwillig österreichisches Bier?«

»Ich kenne niemanden.« Max lachte glucksend in sich hinein. »Geh weiter, Franzi. Darauf trinken wir noch ein schönes bayrisches Bier. Und dann gehe ich im Chiemsee schwimmen. Wenn du willst, kommst du mit. Sport macht fit.«

»Lass es gut sein, Max. Ich bade lieber noch eine Weile inwendig in meinem Gerstensaft und haue mich dann aufs Ohr. Wir sehen uns beim Abendessen.«

»Na gut. Ich muss vorher sowieso noch zur Chefin in den ersten Stock. Bericht erstatten, wie sich das gehört.« Max trank aus und schlug seinem alten Freund und Exkollegen zum Abschied sportlich auf die Schultern.

»Hallo, Frau Hochfellner«, grüßte er freundlich, als er ihr Büro betrat, nachdem er angeklopft hatte.

»Herr Raintaler«, rief sie erfreut. »Ich hatte noch gar keine Gelegenheit, mich bei Ihnen zu bedanken. Also vielen Dank für Ihre Hilfe im Empfangsraum unten.« Sie kam hinter ihrem Schreibtisch hervor und schüttelte ihm lächelnd die Hand.

»Nicht der Rede wert«, wehrte Max verlegen ab.

»Unbedingt der Rede wert. Wären Sie nicht gewesen, könnte ich heute schon zusperren.« Sie nahm wieder in ihrem lederbezogenen schwarzen Bürosessel Platz. Tiefe Sorgenfalten hatten sich in ihrem Gesicht eingegraben.

»Na ja.« Max setzte sich ihr gegenüber. »Viel habe ich nicht getan.«

»Doch. Nur zwei Gäste sind letztlich verfrüht abgereist. Sie haben auf Anhieb die richtigen Worte gefunden. Ganz anders als dieser dämliche Berger und seine Trampel.« Sie zog echauffiert die Brauen hoch. »Warum mussten die den Leuten denn erzählen, dass es um Mord ging? Da hätte man doch auch anders fragen können.«

»Mord ist nun mal Mord. Und bei drei Morden muss Berger die Leute hier im Hotel dazu befragen. Andernfalls müsste er sich schlampige Arbeit vorwerfen lassen.« Max kannte die Probleme eines in einem Mordfall ermittelnden Kripobeamten zur Genüge aus eigener Erfahrung.

»Wie auch immer. Ich mag ihn nicht«, erwiderte Maria mit einer wegwischenden Handbewegung. »Haben Sie schon eine Spur des Täters? Je eher Sie ihn erwischen, desto besser. Sonst laufen mir die Leute am Ende doch noch davon.«

»Weiß ich, Frau Hochfellner.« Max räusperte sich. »Aber die Sache ist nicht so einfach. Es gibt viele Spuren und wenig Konkretes.«

»Das ist nicht viel, stimmt's?«

»Stimmt. Aber ich gebe mein Bestes. Morgen werden wir auf jeden Fall einem höchst verdächtigen Zeitgenossen auf den Zahn fühlen.« Ob sie all die dicken Schinken in den Regalen an den Wänden gelesen hat?, fragte sich Max beiläufig, während er die gut 2.000 Buchrücken um sie herum betrachtete. Wenn ja, dann würde er ihr auf der Stelle höchsten Respekt zollen. Das war beileibe nicht nur leichte Kost, was sich hier angesammelt hatte. Neben dem Fenster waren alte Ausgaben von Schiller, Goethe und Kant zu finden. Und Marx und Hegel hatte sie auch noch dabeistehen.

Er wusste aus seiner Abi- und Studienzeit, wie schwer diese Schwarten zu lesen waren, hatte er doch damals selbst immer wieder Versuche unternommen, sich durch das eine oder andere Werk durchzukämpfen. Erfolglos allerdings. Meistens hatte er nach ein paar Seiten aufgegeben. Was für ihn als Sportstudenten aber Gott sei Dank nicht unbedingt die größte Schande gewesen war.

»Ein Verdächtiger? Wer ist es denn?« Ihr Blick war jetzt hellwach.

»Das möchte ich erst sagen, wenn ich mehr weiß.«

»Misstrauen Sie mir etwa? Ich habe Sie schließlich mit der Aufklärung der Morde beauftragt.« Sie sah ihn verwundert an.

»Ich äußere mich grundsätzlich erst zu Verdächtigen, wenn ich etwas in der Hand habe. Alles andere wäre Spekulation und möglicherweise eine unnötige Rufschädigung. Mit Ihnen würde ich es nicht anders machen.«

»Mit mir?«

»Rein theoretisch.«

»Ach so.«

»Aber ich bleibe selbstverständlich an der Sache dran.« Er erhob sich von seinem Stuhl. »Sobald ich etwas Wichtiges weiß, melde ich mich.«

21

Samstag, 20:00 Uhr, Parkplatz *In and Out*, Rosenheim. Max stellte seinen Kangoo vor der Hausmauer ab. Franz und er stiegen aus.

Gestern Abend waren alle früh zu Bett gegangen, und heute hatten sie tagsüber zu viert eine Museumstour durch den Chiemgau unternommen, ganz zur Freude von Monika und Sandra. Das Bajuwarenmuseum Waging war hierbei genauso auf ihrer Agenda gestanden wie das Heimatmuseum in Prien, das Holzknechtmuseum in Ruhpolding und das Salzbergwerk in Berchtesgaden. Auf Franz' ausdrücklichen Wunsch hatten sie am späten Nachmittag zuletzt auch noch das Brauereimuseum Traunstein besucht.

Max hatte währenddessen mit allen dreien den Fall immer wieder durchgesprochen, bis Sandra energisch darauf bestanden hatte, jetzt aber wirklich einmal einen gemeinsamen Urlaubstag zu genießen. Außerdem war er kurz bei Walter Meier, dem Azubi der Hotelküche vorbeigefahren, während er die anderen in einer Eisdiele in der Nähe von dessen Wohnung in Traunstein abgesetzt hatte. Er hatte ihn noch einmal persönlich zu den Zuständen und Morden in der Hotelküche befragt. Allerdings war dabei nichts Neues herausgekommen. Der Bursche schien bereits am Telefon die Wahrheit gesagt zu haben.

Am späten Nachmittag waren sie ins Hotel zurückgekehrt, von wo aus Franz und er gleich nach dem Abendessen hierher ins *In and Out* aufgebrochen waren. Monika und Sandra hatten sie nach Bad Endorf zum Bingoabend ins *Platzhotel* geschickt. Max hatte darauf bestanden. Bei dem lebensgefährlichen Deal, den sie vorhatten, konnten sie die beiden nicht gebrauchen. Monika vielleicht, da sie eine hervorragende Jiu-Jitsu-Kämpferin war. Aber Sandra würde ihnen auf alle Fälle nur im Weg herumstehen. Außerdem wollte Max keine von beiden unnötig in Gefahr bringen.

Sie betraten das *In and Out* und suchten sich einen Platz an der Bar, von dem aus sie die Eingangstür und den Notausgang gleichzeitig im Blick hatten. Beide bestellten Mineralwasser bei dem blonden Barmann, den sie noch nicht kannten. Letztes Mal war ein anderer junger Mann hinter dem Tresen gestanden.

»Wir sind viel zu früh, Max.« Franz sah sich in dem nahezu leeren Tanzpalast mit den vielen bunten Lichtern und den Plastikmöbeln um.

»So können wir wenigstens nicht unangenehm überrascht werden.«

»Wie du meinst. Andererseits hocken wir jetzt sicher eine Stunde lang blöd bei Wasser ohne Brot herum.« Franz blickte missbilligend auf die Gläser, die der Kellner gerade vor sie auf den Tresen stellte.

»Wollt ihr vielleicht was Älteres von früher hören?«, fragte der junge Mann die beiden. »Jetzt ist es hier noch leer. Da kann ich auflegen, was euch gefällt. Bob Marley vielleicht?«

»Bob Marley ist okay«, erwiderte Max. »Aber wieso werde ich den Verdacht nicht los, dass du ihn selber hören willst?«

»Gut beobachtet, Mann. Ich bin absoluter Reggae-Fan. Ich bin übrigens der Tom.« Tom reichte seine Hand über den Tresen.

»Servus, Tom. Das ist der Franz und ich bin der Max.« Max ergriff seine Hand und schüttelte sie.

»Also dann leg ich ihn auf, okay?«

»Logisch.« Max grinste breit.

»Bob Marley ist nicht gerade meine Musik«, meckerte Franz, nachdem sich Tom in Richtung Musikanlage entfernt hatte.

»Ich weiß, Franzi. Aber deinen volkstümlichen Schmarrn oder Marschmusik haben die hier sicher nicht.«

»Man könnte ja mal fragen.«

»Sicher nicht.«

»Warum nicht?«

»Darum.«

»Aha.«

»Genau.«

Nachdem sie eine Weile bei Wasser ohne Brot und Bob Marley dagesessen hatten, ging Franz nach draußen, um eine zu rauchen. Das Lokal füllte sich langsam, obwohl der Großteil der jungen Leute sicher erst ab Mitternacht kommen und bis in den Morgen feiern würde, wie das heute selbstverständlich war. Zu Max' und Franz' Zeiten war das noch anders gewesen. Sie waren bereits um neun oder zehn in die Disco gegangen. Allerdings waren sie sehr viel früher, als das heute üblich war, wieder gegangen, was aber auch seine guten Seiten hatte: Am nächsten Tag waren sie bald wieder fit für den Frühschoppen gewesen.

Franz kam wieder herein. Er setzte sich neben seinen alten Freund und Exkollegen. Draußen war es offenbar genauso warm wie hier drinnen. Auf seiner Glatze standen zahlreiche Schweißperlen.

»Ich hab dir doch gleich gesagt, dass du in deinem Leinensakko und der dicken Baumwollhose zu warm angezogen bist«, meinte Max.

»Passt schon. Aber du hast recht. Sommerjeans und ein albernes T-Shirt wie deins hätten gereicht.« Er zeigte auf die Aufschrift *Feinkostgewölbe* über Max' kleinem Bauchansatz. »Kurz nach neun. Dein Jugo dürfte jeden Moment kommen«, raunte er ihm zu. »Oder meinst du, er kommt doch nicht?«

»Der kommt schon, wart's ab.« Max saß mit unbewegter Miene auf der Lauer. Wie ein Krokodil, das in aller Ruhe auf den richtigen Moment wartete, um sein Opfer unters Wasser zu ziehen.

Um halb zehn war der Jugo immer noch nicht da. Max rutschte unruhig auf seinem Barhocker herum. Sollte er zwei wertvolle Tage Mördersuche verschwendet haben? Aber ein Deal über zwei Kilo Koks war doch attraktiv. Oder waren solche Mengen heutzutage bereits Peanuts? Schmarrn. Ganz bestimmt nicht.

»Na also. Da ist er ja.« Max nickte erleichtert in Richtung Jugo und seiner rechten Hand Darko Serbe, die gerade das Lokal betraten.

Die zwei Ganoven begrüßten den blonden Barkeeper, der vor Aufregung einen roten Kopf bekam. Anschließend blinzelte der Jugo Max kurz zu, während er mit Darko in Richtung Hinterausgang verschwand. Max und Franz ließen eine halbe Minute verstreichen. Dann folgten sie ihnen unauffällig auf den Parkplatz hinter dem Haus.

Das läuft ja wie geschmiert, dachte Max. Genau hier wollte ich die beiden haben. Es schaut ganz so aus, als wollten sie uns unbedingt in die Falle laufen.

»Max Müller aus dem bayrischen Wald. Ich habe dich nicht bei Google gefunden.« Jugo stand wie aus dem Nichts mit Darko im Schlepptau vor ihnen, als sie aus der Tür ins Freie traten.

»Von einem Jugo aus München war dort auch nichts zu lesen«, erwiderte Max. »Oder von einem Darko Serbe.«

»Und wer ist dein Kumpel?« Der Jugo zeigte mit dem Kinn auf Franz.

»Das ist der Franz Müller.«

»Dein Bruder?«

»Nein.«

»Sieht auch nicht so aus. Natürlich ist er auch nicht im Internet zu finden.« Der Jugo zog die Brauen hoch. Er schien angespannt zu sein. Warum auch nicht. Es ging schließlich um einen Batzen Geld. 100.000 waren wohl auch für ihn kein alltäglicher Pappenstiel.

»Suchst du neue Facebook-Freunde oder willst du einen Deal abwickeln?« Max grinst kalt.

»Habt ihr das Geld dabei?«

»Da hinten im Wagen.« Max zeigte auf das andere Ende des Parkplatzes, das sich uneinsehbar im Schatten der Notausgangbeleuchtung befand. »Und wo ist der Stoff?«

»Habe ich hier.« Darko zeigte auf die bunte Sporttasche, die über seiner Schulter hing. »Lasst uns gehen.«

»Schau erst mal, ob sie sauber sind, Darko.« Der Jugo rührte sich nicht vom Fleck.

»Kommt gar nicht infrage.« Max hatte seine Pistole bereits gezogen. Er hatte sie gestern extra noch aus München mitgebracht. Mit einem schnellen Schritt trat er neben den Jugo und hielt sie ihm an die Schläfe. »Eine Bewegung, und du bist tot, Wichser.«

Franz hatte genauso schnell wie Max gehandelt. Er war gerade dabei, Darko Handschellen anzulegen.

»Was soll der Scheiß? Seid ihr etwa Bullen?« Der Jugo wagte nicht zu atmen, während Franz auch ihm einen Achter verpasste.

»Was glaubst du wohl, wer wir sind?« Max stieß ihm den Lauf seiner Waffe noch etwas fester gegen den Kopf.

»Keine Ahnung, Mann. Auf jeden Fall seid ihr linke Schweine. Damit werdet ihr nicht durchkommen. So viel ist sicher.«

»Hast du Sollner und seine Mädels umgebracht, weil er Schulden bei dir hatte?« Max lehnte ihn gegen die Wand. Er hielt ihm den Lauf seiner Pistole genau zwischen die Augen.

»Wie … was?« Der Jugo schüttelte verwirrt den Kopf.

»Du kennst doch Peter Sollner. Er war Kunde bei dir. Hier im *In and Out*.«

»Der verrückte Koch?«

»Der Koch. Genau.«

»Was geht euch der Typ an?«

»Das darfst du getrost uns überlassen. Red schon.«

»Aber wieso sollte ich den umbringen? Der hat guten Umsatz gebracht, Alter. Kommt ihr etwa von den Russen? Wollt ihr mein Gebiet übernehmen?«

»Was weißt du über Sollner?«

»Nichts, verdammt noch mal. Nur dass er gerne gefeiert hat. Er war cool. Die Mädels, die er dabei hatte, auch. Eine hat mir sogar mal hier auf dem Parkplatz einen geblasen. Für zwei Gramm Koks. Ein verrücktes Huhn. Sie war jedes Mal so drauf, war, glaube ich, Masseurin oder was in der Art.« Er vergaß seine Angst für einen Moment und leckte sich grinsend die Lippen.

»Hatte Sollner Schulden bei dir oder nicht?« Max verbuchte im Stillen, dass Brigitte wohl doch nicht so hochanständig war, wie sie es ihm gegenüber dargestellt hatte. Herrje, dass einem selbst nach jahrelanger Erfahrung bei der Kripo doch noch immer wieder perfekte Lügner begegneten. Bemerkenswert. Er würde sie sich auf jeden Fall noch mal genauer vornehmen. Vielleicht hatte sie bezüglich Sollner und der ermordeten Kolleginnen gelogen und hing am Ende selbst in der Sache mit drin. Auszuschließen war es auf jeden Fall nicht.

»Ja, schon. Seid ihr von den Italienern?«

»Er hatte also Schulden bei dir.« Max ging gar nicht weiter auf die Frage seines Gefangenen ein. »Und deswegen hast du ihn umgebracht.«

»Schwachsinn, Alter. Er hat seine Schulden immer pünktlich zurückbezahlt.« Der Jugo verdrehte genervt die Augen.

»Ach wirklich?«

»Ja.«

»Hatte er mit sonst jemandem Ärger? Wurde er bedroht? Was weißt du darüber? Red schon, Mann.«

»Nichts, verdammt noch mal. Ehrlich nicht. Der Typ war sanft wie ein Lamm. Und immer gut drauf. So ein richtiges Feierbiest, du weißt schon. Wie dieser Holländer, der mal Bayerntrainer war.«

»Was hast du als Jugo mit den Bayern am Hut?«

»Ich lebe in München. Schon vergessen?«

»Leider. Du weißt also wirklich nichts über Sollner?« Max kam mit seinem Gesicht direkt vor das Gesicht des Dealers. Er konnte seinen Atem spüren. Knoblauch und Zigaretten, eine widerliche Mischung.

»Wirklich nicht. Ich schwöre es beim Grab meiner Mutter. Und jetzt?« Der Jugo starrte schwitzend auf den Lauf der Waffe in seinem Gesicht.

»Jetzt bringen wir euch dahin, wo ihr hin gehört.«

»Scheiße, Alter, ihr müsst uns nicht abknallen. Wir können uns doch einigen. Komm schon, Mann.« Der Jugo hörte sich nun keineswegs mehr wie ein cooler Ganove an. Eher wie ein ängstliches Mädchen im Dunkeln.

»Echt Alter, lasst uns reden«, mischte sich Darko ins Gespräch. »Wir haben ein halbes Kilo Koks dabei. Das könnt ihr haben. Einfach so.«

»Ein halbes Kilo?« Max zog erstaunt die Brauen hoch. »Wir hatten doch zwei Kilo abgemacht.«

»Wir haben nur ein halbes Kilo. Im Auto.« Darko errötete.

»Im Auto? Aha. Und was ist da drinnen?« Max zeigte auf die Sporttasche, die neben dem Serben auf dem Boden stand. Nicht zu fassen. Die beiden wollten uns voll über den Tisch ziehen. Das gibt es doch gar nicht. Haben heutzutage nicht einmal mehr die Ganoven einen Rest von Ehre im Leib? Natürlich nicht.

»Meine Sportsachen vom Karate.« Darko senkte den Blick.

»Der Rest vom Stoff wäre morgen gekommen. Garantiert, Alter.« Der Jugo blickte unsicher von einem zum anderen. »Ich konnte auf die Schnelle nicht so viel auftreiben. Das wollte ich euch gerade auch erklären.«

»Ach, und deshalb hat dein Kumpel statt unserem Stoff seine verschissenen Unterhosen in der Tasche, oder was?« Max klang so, als würde er gleich ausrasten. Natürlich war es nicht so. Er war eher überrascht und amüsiert über die unfassbare Chuzpe der beiden. Doch seinen bedrohlichen Tonfall musste er auf jeden Fall beibehalten, wenn er etwas aus ihnen herausbekommen wollte.

»Aber die ganze Kohle hättet ihr trotzdem genommen?« Franz schüttelte ungläubig den Kopf.

»Klar, wir hätten euch den Rest von dem Stoff auch wirklich gleich morgen vorbeigebracht. Ehrenwort. Verdammt gute Ware. Hey, wir können das immer noch tun, und ihr bezahlt nur die Hälfte. Was meint ihr?« Der Jugo schaute drein wie das reinste Unschuldslamm.

»Ich meine, dass ihr uns für völlig bescheuert haltet«, erwiderte Franz, dem man jetzt deutlich ansah, dass er das Lachen zurückhalten musste. »Gut, dass wir jeder nur 100 Euro dabeihaben, was, Max?«

»Aber echt. Eigentlich sollte man euch allein schon wegen eurer Blödheit erschießen.« Max erging es nicht anders als Franz. Er war kurz davor, sich lachend auf den Boden zu werfen. Nicht zu fassen. Das waren also nun der berühmt berüchtigte, angeblich so brandgefährliche Jugo und sein Assistent Darko Serbe. Zwei brunzdumme Amateure, die einen auf dicke Hose machten und so die süchtigen Jugendlichen, die bei ihnen Drogen kauften, einschüchterten. Außer mit Sollner hatten sie es bisher wohl weder geschäftlich noch privat jemals mit unabhängigen erwachsenen Menschen zu tun gehabt hatten. Erst recht nicht mit zwei ausgeschlafenen Kriminalern aus München.

»Hör schon auf, Alter.« Der Jugo trat panisch von einem Fuß auf den anderen. Der Angstschweiß lief ihm inzwischen in Sturzbächen über das Gesicht. »Also gut, ihr habt kein Geld dabei. Auch gut, äh … wie gesagt … okay … wir haben die anderen anderthalb Kilo auch im Kofferraum. Ihr könnt alles haben. Echt. Voll. Für 20 Riesen. Das Geld gebt ihr uns, wann ihr wollt. Gut?«

»Nix gut.« Max schüttelte den Kopf. »Rufst du die Kollegen aus Rosenheim an, Franzi? Ich passe solange auf unsere beiden Vollpfosten hier auf.«

»Logisch, Max. Bevor ich mir vor Lachen noch in die Hosen mache.«

22

»Ich verstehe das immer noch nicht ganz, Herr Raintaler. Sie sind also Privatdetektiv und sollen die Morde an drei Köchen im *Chiemgauer Seehof* aufklären, richtig?« Jürgen Klosteig, der Leiter der Rosenheimer Drogenfahndung blickte Max fragend an.

»Richtig.« Max nickte. »Es ist genau so, wie ich es Ihnen bereits dreimal erklärt habe.« Er sah sich in dem karg eingerichteten Büro in der Rosenheimer Innenstadt um, in das Franz und er vorhin von den Kollegen mitgenommen wurden, und wo sie nun mit Klosteig saßen.

»Aber wieso ist Hauptkommissar Wurmdobler mit Ihnen im *In and Out* gewesen?« Der Fahnder kratzte sich nachdenklich am Kopf. »Sie sagten doch vorhin, dass er hier einen Diäturlaub mache. Oder habe ich da etwas falsch verstanden?«

»Er hat mir nur geholfen.«

»Außerdienstlich.«

»Sozusagen.«

»Außerhalb seines Zuständigkeitsbereiches.«

»Sozusagen. Ja.«

Max suchte Franz' Blick. Der schaute nur genervt zur Decke des Reviers empor. Seit einer halben Stunde kauten sie nun immer wieder denselben Brei durch.

»Und wieso hatten Sie einen Deal über zwei Kilo Koks mit dem Jugo und diesem Darko verabredet? Was hat das mit den Morden zu tun?«

»Wir wollten den Burschen eine Falle stellen und dabei etwas über die Morde herausfinden.« Max schaute interessiert auf seine Fingernägel.

»Außerdienstlich.« Klosteig sah Franz an.

»Sozusagen«, erwiderte der.

»Außerhalb Ihres Zuständigkeitsbereiches.«

»Genau. Aber das wissen Sie doch alles längst, Kollege.« Franz verdrehte genervt die Augen. »Herrschaftszeiten, hätten wir doch lieber die Finger von diesem Jugo gelassen. Euch hier scheinen zwei erfolgreiche Großstadtkollegen mehr zu stören als ein Erpresser und Drogenhändler mitsamt seinem Komplizen.«

»Das stimmt so nicht ganz, Herr Wurmdobler. Wir sind froh, dass wir die Burschen endlich hinter Gitter haben. Aber es soll auch alles seine Richtigkeit haben, stimmt's?« Jürgen Klosteig hob den Zeigefinger wie ein Oberlehrer, was Franz einigermaßen befremdete, war das doch bisher immer seine ganz persönliche Geste gewesen.

»Natürlich, Kollege.« Franz schnaubte ärgerlich, während er sichtlich um Fassung rang.

»Was ist denn nun genau Ihr Problem, Herr Klosteig?« Max fixierte den Fahnder.

»Ihre Aktion war illegal, und deshalb können wir die Kerle wahrscheinlich nicht länger als 24 Stunden hier behalten. Das ist im Moment mein größtes Problem, Herr Raintaler.«

»Was heißt hier illegal?« Max blickte erstaunt auf. »Wir haben euch zwei junge Männer übergeben, die uns zwei Kilo Koks verkaufen wollten. Daran ist doch nichts Illegales.«

»Wenn Sie als Privatpersonen in den Deal verwickelt waren, eben schon. Das sollten Sie als Exkommissar eigentlich wissen. Es war keine offizielle Aktion der Drogenfahndung oder der Kripo. Nicht gut. Gar nicht gut.« Klosteig erhob sich von seinem Stuhl. Er setzte sich auf die Kante des weißen Schreibtisches, der sich am hinteren Ende des Raumes befand. Die Füße stellte er auf dem freien Holzstuhl davor ab.

»Denken Sie am Ende, wir wollten das Koks wirklich kaufen?« Max war klar, dass Klosteig natürlich irgendwo recht hatte. Er raufte sich die Haare. Herrje, das schaut nach einem sauberen Schlamassel aus, Raintaler.

»Kann ich es 100-prozentig ausschließen?« Klosteig schaute arrogant von einem zum anderen.

»Wir haben nicht mal Geld dabei«, protestierte Franz. Der Schweiß lief ihm in Strömen herunter. Es war unglaublich stickig in dem kleinen Büro.

»Das ändert nichts an den Tatsachen.«

»Doch. Das ändert alles«, widersprach Max. »Ohne Geld hätten wir das Koks gar nicht kaufen können.«

»Egal, die Verabredung zu einer Straftat genügt. Und Sie haben die beiden auch noch hinter dem *In and Out* getroffen. Das sieht nicht gut für Sie aus.« Klosteig blickte neutral vor sich hin.

»Sie wollen uns wirklich Ärger machen, weil wir Ihnen die beiden ausgeliefert haben? Obwohl Ihnen klar ist, dass wir Ihre Arbeit gemacht haben?« Franz bekam fast keine Luft mehr vor Empörung. Er kramte schnell ein Papiertaschentuch aus seiner Tasche und wischte sich damit seine schweißüberströmte Glatze trocken.

»Ohne dass Sie jemand dazu aufgefordert hatte.« Klosteig hob erneut den Zeigefinger.

»Wer hat Sie denn angerufen? Das waren doch wir. Wären wir so blöd gewesen, Sie zu rufen, wenn wir ernsthaft vorgehabt hätten, zwei Kilo Koks zu kaufen?« Max stand auf. Der Ärger, der gerade in ihm hochstieg, ließ ihn nicht mehr stillsitzen. Es schien immer enger für Franz und ihn zu werden. Wollte sie der überkorrekte und obendrein gediegen dämliche Fahnder am Ende anklagen? Dann hätten sie sich aber schön ins Bein geschossen mit ihrer halblegalen Aktion. Zumindest Franz würde richtig Ärger bekommen.

»Aber so war die ganze Sache eben illegal«, beharrte Klosteig.

»Und was, wenn wir die Sache, sagen wir mal, offiziell machen würden.« Max blieb stehen. Er hatte gerade eine Erleuchtung, die ihnen vielleicht aus ihrer unerquicklichen Lage wieder heraushelfen konnte.

»Wie sollte das gehen? Nein, nein. Keine orientalischen Tauschhändel. Wir sind hier in Oberbayern, nicht bei den Muselmanen. Gott sei Dank.« Klosteig schüttelte den Kopf.

»Hören Sie sich doch erst einmal an, was ich zu sagen habe. Dann können Sie immer noch Nein sagen.« Wie kommt ein dermaßen dämlicher Spießer eigentlich zur Drogenfahndung?, fragte sich Max. Gerade dort sind die Jungs doch auf den gewieften Umgang mit V-Leuten und auf cool getürkte Deals aller Art angewiesen.

»Na gut.« Klosteig machte ein gnädiges Gesicht.

»Was wäre denn, wenn wir sagen, dass Sie mich als Privatdetektiv und Hauptkommissar Wurmdobler als Amtshilfe hinzugezogen hätten? Weil der Jugo Sie und Ihre Leute bereits kannte.« Max rieb sich die Hände. Gut gemacht, Raintaler. Das könnte definitiv die Lösung sein, dachte er.

»Das würde aber nicht den Tatsachen entsprechen.« Klosteig schüttelte erneut den Kopf.

»Mag sein. Aber es würde uns allen helfen.« Max setzte ein triumphierendes Lächeln auf.

»Uns allen? Ich brauche keine Hilfe.«

»Hilfe nicht unbedingt. Aber als Verlierer wollen Sie auch nicht dastehen, oder? Zwei Privatleute stehlen den Rosenheimer Drogenfahndern die Show! Was glauben Sie denn, wie sich das in der Zeitung macht?«

»Na ja …«

»Das macht sich gar nicht gut, glauben Sie mir. Beförderung auf Jahre hinaus gesperrt, wird es dann heißen. Eine Menge erklären müssten Sie obendrein. Den Medien genauso wie Ihren Vorgesetzten.«

Max blinzelte Franz unauffällig zu. Der grinste flüchtig.

»Na ja …« Klosteig legte nachdenklich sein Kinn in die Hand. Mit dem Ellenbogen auf seinem rechten Knie sah er dabei fast aus wie *der Denker* von Auguste Rodin.

»Und habe ich recht?« Max nickte ihm aufmunternd zu.

»Na ja …«

»*Na ja* reicht nicht, Herr Klosteig. Sie haben die Ganoven und das Koks. Sagen Sie einfach, dass wir es so machen, und wir alle profitieren davon.« Wenn das mal keine klassische Win-win-Situation ist, was dann, freute sich Max.

»Na gut. Aber das bedeutet eine Menge Arbeit. Die ganzen Formulare …«

»… haben Sie ruckzuck ausgefüllt und rückdatiert. Wir unterschreiben, und gut ist es.« Max hob grinsend die Handflächen nach oben.

Franz schaute gespannt von einem zum anderen.

»Na gut. Machen wir es so. Aber wehe, es gelangt ein Wort darüber an die Öffentlichkeit. Dann mache ich Sie alle beide fertig. Glauben Sie mir. Ich kenne eine Menge Leute.« Klosteig reckte überheblich das Kinn nach vorne.

»Wir schweigen wie die Gräber, versprochen. Stimmt's, Franzi?« Red du nur, du angeblicher Drogenfahnder, dachte Max. Großmäuler wie dich habe ich schon zu Schulzeiten in die Tasche gesteckt. Mit Links.

»Stimmt.« Franz legte erleichtert das dritte feuchte Papiertaschentuch auf den Tisch.

»Und halten Sie sich künftig aus dem Zuständigkeitsbereich anderer Kollegen heraus, verstanden?«, legte Klosteig noch einen nach.

»Logisch, kein Problem«, meinte Max mit ernster Miene.

»Selbstverständlich«, versicherte Franz eifrig nickend. »Kann man hier vielleicht mal ein Fenster aufmachen?

23

»Max, du bist mir schon ein Hund. Ich könnte mich immer noch vor Lachen wegschmeißen. Diesem Klosteig die ganze Sache so genial zu verkaufen. Das kannst auch bloß du.« Franz haute sich auf die Schenkel vor Lachen.

Sie saßen zu zweit am Tresen in der *Kleinen Bar* in Bad Endorf, um ihre Freilassung feiern. Roter Plüsch, dunkle Holzvertäfelung, gepolsterte Barhocker, leise Musik im Hintergrund, nur wenig Gäste. Max hatte seinen Kangoo vorher beim Hotel abgestellt, damit in puncto Führerschein nichts anbrennen konnte. Das hätte ihm heute gerade noch gefehlt. Da es bereits kurz vor eins war, hatten sie beschlossen, ihre beiden allerliebsten Begleiterinnen, die sicherlich schon schliefen, nicht zu wecken.

»Gott sei Dank ist er darauf eingegangen. Genau genommen könnten wir jetzt beide mit Darko und dem Jugo hinter Gittern sitzen. Herrschaftszeiten.« Max schaute etwas weniger fröhlich drein als Franz. Ihm war der Ernst der Lage, in der sie sich vorhin befunden hatten, nach wie vor sehr bewusst. Nichts als Glück gehabt, dachte er.

»Was wollen die Herren trinken?« Eine vollbusige Blondine mit grell geschminkten Lippen stand freundlich lächelnd vor ihnen.

»Haben Sie Bier?« Franz grinste nach wie vor gutgelaunt. Respekt, dachte er. Das sehr kurze enge Schwarze mit dem sehr großen Ausschnitt steht ihr ganz hervorragend.

»Wollen Sie mich verarschen?« Sie grinste frech zurück.

»Nein. Aber in manchen Bars bekommt man kein Bier.« Er versuchte, ein ernstes Gesicht zu machen.

»Bei uns schon. Zwei Halbe? Ihr schaut mir nicht so aus, als würdet ihr Pils trinken.«

Beide nickten.

»Kommt sofort.«

»Brav.«

»Gern.«

»Aber keins aus Österreich!«, rief ihr Franz noch nach, während sie hinter ihren Zapfhähnen verschwand. »Scharfer Feger, oder?« Er schob anerkennend die Unterlippe vor.

»Schärfer als die gute Frau Höslinger aus Regensburg?« Max lachte.

»Hör mir bloß mit der auf. Bestimmt ist sie zusammen mit Moni und Sandra zum Bingo gegangen.« Franz grinste schlagartig nicht mehr. Allein der Name Höslinger schien zu genügen, ihm die Stimmung zu verhageln.

»Franzi Wurmdobler, der ausgehungerte Frauenjäger auf Diätkur. Und was machen wir, wenn sie gleich zufällig hier zur Tür hereinkommt?« Max liebte es seit Schulzeiten, seinen alten Freund und Exkollegen gelegentlich hochzuschießen. Franz war auch ein allzu dankbares Opfer dafür, weil er sich wegen jeder Kleinigkeit sofort so wunderbar aufregen konnte.

»Bist du verrückt geworden? Mal bloß den Teufel nicht an die Wand. Am Ende kommt sie wirklich noch. Dann bin ich aber blitzartig weg. So viel ist sicher. Oder sitzt sie vielleicht schon irgendwo?« Der kleine Hauptkommissar blickte sich panikartig um.

Max schüttelte sich vor Lachen. Die ganze Anspannung des bisherigen Abends fiel von ihm ab. Andererseits war ihm klar, dass er seinem Täter noch keinen Schritt nähergekommen war, und das beunruhigte ihn. Wenn der Koch und seine Gehilfinnen nicht wegen Drogen umgebracht wurden, warum dann? Steckte etwa doch ein gehörnter Ehemann dahinter? Aber wieso hätte der die beiden jungen Frauen umbringen sollen? Immer wieder dieselben Fragen. Egal, morgen wieder. Im Moment wollte er einfach nur seine Ruhe haben.

Ihr Bier kam.

»So, die Herren. Zweimal keine österreichische Halbe. Auch nicht aus der Schweiz, nicht aus Italien, schon gar nicht aus Frankreich und nicht aus Amerika. Gut?« Die üppige Blondine sah Franz herausfordernd aus ihren tiefblauen Augen an.

»Und was ist mit Russland?«, erwiderte er.

»Auch nicht aus Russland. Aber wenn ihr einen Wodka dazu wollt? Ich bringe gerne einen.«

»Einen Wodka zu zweit?« Franz zog mit gespieltem Erstaunen die Brauen hoch.

»Nein, wir haben sogar so viel davon, dass jeder von euch seinen eigenen haben kann.« Sie schaute amüsiert von einem zum anderen.

»Na dann?« Franz warf Max einen fragenden Blick zu.

»Wenn's schlank macht, möchte ich auf jeden Fall einen«, erwiderte der mit einem breiten Grinsen.

»Unser Wodka macht garantiert schlank. Klug und schön macht er obendrein.«

»Dann lieber doch keinen«, scherzte Max. »Sonst wird es unerträglich für den Rest der Welt.«

Sie lachte. »Also zwei Doppelte?«

Max nickte. Franz nickte ebenfalls.

Bevor der Wodka kam, setzten sich zwei sehr langbeinige junge Frauen auf die Barhocker direkt rechts von Max. Ihre blank polierten High Heels waren gut geschätzt locker einen viertel Meter hoch. Jedenfalls kam es Max so vor. Seit diese seltsame und ungesunde Schuhmode aufgekommen war, fragte er sich, wie man darin gehen konnte, ohne ununterbrochen hinzufallen.

»Hier ist schon noch frei, oder?«, erkundigte sich die Brünette im hautengen weißen Tank-Top über den knapp sitzenden pinkfarbenen Jeans bei Max.

»Wir können uns aber auch woanders hinsetzen, wenn euch das lieber ist«, fügte ihre rothaarige Freundin im weißen extrem kurzen Minikleid hinzu. Sie schüttelte dabei ausgiebig ihre lange glatte Mähne und strich sie anschließend mit einer sehr weiblichen Geste hinter die hübschen Ohren.

»Um Himmels willen, nein. Passt schon«, antwortete Franz schnell an Max' Stelle. »Der Tresen ist groß genug für uns alle.«

»Dankeschön.« Die gutaussehende Brünette lächelte angetan. »Ich bin übrigens die Chantal aus Traunstein. Und das ist die Josi aus Prien.« Sie zeigte auf ihre hübsche rothaarige Begleiterin.

»Wunderbar«, erwiderte Franz, während er seinen Blick über ihre Körper und Gesichter wandern ließ. »Also wirklich, ganz wunderbar. Wir sind der Max und der Franz. Also mein Freund hier, das ist der Max, und ich bin der Franz. Meine Freunde sagen alle Franzi. Also zu mir, meine ich.«

Was stammelt er denn so nervös herum? Er wird doch nicht auf die beiden abfahren, dachte Max. Die sind doch viel zu jung für uns. Obwohl. Über 30 sind sie bestimmt. Als ich selbst 30 war, war ich sicher kein Kind mehr. Stimmt eigentlich auch wieder. Na, dann schauen wir doch mal, was der Abend noch so bringt.

»Der Franzi und der Max.« Chantal lächelte kaugummikauend.

»Ja, ich bin der Franzi.« Franz zeigte auf sich.

»Und der Max ist der andere?« Josi wollte es offenbar ganz genau wissen. Sie beugte sich ein Stück weit vor, weil sie rechts außen neben ihrer Freundin saß, und die beiden deswegen nicht gut sehen konnte.

»Ja, der Max. Das ist der da.« Franz zeigte auf seinen durchtrainierten blonden Freund, der zwischen ihm und Chantal saß. »Und ich bin der Franzi.«

»Aha.« Josi packte einen Kaugummi aus und begann wie ihre Freundin ausgiebig darauf herumzubeißen.

»Was trinken die Damen denn?« Franz war aufgestanden. Er ging um Max herum und stellte sich zwischen ihn und die beiden Chiemgauer Alpenprinzessinnen.

Da schau her. Der ist ja regelrecht verzückt, der gute alte Herr Wurmdobler. Max schüttelte unmerklich den Kopf. Ja, ja. Alter schützt vor Torheit nicht. Oder wie war das gleich wieder? Doch, doch. Genau so war es. Was die gute Frau Höslinger wohl dazu sagen würde? Und Sandra erst.

»Also ich trinke normalerweise einen Schampus«, erwiderte Josi.

»Ich auch.« Chantal blickte mit klimpernden Wimpern über die große Kaugummiblase vor ihrem Mund hinweg.

»Champagner. Aha. Na ja, der ist ja gar nicht so billig, was? Egal, was soll's? Wir haben's ja. Stimmt's, Max?« Franz lachte.

»Stimmt, Franzi. Wenn wir zwei etwas haben, dann ist es Geld.« Max grinste breit. Ich bin jetzt schon gespannt, wie der Abend endet, feixte er innerlich. Wahrscheinlich ist Franzi stockbesoffen, und ich darf ihn nach Hause tragen. Egal, soll er sich ruhig mal austoben nach der ganzen Askese der letzten Wochen. Hauptsache, er raucht nicht so viel. »Aber denk daran, dass wir beide jeder bloß einen Hunderter dabeihaben«, fügte er flüsternd hinzu.

»Fräulein!« Franz winkte der blonden Barfrau.

»Ja bitte?« Sie kam näher.

»Eine Flasche Schampus und vier Gläser, bitte.« Franz zeigte auf Max, die beiden Frauen und auf sich selbst.

»Gerne. Französisch?«

»Bitte?« Franz bekam einen roten Kopf.

»Der Champagner. Soll es ein französischer sein?« Sie grinste anzüglich.

»Äh, sicher, natürlich, logisch. Oder gibt es auch anderen?« Er schaute ihr verunsichert ins Gesicht.

»Ich hole eine Flasche französischen. Soll ich den Wodka trotzdem auch bringen?«

»Natürlich. Bestellt ist bestellt.« Er nickte eifrig. »Kann ich mit meiner Karte bezahlen?«

»Kreditkarte?«

»EC-Karte?«

»Geht auch. Kein Problem.«

»Na dann. Super.« Franz rieb sich voller Vorfreude die Hände.

»Und das ist also der Max?« Chantal zeigte auf den blonden Münchner Exkommissar.

»Ja, das ist der Max«, erwiderte Franz. »Mich nennen alle Franzi, nicht Franz. Ist sozusagen mein Spitzname, Franzi.« Franz lächelte stolz.

»Weiß ich schon.« Chantal blies erneut ihren Kaugummi auf, bis er platzte. Sie leckte sich mit ihrer endlos langen Zunge die Lippen, um die Reste wieder in ihren Mund zu befördern. »Woher kommt ihr?«

»München.« Franz lächelte beflissen. »Also die Landeshauptstadt. Klar, oder?«

»Klar. Wir leben hier nicht hinter dem Mond.« Chantal kicherte ausgiebig. Sie reckte dabei ihre ansehnliche Brust und fuhr langsam mit der Hand ihren langen unbestrumpften Schenkel hinauf und hinab.

»Genau, wir waren schon dreimal in München. Stimmt's, Chantal?« Josi kicherte ebenfalls. Dann kaute sie mit weit geöffnetem Mund weiter auf ihrem Kaugummi herum.

»Ja super.« Franz nickte eifrig. Seinem Gesichtsausdruck nach hätte man meinen können, dass er gerade von einem Sechser im Lotto erfahren hatte.

Der Champagner kam. Franz schenkte ihnen gekonnt ein.

»Ja da schau her. Die Herren Meisterdetektive feiern. Und das auch noch ohne uns.« Monika stand mit Sandra in der Tür. Wie zwei Geister aus dem Nichts, völlig überraschend.

»Moni, Sandra. Das ist aber eine Überraschung«, rief Franz mit hochrotem Kopf, nachdem er den ersten Schock, der ihm gerade durch alle Glieder gefahren war, einigermaßen überwunden hatte.

»Aber wirklich«, schloss sich Max der Meinung seines Vorredners an. »Was macht ihr denn hier? Wir dachten, ihr liegt längst im Bett.«

»Wir kommen vom Bingo. Hat etwas länger gedauert«, erwiderte Monika. Sie kam mit Sandra im Schlepptau näher und küsste Max flüchtig auf die Wange. »Donatella kommt auch noch. Sie bezahlt gerade das Taxi. Stellt euch vor, sie hat 1000 Euro gewonnen.«

»Ja Wahnsinn.« Franz küsste Sandra links und rechts auf die Wange.

Sie ließ es mit misstrauischem Gesichtsausdruck geschehen.

»Und wer sind eure neuen Freundinnen?«, fragte sie in beißendem Tonfall.

»Das sind die Chantal und die Josi. Sie wohnen hier im Chiemgau.« Franz zuckte unschuldig die Achseln. Ganz so, als wäre es das Normalste der Welt, dass sie kurz nach Mitternacht mit zwei sehr jungen halb angezogenen Damen in einer Bar Champagner tranken.

»Und es gibt Champagner? Nobel. Wer bezahlt den denn?«

»Ich. Aber das ist bloß, weil Max und ich etwas zu feiern haben.«

»Da schau her. Wirklich? Habt ihr etwa auch beim Bingo gewonnen?« Sandra lachte höhnisch auf. Sie zog fragend die Brauen hoch.

»Nein, aber Max hat uns vor großem Unheil bewahrt.«

»Tatsächlich?« Das Misstrauen in Sandras Gesicht blieb. »Lass mich raten. Er hat euch in diese Bar hier geführt und so vor dem Verdursten gerettet.«

»Schmarrn. Er hat uns sozusagen das Leben in Freiheit gerettet. Aber das erzähle ich dir später. Setzt euch doch. Links von Max sind noch zwei Plätze für euch frei. Kommt die Höslinger wirklich auch noch?«

»Natürlich, Franzi. Sie wollte uns schließlich hier drinnen auf eine Flasche Schampus einladen.« Monika nahm grinsend Platz.

Donatella betrat das Lokal keine drei Minuten später. Sie gab sich hocherfreut darüber, Franz hier drinnen anzutreffen, was ihm erneut eine äußerst gesunde Gesichtsfarbe bescherte. Nachdem Franz' Flasche Champagner geleert war, bestellte sie die zweite. Danach spendierte sie noch eine. Den Wodka und ihre Biere tranken Max und Franz natürlich auch. Es wäre zu schade gewesen, beides stehen zu lassen. Chantal und Josi tranken bei der ersten Flasche Schampus noch mit, da Franz ihre Gläser bereits vollgeschenkt hatte. Vor der zweiten verabschiedeten sie sich jedoch von allen. Sie würden noch irgendwo in eine Disco zum Tanzen gehen, meinten sie. Max grinste innerlich. Bestimmt würden sie woanders zwei großzügige Nachtschwärmer finden, die nicht drei Frauen dabei hatten, vermutete er.

Gegen zwei Uhr machten sich alle fünf zusammen auf den Heimweg ins Hotel. Max ging noch kurz zum Auto, um seine Waffe, die er vorhin dort deponiert hatte, herauszuholen. Gerade als er die Fahrertür öffnen wollte, fiel ihm auf, dass alle vier Reifen einen Platten hatten.

24

»Herrschaftszeiten, stechen die mir glatt die Reifen kaputt. Wenn ich den oder die erwische, können sie was erleben.« Max stand neben Monika am Frühstücksbüfett und lud sich großzügig von dem Rührei im Wärmer auf seinen Teller.

»Wer tut so was bloß?« Monika nahm sich Butter und zwei Scheiben Emmentaler.

»Derselbe, der die Köche auf dem Gewissen hat. Da bin ich mir fast sicher. Er will mich warnen und so davon abhalten, den Fall zu lösen.«

»Und wenn es nur ein alberner Lausbubenstreich war?«

»Glaube ich nicht.«

»Was willst du jetzt machen? Die Kripo einschalten?«

»Ich werde Berger auf jeden Fall Bescheid geben. Solche Sachen muss man ernst nehmen. Ansonsten schaue ich, dass ich den Mörder so schnell wie möglich erwische, damit nicht noch Schlimmeres passiert.«

Sie gingen mit ihren vollen Tellern zu ihrem Tisch beim Fenster und setzten sich.

Drei Minuten später war Sandra bei ihnen. »Habt ihr Franzi gesehen?«, fragte sie atemlos. »Er ist spurlos verschwunden.«

»Verschwunden? Franzi? Der wird doch keinen Waldlauf machen«, feixte Max. Er schob sich eine gehäufte Gabel Rührei in den Mund und kaute munter vor sich hin.

»Ich mache mir wirklich Sorgen, Max. Er ist seit sieben weg. Unauffindbar. Kann das mit diesen Morden zusammenhängen? War er an einer Spur dran?«

»Das glaube ich weniger. Obwohl … wissen kann man es natürlich nicht.« Max schüttelte nachdenklich den Kopf. Seine Lust auf Spöttelei war ihm vergangen. Wenn Franz wirklich verschwunden war, konnte das natürlich mit ihrer gestrigen Begegnung mit dem Jugo und Darko Serbe zusammenhängen. Die beiden hatten sicher noch Gelegenheit gehabt, eine SMS zu verschicken, bevor sie in den Bau wanderten, und nun führte ein Unbekannter ihre Rache an Franz und ihm durch.

Aber auch der Kochmörder und nächtliche Reifenschlitzer konnte sein Augenmerk auf Franz gelegt haben, nachdem nun klar war, dass er und Max gemeinsam an dem Fall arbeiteten. Vielleicht hatte der Kerl sie beobachtet, als sie gestern alle zusammen heimgekommen waren. Franz hatte in seiner Champagnerlaune noch lauthals vor dem Hotel herumgetönt, dass er den Ganoven, der die Köche umbringt, auf alle Fälle finden würde. Natürlich musste das alles nicht so sein. Aber möglich war es allemal.

»Hast du schon im Schwimmbad nachgeschaut?« Monika schaute Sandra neugierig an. »Vielleicht war es ihm einfach nur zu heiß im Bett.«

»Wie meinst du das, Moni?« Sandras Ton klang zickig. »Meinst du etwa, ich würde den Franzi nachts zu sehr bedrängen oder ihm keinen Platz im Bett lassen?«

»Ich meine es so, wie ich es sage«, erwiderte Monika ungerührt. »Letzte Nacht hatte es bestimmt 26 Grad. Ich bin jedenfalls andauernd schweißgebadet aufgewacht.«

»Ach so. Na ja.« Sandra errötete leicht. Sie schien ihr schnelles Vorpreschen zu bereuen. »Aber dafür gibt es doch eine Klimaanlage.« Eine Notwendigkeit, sich zu entschuldigen, sah sie offenbar dennoch nicht.

»Diese Bakterienschleuder schalte ich nicht an. Und Max will auch nicht krank werden, stimmt's?«

»Stimmt. Und wenn er zum Chiemsee gefahren ist, um den Sonnenaufgang zu beobachten?« Max fuchtelte mit der Gabel herum wie ein Italiener beim Familientreffen. Er mochte nicht so recht an das Schlimmste glauben. Obwohl er durchaus besorgt war.

»Der Franzi? Den Sonnenaufgang beobachten? Vor dem Sonntagsfrühstück, auch wenn's nur Kaffee und Obst gibt? Das glaubst du doch selbst nicht.« Sandra setzte sich mit besorgter Miene zu ihnen.

»Stimmt auch wieder.« Max dachte stirnrunzelnd nach. Bereits wenig später hellte sich seine Miene wieder auf. »Pass auf, Sandra. Trink du erst einmal in Ruhe einen Kaffee. Ich gehe zum Empfang und frage nach ihm. Vielleicht hat er dort eine Nachricht für uns hinterlassen, okay?«

»Okay, Max. Danke. Einen Kaffee kann ich gut gebrauchen nach unserem Abend gestern. Mir brummt der Kopf. Ich trinke doch sonst nie Alkohol. Und dann verschwindet mein Dicker auch noch.« Sie klang fast schon weinerlich.

»Wird schon wieder. Du wirst es sehen.« Max stand auf und verschwand Richtung Lobby.

Als er dort ankam, lächelte ihm die Hotelchefin selbst freundlich zu. »Guten Morgen, Herr Raintaler. Na, wie stehen die Aktien?«

»Die Aktien, glaube ich, gut«, erwiderte er. »Aber unsere Morde machen mir Sorgen. Und Herr Wurmdobler ist spurlos verschwunden. Hat er eine Nachricht bei Ihnen hinterlassen?«

»Nein.« Maria machte ein erstauntes Gesicht. »Vielleicht unternimmt er einen Morgenspaziergang.«

»Etwas in der Art dachte ich auch.« Max kratzte sich ausgiebig am Kopf.

Herrschaftszeiten, aber Franz war doch nicht der Typ Mann, der einfach so sang- und klanglos verschwand. Er sagte normalerweise immer Bescheid, wenn er länger weg war. Oder er rief kurz an. In ihren langen gemeinsamen Jahren bei der Kripo hatte er das jedenfalls immer so gehandhabt. Na ja. Meistens zumindest. Sehr merkwürdig das alles.

»Sind Sie dem Mörder denn schon ein Stück nähergekommen?« Maria Hochfellner senkte ihre Stimme. Niemand im Hotel sollte mehr von der Sache erfahren, als unbedingt nötig war.

»Eher umgekehrt, vermute ich. Jemand hat heute Nacht alle vier Reifen an meinem Auto zerschnitten. Und nun ist auch noch Herr Wurmdobler weg. Lustig ist das alles nicht.« Max sprach ebenfalls leise. Er machte ein betroffenes Gesicht.

»Brauchen Sie einen Mechaniker?«

»Einen Mechaniker?«

»Für die Autoreifen.«

»Ach so. Ja klar. Gerne. Kennen Sie jemanden?«

»Ich rufe meine Werkstatt an. In zwei Stunden haben Sie neue Reifen.« Maria beugte sich zu ihrem kleinen Tisch hinunter. Sie nahm den Telefonhörer aus der Gabel.

»Vielen Dank. Und falls Sie etwas von Herrn Wurmdobler hören ...«

»Gebe ich Ihnen sofort Bescheid.«

Max drehte sich um. Er steuerte grübelnd auf den Speisesaal zu. Wo sollte er mit der Suche nach Franz nur anfangen? Er konnte überall sein. Der Chiemgau war groß und die Berge hoch. Hoffentlich hatte sich Sandra inzwischen wieder einigermaßen beruhigt.

Einer inneren Eingebung folgend blieb er vor dem Eingang zum Frühstückszimmer stehen und kramte sein Handy hervor. Dann wählte er Franz' Nummer. Nichts. Der Teilnehmer ist vorübergehend nicht erreichbar. Er versuchte es bei Hauptkommissar Berger.

»Wer spricht?«

»Raintaler hier.«

»Herr Raintaler, was gibt es? Sind Sie einen Schritt weitergekommen in unserer unerquicklichen Angelegenheit?«

Berger schmatzte laut, während er sprach.

Anscheinend verzehrte er gerade sein Frühstück. Bestimmt war er ein Weißwursttyp. Oder schätzte ihn Max falsch ein und er aß Müsli? Schmarrn. Niemals.

»Leider nicht. Die Spuren lösen sich genauso schnell wieder in Wohlgefallen auf, wie sie erscheinen. Und jetzt hat auch noch jemand meine Reifen zerstochen, und Herr Wurmdobler ist spurlos verschwunden.«

»Sehen Sie da einen Zusammenhang?« Bergers Stimme wurde leiser. »Moment mal. Ich lege sie kurz weg, solange ich meine nächste Weißwurst aus dem Topf hole.«

»Vielleicht, weiß nicht.« Max sprach laut weiter, damit ihn Berger weiter hören konnte. Na also, hatte ich doch recht mit den Weißwürsten. Ich sollte vielleicht Detektiv werden. »Der Reifenstecher könnte auf jeden Fall unser Mörder sein. Und vielleicht hat er auch Herrn Wurmdobler entführt.«

Ein älteres Paar, das vor dem Aufzug stand, drehte sich neugierig zu ihm um.

Herrje, plärr doch nicht so, Raintaler, rief er sich selbst zur Ordnung. Oder willst du die Gäste hier jetzt selber vertreiben? »Auf jeden Fall möchte ich den Reifenschaden anzeigen und Herrn Wurmdobler als vermisst melden«, fuhr er leiser fort.

»Wie bitte?« Berger hörte sich wieder näher an. »Das mit den Reifen habe ich gehört. Aber den Schluss habe ich nicht verstanden.«

»Vermisstenanzeige wegen Herrn Wurmdobler möchte ich erstatten.« Max redete wieder etwas lauter, hielt aber die Hand vor den Mund, sodass seine Worte nicht wie gerade eben quer durch die Lobby hallten.

»Aber eine Vermisstenanzeige können wir frühestens nach 24 Stunden aufnehmen. Das wissen Sie doch sicher.« Berger hörte einen Moment lang auf zu schmatzen. Er schien etwas zu trinken.

»Weißbier?«, erkundigte sich Max neugierig.

»Ein leichtes«, antwortete Berger.

»Aha. Dann Prost. Und was machen wir jetzt? Herr Wurmdobler ist normalerweise sehr zuverlässig. Was, wenn ihn der Killer entführt hat?«

»Kann er nicht einfach unterwegs sein?«

»Der Killer?«

»Nein, Ihr Herr Wurmdobler.«

»Na ja. Kann sein. Ist aber unwahrscheinlich.«

»Aber möglich ist es.«

»Möglich ist alles.«

»Dann suchen wir ab morgen offiziell nach ihm. Nur falls er inzwischen nicht wieder auftaucht, natürlich.«

»Und was mache ich bis dahin?« Max schüttelte ungläubig den Kopf. Was musste er denn noch tun, damit ihn dieser sture alte Bock ernst nahm.

»Sie können ihn gerne suchen, wenn Sie wollen.«

»Und Sie wollen tatsächlich nichts tun? Ich bin gespannt, was Ihre Vorgesetzten dazu sagen.«

»Passen Sie bloß auf, Herr Privatschnüffler. Bisher war ich geduldig mit Ihnen. Ich kann auch anders.« Berger schnauzte barsch in den Hörer hinein.

»Ich auch, Herr Berger«, schnauzte Max zurück. »Meine Kontakte reichen bis ins Staatsministerium. Ich will, dass nach Herrn Wurmdobler gesucht wird, und damit basta.« Max bluffte natürlich. Aber er hatte im Laufe der Jahre als Ermittler oft genug die Erfahrung gemacht, dass gerade die besonders linientreuen Sturköpfe mitunter sehr entgegenkommend auf die Androhung möglicher Konsequenzen von ganz oben reagierten. Na ja. Oder auch nicht. Manchmal lief es genau anders herum. Das war aber seltener der Fall. Doch, doch. Ganz bestimmt.

»Soso. Wen wollen Sie denn im Staatsministerium kennen?« Ganz so einfach ließ sich Berger anscheinend doch nicht aufs Glatteis führen.

»Ich sage nur Innenminister. Den Rest können Sie sich denken. Also was ist jetzt?« Max klang wie ein Feldwebel, der einen Untergebenen zur Minna machte.

»Na gut …« Berger zögerte. Er schien vielleicht nicht restlos überzeugt, aber doch zumindest einigermaßen beeindruckt zu sein. »Eines könnte ich machen.«

»Und das wäre?«

»Ich gebe auf jeden Fall inoffiziell allen Streifenwagen Bescheid. Schließlich ist ein Kollege abgängig. Ansonsten sind mir da momentan wirklich die Hände gebunden. Das wissen meine Vorgesetzten und die im Staatsministerium genauso gut wie ich.«

»Das hört sich doch schon viel besser an.« Max klang arrogant und unnahbar. Absichtlich natürlich. Was sonst. Nicht dass sich der grantige Kripobeamte am anderen Ende der Leitung noch einbildete, dass die Sache damit endgültig vom Tisch war.

»Da sollten wir dann auch bald Klarheit haben, gut?« Berger trank offenbar den nächsten Schluck Weißbier. Zumindest gluckste und blubberte es in Max' Ohr, als würde der Hörer des Traunsteiner Hauptkommissars gerade in dessen Weißwurstkessel untergehen.

»Mehr kann ich von Ihnen ja wohl nicht erwarten.« Max bekam selbst Durst. Er würde sich gleich erst einmal ein großes Glas Wasser mit an den Tisch nehmen.

»So ist es, Herr Raintaler. Was meinen Sie, was wir hier bei uns in der Gegend für eine Personalknappheit haben. Da würden Sie auch nicht anders handeln als ich. Glauben Sie mir.«

»Alles klar, Herr Berger. Sobald Sie etwas erfahren, melden Sie sich bei mir.«

»So machen wir es. Ihren Wagen und die kaputten Reifen würde ich gerne auf Spuren untersuchen lassen«, fügte Berger noch hinzu. Er hörte sich inzwischen sehr versöhnlich und sehr bemüht an.

»Dann sollten Sie schnell sein. In knapp zwei Stunden kommt der Mechaniker.«

»Gut. Auf Wiederhören.«

»Auf Wiederhören.«

Sie legten auf.

»Sturer Depp«, platzte es aus Max heraus. Er schnaubte aufgebracht.

Als er zurück am Tisch war, machte ihn Monika auf den übergewichtigen schwarzhaarigen Mann im knallgelben Polohemd aufmerksam, der drei Tische weiter mit hochrotem Kopf lautstark mit einer der Kellnerinnen stritt. »Den sieht man auch überall. Ein merkwürdiger Vogel«, meinte sie. »Ist nur am Stänkern.«

»Ja mei. Nicht für jeden ist es ein Spaß, sich zu kasteien«, meinte er nur achselzuckend. »Und so ein hoher Blutdruck kann einen ganz schön aufpeitschen. Das weiß ich von mir.«

»Wir haben den schon öfter gesehen. Zum Beispiel

in Bad Endorf im Café. Er scheint eine Stinkwut in sich zu haben. Erinnerst du dich? Ich finde ihn irgendwie … verdächtig. Wer so ausrastet, der bringt auch jemanden um. Vielleicht auch Köche.«

»Jetzt hör aber auf, Moni. Nicht jeder Wutbürger ist gleich ein Mörder«, scherzte Max kopfschüttelnd.

»Er scheint nicht wirklich abnehmen zu wollen.« Monika hörte nicht auf. Offensichtlich hatte sie sich auf den Mann eingeschossen. Sie trank einen Schluck Kaffee, während sie ihn weiter beobachtete. »Am Königsee war er auch. Auf jeden Fall haut er außerhalb vom Hotel jedes Mal rein wie ein Scheunendrescher.«

»Nicht anders als die gute Donatella Höslinger oder unser geliebter Franzi«, gab Max zu bedenken. »Ist doch nicht verboten.«

»Ich weiß nicht. Irgendwas an dem ist mir trotzdem unheimlich.«

»Was ist denn nun mit Franzi?«, wollte Sandra wissen, die den beiden bisher wie auf Kohlen sitzend zugehört hatte. »Hast du ihn gefunden? Hat er eine Nachricht hinterlassen?«

»Leider nicht.« Er schüttelte mit ernster Miene den Kopf.

»Oh Gott. Hoffentlich ist ihm nichts passiert.«

25

Das Abendessen im Speisesaal des *Chiemgauer Seehofs* war seit gut einer Stunde beendet. Doch unten im Vorratsraum wurde weiter gegessen. Allerdings nicht ganz freiwillig. Und besonders vornehm ging es dabei auch nicht gerade zu.

»Friss schon, du Sau. Ich mache euch alle fertig. Darauf kannst du einen lassen. Hier, da hast du.« Die vermummte Gestalt, die ihrem Opfer, das auf einem Holzstuhl vor dem kleinen Tisch saß, mit der rechten Hand eine Pistole an den Kopf hielt, stopfte mit der linken Sauerkraut und Sprossen in das obere Ende des Mastrohres, das tief im Hals des Gepeinigten steckte. Dann nahm sie einen dicken Stock zur Hand und drückte die gemischte Rohkost damit nach unten.

»Ihr seid doch alle dieselben miesen Schweine. Ich mache Schluss mit euch. Mit euch allen. Jawohl! Verstanden?«

Der Mann mit dem Rohr im Schlund starrte nur mit weit aufgerissenen Augen auf das Regal mit den Kisten, Dosen und Gläsern vor seiner Nase. Er bekam kaum noch Luft. Nackte Panik stand in seinem Blick.

»Ob du mich verstanden hast, Arschloch?« Die vermummte Gestalt schlug ihrem Opfer mit dem Lauf der Waffe hart auf den Kopf.

»Hm.«

»Was?«

»Hm.« Der Mann mit dem Rohr im Schlund nickte eifrig.

»Ich verstehe dich immer noch nicht.« Die vermummte Gestalt schlug erneut zu.

»Hm, hm, hm.«

»*Hm, hm, hm?* Bist du Legastheniker oder was?«

»Hm, hm.« Das Opfer schüttelte den Kopf.

»Ach so, du kannst nicht reden, weil ein dickes Rohr in deinem Hals steckt. Ein Rohr, durch das ich dich füttere, bis du an dem beschissenen Grünzeug erstickst. Habe ich recht?« Die vermummte Gestalt lachte dröhnend. Dann schlug sie erneut zu.

»Hm«, kam es nur noch leise von dem auf den Stuhl gefesselten Opfer.

»*Hm*, sagt er. Wie putzig. Gleich wirst du gar nichts mehr sagen, du Wichser. Wie gefällt dir das?« Die Gestalt schob den Stock immer tiefer in das Mastrohr hinunter.

»Hm!« Das Opfer zuckte und zappelte in seinen Fesseln wie ein Fisch auf dem Trockenen. Sein Gesicht lief rot an. Die Augen quollen weit aus ihren Höhlen hervor.

»Verdammte Sau. Sprich anständig mit mir. Wie oft muss ich das wohl noch sagen?«

Die Gestalt steckte neues Kraut und neue Sprossen in das Rohr, nahm erneut den Stock zur Hand, stopfte den Inhalt damit nach unten, lachte, schlug weiter mit der Waffe zu. Solange, bis kein Laut mehr aus dem Mund ihres Opfers zu hören war.

Die Gestalt prüfte den Puls des Opfers. Als sie feststellte, dass er nicht mehr vorhanden war, löste sie die Fesseln von seinen Hand- und Fußgelenken. Sie entfernte das blutige Rohr aus dem überdehnten Schlund

und nahm es an sich. Anschließend legte sie den Kopf des Opfers in den riesigen Teller voller Sprossen, Salat und Kraut, der sich vor ihm auf dem Tisch befand. Dann trat die Gestalt leise auf den Flur hinaus. Na also. Niemand hatte etwas gehört oder gesehen. So sollte es sein. Und so würde es auch beim nächsten Mal wieder sein.

26

»Herrje, das kann doch gar nicht sein, dass Franzi freiwillig so lange wegbleibt, ohne sich zu melden.« Max schüttelte nachdenklich den Kopf. »Berger scheint auch nicht zu wissen, wo er ist. Sonst hätte er längst angerufen.«

Monika, Sandra und er hatten nach dem Abendessen beschlossen, mit eingeschalteten Handys in der Hotelbar auf Sandras vermissten Göttergatten zu warten. Inzwischen war es kurz nach 23 Uhr, und die Sorgen, die sich die drei Münchner machten, wurden immer größer.

»Normalerweise ist er doch immer zuverlässig, unser Franzi«, fügte er hinzu.

»Ganz im Gegensatz zu dir«, stellte Monika trocken fest.

»Und bis auf einige Ausnahmen«, meinte Sandra.

»Sollen wir jetzt einen Streit wegen mir anfangen, Moni?« Max warf ihr einen ärgerlichen Blick zu.

»Nein. Ich sag's ja bloß.« Sie zuckte gleichmütig die Achseln. »Der Zuverlässigste bist du wirklich nicht. Oder willst du mir da etwa widersprechen?«

»Stimmt, Moni. Aber dafür habe ich im Moment wirklich keine Nerven.«

»Wofür? Dass du nicht der Zuverlässigste bist? Dafür brauchst du auch keine Nerven. Die brauchen eher die anderen. Werde lieber mal zuverlässiger.« Sie trank einen großen Schluck von ihrem Mojito.

»Ist ja gut. Hammas dann wieder?« Max schüttelte nur den Kopf.

»Noch lange nicht. Aber für den Moment gebe ich Ruhe. Franzi zuliebe.« Monika trank erneut.

»Danke.«

»Bitte.«

Wie viele von diesen Drinks hatte sie eigentlich schon?, fragte sich Max. Das muss doch locker der sechste sein. Irgendwie kommt sie mir auch reichlich beschickert vor.

»Ich will, dass auf der Stelle mein Franzi wieder da ist.« Sandra, die parallel mit Monika beim Barkeeper bestellt hatte, schielte dümmlich grinsend von einem zum anderen.

»Das wollen wir auch«, entgegnete ihr Max. Er sah auf seine Armbanduhr. Zehn vor zwölf. Herrschaftszeiten noch mal, wo war der kleine lustige Kerl bloß? Hoffentlich war ihm nichts Ernsthaftes zugestoßen. Hätte er ihn doch nur nicht in diesen grausigen Mordfall mit hineingezogen. Er wagte gar nicht daran zu denken, was los wäre, wenn Franz dem Killer zum Opfer gefallen war.

»Mein Franzilein, ich will meinen Franzi wiederhaben. Auf der Stelle und sofort. Bitte lieber Gott.« Von einer Sekunde auf die andere grinste Sandra nicht mehr, sondern begann laut zu jammern und zu weinen.

Monika, die direkt neben ihr auf einem der weichen mit Kunstleder bezogenen Barhocker saß, umarmte sie und tätschelte ihr den Rücken.

»Er kommt bald, bestimmt«, versuchte Max, die Stimmung wieder anzuheben. »Wisst ihr noch, wie Franzi einmal am Faschingsmontag in diesem Hundekostüm in die Sparkasse gegangen ist? Keiner am Schalter wollte ihm Geld geben, weil ihn alle für ein Kind hielten.« Max musste grinsen.

»Und wie ich ihn bei diesem jungen Rauschgifthändler in den Schrank eingesperrt gefunden habe.« Monika löste sich von Sandra und lachte laut auf. »Oder wie er bei Giovannis Beerdigungsfeier besoffen vom Floß aus in den Isarkanal gefallen ist. Sein Gesicht dabei war unnachahmlich.«

Jetzt lachten alle drei. Das ältere übergewichtige Paar, das ein paar Hocker weiter ebenfalls an der Bar saß, drehte sich stirnrunzelnd zu ihnen um. Sie schienen sich zu fragen, wie man in der lustfeindlichen Umgebung eines Diäthotels nur derart ausgelassen sein konnte. Noch dazu um diese späte Tageszeit.

»Oder wie er auf der Wiesn nach drei Maß und zwei Schnaps vom Kinderkarussell gefallen ist.« Sandra wollte gar nicht mehr aufhören zu gackern.

Max ließ derweil kurz die gemeinsame Vergangenheit mit seinem alten Freund und Exkollegen vor seinem inneren Auge vorüberziehen. Seit der Schulzeit waren sie immer füreinander da gewesen. Ob Liebeskummer oder Streit mit den Vorgesetzten, zusammen hatte ihnen nichts auf der Welt etwas anhaben können. Unvorstellbar, dass Franz nicht mehr an seiner Seite sein sollte. Er spürte, wie ihm auf einmal seltsam weinerlich zumute wurde.

»Schaut mal, Leute. Wer kommt denn da?« Monika zeigte mit der Hand auf den Eingang zur Bar.

»Wo?« Max drehte sich schnell um.

»Was meinst du, Moni?« Sandra machte große Augen. Sie hörte schlagartig auf zu lachen.

»Servus, Leute. Na, habt ihr mich vermisst?« Franz schlurfte grinsend auf sie zu.

»Ja, da schau her, der Herr Wurmdobler. Du hast vielleicht Nerven, alter Freund. Wir dachten schon, dir wäre etwas passiert.« Max wischte sich schnell ein paar kleine Tränen aus den Augenwinkeln. Er lächelte ihm mit einer Mischung aus großer Erleichterung und leisem Vorwurf zu.

»Tut mir leid. Ich brauchte mal eine kleine Auszeit für mich alleine«, erwiderte Franz. »Hab einen kleinen Schluck getrunken und eine klitzekleine Pizza gegessen.«

»Franzi Wurmdobler. Das machst du nie wieder mit mir, verstanden? Sonst sind wir geschiedene Leute. Garantiert.«

Sandra stand mit versteinerter Miene auf, stellte sich vor ihren Ehemann und schenkte ihm eine saubere Watschn ein. Danach verließ sie mit zurückgeworfenem Kopf die Hotelbar, ohne ihn eines weiteren Blickes zu würdigen. Dass sie dabei schwankte wie Gerste im Wind, tat der wilden Entschlossenheit ihres groß inszenierten Abgangs keinen großen Abbruch.

»Also du bist wirklich ein Volldepp, Franzi.« Monika schüttelte verständnislos den Kopf. »Kannst du dir nicht denken, dass wir uns Sorgen machen, wenn du einfach verschwindest und nirgends zu erreichen bist?«

»Doch. Aber ausgerechnet heute war der Akku von meinem Handy auf einmal leer. Und das Benzin ist mir auch noch ausgegangen.« Franz hob bedauernd die Hände. »Manchmal ist das Leben einfach wie verhext.«

»Bist du in deinem Zustand etwa noch gefahren?« Max staunte nicht schlecht. »Du hast doch locker fünf Bier intus.«

»Sieben. Und drei Obstler. Doppelte. Und natürlich habe ich das Auto stehen gelassen. Man weiß als Kriminalbeamter schließlich, was Verantwortungsgefühl ist.«

»Genau. Das weißt du wirklich.« Max musste lachen. Unglaublich, dieser Wurmdobler. Da war man gerade noch der festen Überzeugung, dass man bereits alles, was möglich war, mit ihm erlebt hatte, und prompt kam er schon wieder mit irgendeinem neuen Schmarrn daher. »Mit welchem Auto bist du eigentlich gefahren? Sandras ist noch hier und meins hatte einen Platten.«

»Ich habe mir im Ort unten noch mal das Cabrio geliehen. Wegen dem Urlaubsgefühl und so.« Franz grinste selig.

»Aha.« Max schmunzelte.

»Und wir erfahren nichts davon, obwohl hier ein Kochkiller frei herumläuft, Franzi? Sag mal, geht's noch?« Monika wollte sich nicht so schnell wieder beruhigen. So viel war sicher. »Es ist mir ein Rätsel, wie du so gelassen bleiben kannst, Max. Mir könnte so ein Freund zur Not auch endgültig gestohlen bleiben.«

»Dem Kochkiller muss man fast schon dankbar sein, bei dem grässlichen Diätfraß, der einem hier vorgesetzt wird«, hielt Franz dagegen.

»Das ist nicht dein Ernst, oder?« Max hörte auf zu grinsen.

»Nein. Natürlich nicht«, beschwichtigte ihn Franz schnell. »Aber trotzdem habe ich die Schnauze gestrichen voll von dem ganzen Diätschmarrn hier. Bin ja auch fertig damit. Morgen früh hau ich hab, zurück nach München. Ich freu mich nur noch auf meine gewohnte Umgebung und meine Arbeit.«

»Aha. Und unsere toten Köche?« Max zog überrascht die Brauen hoch. Damit war einerseits natürlich zu rechnen gewesen. Andererseits hatte er aber im Stillen gehofft, dass ihm Franz weiter bei der Aufklärung der Morde half.

»Die können mich mal. Schließlich gibt es hier auch eine Polizei. Ich fahre jedenfalls morgen heim. So viel steht fest. Ich halte das alles hier einfach nicht mehr aus.« Franz fuchtelte wild mit den Armen in der Luft herum. Sein Kopf lief vor Ärger rot an.

»Jetzt trinken wir erst mal einen, Franzi«, versuchte ihn Max zu beruhigen. Herrje, der reinste Vulkanausbruch. Seit wann mochte diese unbändige Wut wohl in ihm brodeln? »Wasser?«

»Verarschen kann ich mich selbst.«

»Also gut. Dann halt ein Diätpils.« Max grinste.

»Nix da. Ich trinke ein Helles, und Schluss.«

»Ich geh auf jeden Fall ins Bett. Gute Nacht, ihr zwei Genies.« Monika erhob sich von ihrem Barhocker und stakste mit unsicheren Schritten zur Tür hinaus.

Max sah ihr eine Weile lang kopfschüttelnd nach. Die Frauen vertragen einfach nichts, dachte er. Dann bestellte er zwei Halbe.

»Stell dir vor, der Berger wollte dich zuerst nicht einmal suchen«, erklärte er Franz, während der Barmann ihre Getränke einschenkte. »Regelrecht erpressen musste ich ihn.«

»Aber wieso denn suchen, um Himmels willen? Kann man denn nicht einmal einfach bloß in aller Ruhe etwas trinken und eine Kleinigkeit essen gehen?« Franz raufte sich die Haare. »Am Ende hätte mich noch jemand aufs Revier geschleppt, wegen deinem Schmarrn.«

»Franzi, zum letzten Mal. Man haut nicht einfach ohne ein Wort ab, wenn man mit drei anderen Leuten unterwegs ist.« Max wurde laut. Anscheinend war seinem Freund nicht im Mindesten bewusst, wie sehr er sie beunruhigt hatte. Das musste anders werden. Auf der Stelle. Bei allem Spaß und bei aller Freundschaft. »Und schon gar nicht, wenn die drei anderen dein bester Freund, deine beste Freundin und deine Ehefrau sind und ein Serienkiller unterwegs ist. Geht das jetzt in deinen blöden Sturschädel rein oder nicht, Herrgott noch mal?«

»Na ja. Ihr habt es wahrscheinlich gut gemeint.«

»Ja, wie denn sonst, Depp?« Jetzt war Max an der Reihe, einen roten Kopf zu bekommen, vor Ärger und Empörung. Hätte er sich vorhin, als Franzi noch nicht hier gewesen war, bloß nicht so sehr von seinen Gefühlen leiten lassen. Dieser eingebildete glatzköpfige Affe hier war es wirklich nicht wert, dass man auch nur eine einzige Träne wegen ihm vergoss. Natürlich wusste er gleichzeitig insgeheim, dass er Franz damit Unrecht tat.

Aber er war stocksauer, da war alles erlaubt. Zumindest in Gedanken.

»Okay, tut mir leid, Max. Aber die letzten Tage waren mir einfach zu viel.« Da war er wieder: Franz' berühmt berüchtigter erhobener Zeigefinger. »Erst Sandras andauerndes Gemecker wegen diesem und jenem, dann dieses anstrengende Fasten und die endlose Turnerei hier, obendrein die nervende Höslinger, und am Schluss sind wir auch noch knapp am Knast vorbeigeschrammt. Eines davon hätte mir locker genügt.«

»Und du willst morgen wirklich wieder nach München?«

»Ja.«

»Nichts kann dich davon abbringen?«

»Nein.«

»Gar nichts?«

»Gar nichts.«

»Und was mache ich mit dem Killer?«

»Du findest ihn.«

»Allein?«

»Warum nicht? Wäre nicht das erste Mal.«

»Scheiße, Franzi. Aber gut. Da kann man wohl nichts machen. Ich ruf gleich mal den Berger an, dass er nicht länger nach dir suchen lässt. Und dann trinken wir zwei noch einen schönen Abschiedsschluck zusammen, okay?«

»Gut.«

Max wählte Bergers Nummer.

»Ja?«

»Herr Berger, grüß Gott, Raintaler hier.« Max bemühte sich um den freundlichsten Ton, den er draufhatte. Außerdem lächelte er, während er sprach. In einer Fortbildung über den Umgang mit Zeugen und Verdächtigen hatte er einmal gehört, dass der Teilnehmer am anderen Ende dieses Lächeln quasi hörend vor sich sehen konnte.

»Herr Raintaler, was wollen Sie denn noch so spät?«, grantelte Berger unfreundlich. Er schien nicht dieselbe Fortbildung wie Max besucht zu haben. So wie er sich anhörte, verzog er sein Gesicht gerade wohl eher zu einer wütenden Grimasse als zu einem Lächeln. »Ich liege bereits im Bett. Ist etwas passiert?«

»Herr Wurmdobler ist wieder da.«

»Na also. Habe ich doch gleich gesagt. Ich gebe den Kollegen Bescheid.« Berger legte grußlos auf.

Max ärgerte sich tierisch darüber, dass der Chiemgauer Hauptkommissar mit seiner Sicht der Dinge recht behalten hatte. Andererseits war er natürlich nach wie vor froh, dass Franz nichts passiert war. Vorsicht war eben die Mutter der Porzellankiste. Es hätte alles auch ganz anders ausgehen können.

Nachdem sie zwei weitere Halbe geleert hatten, schwankten die beiden Münchner gemeinsam Richtung Aufzug. Max stieg im zweiten Stock aus, wo das Doppelzimmer lag, das er gemeinsam mit Monika bewohnte. Franz musste noch ein Stockwerk weiter nach oben, wo seine Sandra ganz bestimmt nicht wach im Bett sitzend auf ihn wartete.

»Lass dich nicht überfallen!«, rief ihm Max noch über die Schulter zu. Dann schloss sich die Aufzugtür hinter ihm. Kurz darauf wurde es ihm schwarz vor Augen.

27

Max war gerade vor einer Bande von Dieben auf der Flucht, die ihn mit Kanonen und Gewehren jagten, weil er ihnen ein Säckchen voller glitzernder Diamanten abgejagt hatte. Sie erwischten ihn in einer kleinen Hütte am Waldrand. Er schlug wild um sich und rief laut um Hilfe. Plötzlich hörte er eine ihm auf seltsame Weise vertraute Stimme: »Max! Max! Max, aufwachen! Es ist nur ein Traum.«

»Wo bin ich?« Er schlug schnell die Augen auf und blickte hektisch im Raum umher. Sein Herz schlug wild.

»Im Bett in unserem Zimmer. Alles ist gut. Es ist halb neun Uhr morgens.« Monika stand neben seiner Bettseite. Sie beugte sich langsam über ihn und tätschelte ihm die Wange wie einem kleinen Kind.

»Moni, gut, dass du da bist. Und die Diebe?«

»Hier sind keine Diebe.«

»Aha. Gott sei Dank.« Er holte tief Luft und atmete langsam aus. Sein Puls beruhigte sich.

»Du musst gestern aber ganz schön getankt haben. Einer der Zimmerkellner hat dich heute Nacht hier hereingetragen. Ich war noch wach, weil ich so lange gelesen habe.« Monika runzelte die Stirn. »Herausbekommen habe ich nichts mehr aus dir. Du bist blitzartig eingeschlafen. Fast schon wie ohnmächtig.«

»Keine Ahnung, was los war. Ich weiß bloß noch, dass ich mich von Franzi beim Aufzug verabschiedet habe. Dann war auf einmal alles zappenduster. Kopfweh habe ich. Und eine Beule.« Er fasste sich an den Hinterkopf.

»Du meinst, es hat dich jemand niedergeschlagen?« Sie starrte ihn erstaunt und ängstlich zugleich an.

»Schaut ganz so aus.« Er betrachtete seine Hand. Kein Blut daran. Gott sei Dank.

»Der Krautkiller?«

»Kann gut sein. Erst meine Reifen und jetzt auch noch mein Kopf. Höchste Zeit, dass ich den Kerl schnappe. Sonst schnappt er sich am Ende noch wichtigere Teile von mir.« Er grinste schief.

»Nichts da. Ich brauche dich noch. Mit allen wichtigen Teilen und mit den unwichtigen auch.« Sie bedachte ihn mit einem extralangen tiefen Blick aus ihren strahlend blauen Augen.

»Keine Angst, Moni.« Er stand langsam auf. »Ein zweites Mal erwischt der mich nicht. Und wenn ich eine längere Bierpause einlegen muss, damit er mich nicht mehr im Rausch überraschen kann.«

»Das wäre sowieso nicht schlecht.«

»Wieso? Hast du etwa das Gefühl, dass ich zu viel trinke?«

»Nicht immer, aber immer öfter.«

»Frechheit.«

»Keineswegs.«

»Doch. Man kann nämlich gar nicht zu viel trinken. Das erklärt dir jeder einigermaßen vernünftige Arzt.«

»Schmarrnkopf.« Sie lachte gutmütig. »Ist aber eigentlich gar nicht lustig«, meinte sie gleich darauf. »Schau dir bloß mal Franzi an. Man hat manchmal schon den Eindruck, dass er trinken muss.«

»Jeder muss trinken.«

»Du weißt genau, was ich meine.«

»Nein.«

»Na gut. Angst habe ich aber trotzdem um dich.«

»Musst du nicht. Höchstens wenn … ach was, Schmarrn.« Er wischte mit der Hand durch die Luft, als wolle er eine Fliege verscheuchen.

»Wie *höchstens wenn*?« Sie blickte noch ein gutes Stück besorgter drein als gerade eben.

»Nichts.« Er steuerte die Badezimmertür an, um unter die Dusche zu gehen.

»Sag schon.« Sie stellte sich ihm in den Weg. »Wenn *was*?«

»Na ja.« Er zögerte. »Wenn der Jugo und Darko Serbe ihre Leute geschickt haben, kann es unter Umständen doch ungemütlich werden. Die zwei sind zwar komplette Vollpfosten, aber sie kennen sicher eine Menge gefährliche Leute.«

»Hast du diesen Berger schon verständigt?«

»Wovon?«

»Von dem Angriff letzte Nacht.«

»Wann hätte ich das denn tun sollen?«

»Stimmt. Machst du es noch?« Sie setzte sich aufs Bett.

»Logisch. Aber jetzt muss ich erst mal duschen. Mein Schädel summt wie ein Bienenstock.« Er betrat das Bad.

Nachdem er einigermaßen wiederhergestellt im Zimmer zurück war, klingelte das Telefon. Er ging ran, da Monika sich noch einmal hingelegt hatte. Sie schlummerte tief und fest. Merkwürdig, da konnte die Welt untergehen, aber sie schlief trotzdem wie ein Baby. Es war schon immer so gewesen. Zum Beispiel als sie zum ersten Mal gemeinsam an der italienischen Adria im Urlaub waren. Nebenan hatte eine Gruppe junger

Italiener gefeiert und gegrölt, was das Zeug hielt. Max war ewig lang wach gelegen, bis er es aufgegeben hatte, einschlafen zu wollen, und hinüberging, um mitzufeiern. Monika hatte nichts von alledem mitbekommen. Sie hatte in aller Seelenruhe bis in den Vormittag hinein weiter vor sich hin geschnarcht. Obwohl sie mitunter recht ängstlich war, schien ihr Nervenkostüm aus reiner Stahlwolle gewebt zu sein.

»Raintaler«, meldete er sich.

»Herr Raintaler, Maria Hochfellner hier. Es hat den nächsten Toten gegeben.« Die Stimme der Hotelchefin zitterte vor Aufregung.

»Was? Schon wieder?«

»Diesmal hat es unseren Souschef erwischt.«

»Den Spreizner? Ich denke, der hat sich krankgemeldet?« Max fasste sich an den Kopf. Nicht zu fassen. Das hier artete langsam in das reinste Massaker aus. So schlecht war das Essen im *Chiemgauer Seehof* doch gar nicht. Ruhe, Raintaler. Das ist nicht witzig, kein Stück. Wirklich nicht.

»Gestern Nachmittag kam er wieder in die Arbeit. Gott sei Dank. Sonst hätten wir unseren Gästen nur ein sehr kleines Abendessen servieren können.«

»Bekommen die denn jemals mehr als ein kleines Essen?«

»Die Diätgäste nicht. Die anderen schon. Das sollten Sie eigentlich bereits bemerkt haben.« Maria schien Kritik an ihrem Essen nicht allzu gerne hören zu wollen.

»Sicher habe ich es bemerkt, war bloß ein misslungener Scherz, Verzeihung.« Er räusperte sich. Was ist denn heute mit dir los, Alter? Spinnst du? Hör schon auf mit deinen blöden Sprüchen. Die braucht im Moment niemand. »Auf jeden Fall hat es sich für Spreizner nicht gelohnt, herzukommen.«

»Leider nicht.«

»Und … er sitzt … auch im Vorratsraum, wie die anderen Opfer?« Max setzte sich auf die Bettkante. Langsam erreichte die neue Schreckensnachricht nun doch noch in aller gebotenen Ernsthaftigkeit sein Bewusstsein.

»Ja, mit dem Kopf in einem riesigen Teller Kraut.«

»Herrschaftszeiten. So ein Mist, so ein verreckter.«

»Mit Fluchen werden wir da leider nicht weiterkommen, Herr Raintaler.«

»Das weiß ich selbst, Frau Hochfellner.« Max' Ton verschärfte sich. Herrgott noch mal, was ist sie denn heute so zickig?, fragte er sich. War sie mit dem falschen Fuß aufgestanden? Oder lag ihr der Tod ihrer Köche so schwer im Magen? Wahrscheinlich Letzteres. Schließlich war sie nicht aus Holz, sondern auch nur ein Mensch. Oder war er immer noch betrunken vom Vorabend und bekam deshalb alles in den falschen Hals? Auch möglich. Sehr gut sogar.

»Entschuldigung, Herr Raintaler. War nicht böse gemeint. Ich bin nur völlig mit den Nerven runter. Die Sache mit den Morden macht mir schwer zu schaffen.« Sie klang schon wieder eine Spur sachlicher und freundlicher als zuvor.

»Passt schon. Wichtig ist, dass wir den Mörder finden.« Na also, wusste ich's doch, dachte er. Es geht ihr nicht gut. Kein Wunder. »Ist Hauptkommissar Berger schon da?«

»Ja, er und seine Leute untersuchen bereits den Tatort.«

»Gut, ich ziehe mich bloß schnell an, dann werde ich den Herrschaften einen Besuch abstatten.«

»Viel Glück, Herr Raintaler. Lange ertrage ich das alles nicht mehr.« Sie hörte sich erneut angespannt an.

»Ich tue mein Bestes, Frau Hochfellner.«

»Tun Sie das. Auf Wiederhören.« Nun klang sie wie eine reiche, überhebliche Hotelchefin, die einen dummen Küchenjungen abkanzelte.

»Auf Wiederhören.« Na warte, dir werde ich noch mal den Arsch retten, du arrogante Tussi, explodierte Max innerlich. Schau doch in Zukunft, wie du alleine fertig wirst. Er war stinksauer. Wer hatte denn dafür gesorgt, dass ihre Gäste geblieben waren? Sie etwa? Einen Mörder fing man nun mal nicht in ein paar Stunden. Zumindest normalerweise nicht. Das dauerte manchmal sogar Monate oder Jahre. Oder man erwischte ihn nie.

Nachdem er in seine schwarzen Jeans und ein weißes T-Shirt mit der Aufschrift *Denkmalgeschützt* geschlüpft war, weckte er Monika, um ihr Bescheid zu sagen, dass er in den Keller musste.

»Etwa schon wieder ein toter Koch?«, erkundigte sie sich mit weit aufgerissenen Augen, nachdem sie einigermaßen wach war.

»Schaut ganz so aus. Sehen wir uns in einer halben Stunde im Frühstücksraum?« Er nahm die Türklinke in die Hand.

»Ja klar. Logisch. Bis dann.« Sie schloss ihre Augen wieder.

Max trat auf den Flur hinaus und schlug den Weg zum Aufzug ein. Als er einstieg, stand der große übergewichtige Wüterich vor ihm, der sich so gern mit dem Personal stritt. Schwarzes Polohemd, dunkelblaue Shorts, weiße Tennissocken, hellbraune Gesundheitssandalen. Sein Gesicht war schweißüberströmt. Die schwarzen Haare, die bisher immer in alle möglichen Richtungen von seinem Kopf weggestanden hatten, klebten nass daran. Herrje, hat der schon wieder eine rote Birne, dachte Max. Sogar frisch aus der Dusche. Ja, ja, der Bluthochdruck und die Wut. Das waren schon zwei üble Geißeln für einen Menschen. Gott sei Dank machte sein eigener Blutdruck zurzeit keine Probleme. Die neuen Tabletten vom Doc aus Thalkirchen waren super. Vergessen durfte man sie halt nicht. Sonst konnte es einen unter Umständen sauber weghauen. Schlagerl oder Herzkaschperl. Beides war jederzeit möglich. Herrje, dieses Leben war doch wirklich nichts anderes als ein mörderischer Tanz auf der Rasierklinge.

In der ersten Etage stieg Donatella Höslinger ein.

»Hallo, Max. Der frühe Vogel fängt den Wurm, was?« Sie ließ ihr glockenhelles Lachen erklingen.

»So ungefähr.« Er grinste humorlos. Hätte er selbst gelacht, wäre ihm der Kopf vor Schmerzen geplatzt. Aber das wäre nie passiert, denn er fand ihren Spruch alles andere als lustig. Eher nervend.

»Ich werde heute baden gehen«, informierte ihn Donatella.

»Super Idee.« Er nickte. Natürlich war ihm völlig egal, was sie tat. Aber er wollte auch nicht unhöflich sein. Schließlich hielt der Small Talk allerorten die Welt zusammen. Zumindest hatte Monika das neulich in einem psychologischen Magazin gelesen und ihn gleich danach aufgefordert, seinen Mund öfter aufzumachen.

Privat, nicht bei der Arbeit. Da würde er ihn ohnehin oft genug aufmachen.

»Und was macht ihr?«

»Ich habe zu tun.«

»Und die anderen?«

»Keine Ahnung.« Das geht bestimmt noch besser mit dem Smalltalk, Raintaler. Bei Gelegenheit solltest du es mal üben. Am besten ohne Brummschädel. Vielleicht hast du Glück und dein Gegenüber ist intelligent und attraktiv. Das könnte die Sache erleichtern.

»Na dann. Noch einen schönen Tag.«

»Dir auch, Donatella.«

»Danke schön.«

Donatella und der dauergrantige Hochdruckler stiegen im Erdgeschoss aus. Max fuhr weiter in den Keller. Dort angekommen marschierte er schnurstracks zum Vorratsraum hinüber.

Berger empfing ihn vor der Tür. »Der Herr Detektiv. Sie haben uns gerade noch gefehlt.« Sein unfreundlicher Ton wurde von seinem noch unfreundlicheren Gesichtsausdruck übertroffen.

»Sehen Sie, das habe ich irgendwie geahnt, Herr Berger.« Max grinste selbstbewusst.

»Suchen Sie schon wieder Ihren Freund, den Hauptkommissar?«

»Nein. Dem geht es gut.«

»Dem Souschef Spreizner leider nicht.«

»Habe ich gehört. Derselbe Täter?«

»Schaut so aus.«

»Herrschaftszeiten, Berger. So kann das nicht weitergehen.« Max schlug nun seinerseits einen unwilligen

Tonfall an. »Am Ende bringt der Mörder noch die ganzen Insassen des Hotels um. Mich hat gestern Nacht bereits jemand von hinten niedergeschlagen.«

»Ach du Scheiße.« Berger wirkte ehrlich erschrocken. »Aber wie man sieht, haben Sie es überlebt.«

»Schädelweh habe ich.« Max langte sich demonstrativ an den Hinterkopf. »War wohl eine Weile lang völlig weg.«

»Und Sie glauben, es war der Mörder?«

»Kann gut sein. Auf jeden Fall will ich den Kerl erwischen, der es war. Persönlicher Ehrgeiz sozusagen.«

»Was schlagen Sie also vor, Supercop?«

»Wir sollten mit vereinten Kräften am selben Strang ziehen.« Max ließ sich nicht auf Bergers kindische Provokation mit dem Supercop ein. Er blieb sachlich und ruhig.

»Vielleicht sollten wir das wirklich.« Bergers Tonfall normalisierte sich. »Langsam wird es brenzlig. Was meinen Sie, wie sehr mir meine Vorgesetzten in den Ohren liegen. Haben Sie irgendeine Idee, wie wir vorgehen könnten?«

»Mal sehen.«

Der Traunsteiner Hauptkommissar bat Max in den Vorratsraum. Die Leute von der Spurensicherung hatten ihre Arbeit beendet. Sie waren gerade dabei, ihre Sachen einzupacken. Spreizner saß nach wie vor auf seinem Stuhl. Den Kopf im Sauerkraut, wie die Opfer vor ihm. Max fiel nichts Besonderes an ihm auf. Der Mord schien genauso verlaufen zu sein wie bei den drei anderen. Offensichtlich wurde Spreizner ebenfalls mit Klebestreifen an den Stuhl gefesselt und anschließend bis zum Erstickungstod mit Kraut gemästet.

»Wann wurde er umgebracht?«

»Ungefähr um halb zehn gestern Abend.«

»Was halten Sie davon, wenn ich selbst auch noch ein paar Hotelgäste befrage. Kann doch sein, dass Ihren Leuten etwas entgangen ist.« Max wandte seinen Blick vom Opfer ab und sah Berger fragend an.

»Wenn Sie meinen, dass Sie mehr herausbekommen als wir, bitte sehr.« Berger runzelte leicht genervt die Stirn. »Meinen Segen haben Sie. Obwohl ich nicht glaube, dass es viel nützt.«

»Haben Sie eine bessere Idee? Nur zu, ich bin dabei.« Max war die Ruhe selbst. Nur nicht künstlich aufregen, Raintaler. Überlass das lieber den anderen. Du selbst machst dich vor diesem sturen Deppen hier auf jeden Fall nicht zum Affen. So viel ist sicher.

»Nein. Eine bessere Idee habe ich im Moment auch nicht«, gab Berger zu. »Versuchen Sie es, Herr Exkommissar. Aber sobald Sie eine Spur haben, geben Sie mir Bescheid. Hamma uns?«

»Auf jeden Fall. Dann bis später.« Max drehte sich um. Höchste Zeit, mit Monika zu frühstücken. Leerer Bauch ermittelt nicht gern. So hieß es doch. Na ja, so ähnlich auf jeden Fall. Nur Franz durfte den Spruch natürlich nicht hören. Der würde ihn sofort zu seinen Gunsten auslegen und gnadenlos ausnützen.

Monika saß bereits an ihrem Tisch. Franz und Sandra ebenfalls. Max holte sich lediglich zwei Brezn und Butter vom reichhaltig gedeckten Büffet und setzte sich damit zu ihnen.

»Guten Morgen allerseits. Gut geschlafen, Franzi?« Er schenkte sich Kaffee ein.

»Geht so. Es hat schon wieder einen Toten gegeben, hört man.«

»Woher weißt du das?«

»Woher wohl?« Franz zeigte mit dem Kinn auf Monika.

»Ach so. Logisch.« Max senkte die Stimme. »Ja, leider noch ein toter Koch. Diesmal hat es den Souschef Spreizner erwischt. Schöne Scheiße das Ganze.«

»Und eins auf den Kopf gekriegt hast du auch, sagt Moni.« Franz trank einen Schluck von seinem großen stillen Wasser. »Tut's noch weh?«

»Ja. Ziemlich. Nachdem ich mich gestern von dir im Aufzug verabschiedet hatte, machte es plötzlich *bums* und bei mir gingen die Lichter aus.« Max biss ein Stück von seiner Butterbrezn ab und kaute langsam darauf herum.

»So geht es nicht«, sagte Franz.

»Wie?«

»So geht es nicht.«

»Was?«

»Alles.«

»Ach so. Ja, stimmt.« Max biss erneut in seine Brezn.

»Deshalb habe ich vorhin bei mir im Büro angerufen und gesagt, dass ich diese Woche über noch hier bleibe. Ich habe sowieso noch jede Menge Resturlaub. Wenn ich ihn nicht nehme, verfällt er.« Franz grinste breit.

»Und du willst …?« Max wagte es nicht, seine Frage zu Ende zu formulieren.

»Ja, ich will dir helfen, den Kerl zu erwischen. Meinem besten Freund haut keiner ungestraft auf den Kopf.«

»Super, Franzi.« Das war eine schöne Überraschung.

Max freute sich sichtlich. »Ich kann deine Hilfe echt gut gebrauchen. Wer weiß? Vielleicht haben wir den Kerl mit vereinten Kräften bald erwischt. Dann können wir noch ein paar Tage richtigen Urlaub hintendran hängen.«

»Das wäre nicht das Schlechteste«, meinte Moni, die gerade ein Stück Käsesemmel kaute.

»Absolut nicht schlecht«, gab ihr Sandra eifrig nickend recht.

Die beiden Frauen trugen luftige Minikleider an ihren frisch geduschten Körpern und bunte Flip Flops an den nackten Füßen. Ein vollgepackter Rucksack stand neben Monika auf dem Boden. Sandra hatte eine prall gefüllte Handtasche an ihrer Stuhllehne hängen.

»Kombiniere, ihr geht gleich zum Schwimmen.« Max trank den nächsten Schluck Kaffee.

»Richtig kombiniert, Sherlock. Solange ihr euren Mörder jagt, lassen wir uns am Simssee die Sonne auf den Bauch scheinen.« Monika grinste breit. »Oder brauchst du uns?«

»Nein, geht ihr ruhig baden. Ich bin froh, wenn ihr aus der Schusslinie seid.« Max hob beschwichtigend die Hände. »Nehmt doch Donatella mit. Sie will auch zum Baden gehen.«

»Echt? Woher weißt du das?« Monika schaute ihn neugierig an.

»Aufzug.«

»Aufzug?« Sie runzelte die Stirn.

»Sie war mit mir im Aufzug. Sie und der dicke Choleriker, dem das Essen hier nicht schmeckt.«

»Sie und dieser Verrückte? Ist der Aufzug da überhaupt noch gefahren? Die wiegen zusammen doch so viel wie ein Kleinwagen. Dem Dicken traue ich wie gesagt übrigens alles zu. Sogar einen Mord. Wie er die Kellnerin gestern beim Abendessen angeschrien hat, gruselig.«

»Du wiederholst dich. Aber jetzt wo du es noch mal so deutlich erwähnst ...« Max kratzte sich nachdenklich am Hinterkopf. »Er hat mich vorhin so merkwürdig angesehen. So als wüsste er etwas über mich. Ach was.« Er machte eine wegwischende Handbewegung. »Alles bloß reine Einbildung. Du hörst wieder mal das Gras wachsen, Moni.«

»Ja? Meinst du?« Sie runzelte die Stirn. »Na gut. Dann sage ich Donatella gleich mal Bescheid. Oder, Sandra?«

»Na klar.« Sandra nickte.

Monika stand auf und ging zu Donatellas Tisch hinüber. Wenige Minuten später war sie zurück. »Alles klar, sie kommt mit.«

»Dann ist die Stimmung auf jeden Fall gerettet«, freute sich Sandra.

»Wie meinst du das? Hast du mit mir etwa keine gute Stimmung?« Monika zog pikiert die Brauen nach oben.

»Doch. Aber mit Donatella ist es noch lustiger.« Sandra zuckte mit freimütigem Blick die Achseln.

»Machst du weiter Diät, Franzi?«, wollte Max wissen, bevor die Damen weitere Unstimmigkeiten entdeckten, die in der Folge schlimmstenfalls noch zum Zickenkrieg führten.

»Warum?«

»Darum.« Max zeigte auf das Wasser seines Freundes.

»Auf gar keinen Fall. Schluss mit dem Schmarrn. Gut, dass du mich daran erinnerst.« Franz hob sein Glas. »Das hier ist mein offizieller Abschied von Wasser und Salat.

Gleich hole ich mir all die feinen Sachen, die ich hier bisher links liegen lassen musste.«

»Armer kleiner Franzi«, spottete Sandra. »Hat er gestern doch glatt keine Pizza bekommen, und vor ein paar Tagen keinen Schweinsbraten und keinen Fisch und auch gar kein Bier. Du kannst einem wirklich leidtun, Schatz.« Sie strich ihm mit ihrer Serviette sanft über seine schwitzende Glatze. Dann tupfte sie auch noch sein Gesicht damit ab.

»Verarsche du mich nur weiter, Sandra. Von meinem Entschluss kann mich nichts mehr abbringen. Eher lasse ich mich scheiden.« Er machte ein ernstes Gesicht. »Dann kannst du jemand anderen bevormunden. Hamma uns?«

»Ja, ja, schon gut. War nicht so gemeint.« Sie blickte peinlich berührt auf ihren Teller und schwieg.

Sapperlot, dachte Max. Was war denn da passiert? Da trumpfte einer doch gerade eindeutig auf. Hatte es heute Morgen etwa eine gründliche Aussprache zwischen den beiden gegeben? Es sah zumindest danach aus.

»Na also, geht doch.« Franz grinste siegessicher. »Bin gleich mit fetter Beute zurück.« Er schnappte sich seinen Teller und stellte sich in die Reihe der Wartenden vor dem Büfett.

»Man muss ihn im Moment gewähren lassen«, teilte Sandra derweil den anderen beiden mit. »Sonst macht er bald alles nur noch aus Trotz. Ist wohl so eine Art Gegenreaktion zu der Diät hier. Daheim kriege ich ihn schon wieder in den Griff.«

»Wie wäre es denn, wenn er sich selbst in den Griff bekommt und du dir ein anderes Spielzeug für deinen fehlgeleiteten Muttertrieb suchst?«

»Wie meinst du das, Moni?«

»So wie ich es sage. Du kannst einen Mann nicht halten, wenn du ihm andauernd Vorschriften machst.«

Monika bekam einen roten Kopf. Offensichtlich war ihr in letzter Sekunde eingefallen, dass Max mit ihnen am Tisch saß. Herrje, man verriet doch als Frau keine Geheimnisse an die Gegenseite. Das konnte alle möglichen ungeahnten Konsequenzen nach sich ziehen. Zum Beispiel könnten einen die Männer besser als zuvor durchschauen. Ein echter Fauxpas. Wie peinlich.

»Höchst interessant und hilfreich, was du so alles erzählst«, schoss Max sie prompt hoch. »Aber was unsere beiden Streithähne angeht, muss ich dir absolut recht geben.«

»Ihr habt doch keine Ahnung.« Sandra warf schnaubend den Kopf nach hinten.

»Doch, haben wir«, meinte Monika.

»Denke ich auch«, schloss sich Max der Meinung seiner Vorrednerin an. »Es gibt Dinge, die muss ein Mensch alleine schaffen. Essen und Trinken gehören dazu. Wenn du Franzi weiter bevormundest, wird er diesbezüglich nie selbständig. Schau mich an. Ich darf ihm ja auch nicht sagen, dass er das Rauchen aufhören soll. Also lasse ich es lieber.«

»Aber du sagst es ihm doch immer wieder, dachte ich.«

»Ab sofort nicht mehr. Hat keinen Sinn.«

»Meinst du?« Sandra sah ihn unsicher an.

»Ja.«

»Na ja, schauen wir mal.«

Franz kam mit einem sehr breiten Lächeln im Gesicht zurück. Auf den zwei großen Suppentellern, die er vor sich hertrug, türmten sich Salami, Frischwurst, Schinken, Emmentaler, Bergkäse, Camembert, Rührei, Butter, kalter Braten und Fleischsalat. Bevor er sich zu ihnen setzte, zauberte er auch noch vier große Sternsemmeln aus seinen Hosentaschen.

»Na dann guten Appetit.« Sandra konnte sich einen Kommentar nicht verbeißen. »Hoffentlich wird dir nicht schlecht davon.«

»Das Wasser im Simssee soll übrigens ganz wunderbar sein«, erwiderte Franz fröhlich vor sich hinkauend. »Und morgens soll es am allerschönsten sein.« Dass ihm beim Sprechen etliche kleine Semmel- und Wurststückchen aus dem Mund fielen, war ihm offensichtlich vollkommen egal.

28

»Sie sind sich ganz sicher, dass Sie nichts gehört haben, als Sie gestern Abend um halb neun aus der Sauna kamen?« Max lächelte so freundlich, wie es seine anhaltenden Kopfschmerzen zuließen. Er hatte bereits drei starke Tabletten genommen, aber recht viel besser ging es ihm trotzdem nicht.

»Absolut sicher. Wir sind direkt ins Schwimmbad gegangen. Und zehn Minuten später aufs Zimmer.

Außerdem höre ich schlecht. Stimmt's, Frauke?« Der weißhaarige Herrmann Schüttler blickte seine Frau nach Bestätigung suchend an.

»Stimmt.« Frauke nickte. »Was ist denn passiert? Ist schon wieder jemand gestorben?«

»Es geht um etwas Internes.« Wenn sie sowieso nichts gehört haben, gibt es auch keinen Grund, sie unnötig zu beunruhigen, dachte Max.

»Um etwas Internes. Soso.« Sie hob misstrauisch die Brauen.

»Ja.«

»Aha. Na sicher. Klar.« Herrmann lächelte offenherzig.

»Ja gut. Dann noch einen schönen Tag.«

»Ihnen auch. Hoffentlich finden Sie, was Sie suchen.« Herrmann schüttelte Max die Hand zum Abschied. Frauke tat es ihm gleich.

Max hatte die beiden an ihrem Frühstückstisch aufgesucht, wie schon vier andere Paare zuvor. Er hoffte, so an mehr Informationen bezüglich der Morde heranzukommen. Bis jetzt hatte sich dabei aber nichts Weltbewegendes ergeben. Nur die Frau des ersten Paares, Gundula Ratgers, hatte gemeint, Stimmen aus dem Keller gehört zu haben. Ihr Mann hatte das aber gleich wieder relativiert, indem er sie aufgefordert hatte, ihre Pillen nicht zu vergessen. Auf Max' Frage, um welche Pillen es sich dabei handelte, hatten ihm beide nahezu gleichzeitig erklärt, dass es dabei um Psychopharmaka ginge. Gundula habe manchmal diese Zustände, und da habe ihr ein guter Bekannter, seines Zeichens anerkannter Psychiater, die Tabletten verschrieben. Sie seien zwar relativ harmlos, hätten aber gelegentliche Nebenwirkungen. Unter anderem auch akustische Halluzinationen.

Max machte sich auf zum nächsten Tisch, an dem zwei Paare saßen. An der Wandseite ein besonders dünner Mann mit kalkweißer Gesichtshaut in grauen Herrenshorts und beigefarbenem Polohemd, daneben eine kleine unscheinbare Frau mit sehr dicken Beinen. Sie schien extreme Wassereinlagerungen darin zu haben. Ihr gegenüber ein großer Mann mit schwarzen Haaren und einem riesigen Schnauzbart im Gesicht, neben ihm eine mindestens ebenso große Frau mit lockigen roten Haaren.

»Guten Morgen, die Herrschaften. Raintaler mein Name«, stellte sich Max ihnen vor. »Ich bin hier der Hoteldetektiv und hätte ein paar Fragen an Sie.«

»Sind Sie nicht der, der uns alle zum Bleiben überredet hat, trotz dieser toten Köche?« Die kleine unscheinbare Frau blickte fragend zu ihm auf. »Dieser ehemalige Kommissar?«

»Könnte sein, ja.« Max lächelte.

»Hat es wieder einen Mord gegeben?« Sie zupfte nervös an ihrer Bluse herum.

»Ich müsste von Ihnen wissen, ob Ihnen gestern Abend etwas im Kellerbereich aufgefallen ist«, erwiderte Max, ohne auf ihre Frage einzugehen.

»Gestern Abend, sagen Sie?« Der kräftige Mann mit dem riesigen Schnauzbart kratzte sich nachdenklich am Kopf. »Ich bin übrigens der Hubert Schönlechner aus dem Allgäu«, stellte er sich dann zuerst einmal vor. »Das hier ist meine Sonja.« Er zeigte auf die kleine unscheinbare Frau mit den dicken Beinen.

»Freut mich, Hubert. Sonja!« Max nickte höflich.

»Und wir sind die lustige Trudi und der fröhliche Jochen aus dem Rheinland. Seit vier Wochen ein Paar. Stimmt's nicht, Schätzelein?« Der blasse Hänfling grinste seiner riesigen Angetrauten fröhlich ins Antlitz.

»Stimmt, Jochen.« Die lustige Trudi blinzelte ihm lustig und ein kleines bisschen verschwörerisch zu.

Max schrieb sich die Namen auf.

»Mir ist nichts weiter aufgefallen.« Hubert schob sich eine gehäufte Gabel Rührei in den Mund. »Wir saßen draußen vor dem Speisesaal und haben den Sonnenuntergang genossen.«

»Genau«, schloss sich ihm Sonja kopfnickend an.

»Moment mal, waren wir gestern nach dem Abendessen nicht im Schwimmbad unten?« Jochen blickte seiner Trudi fragend ins Gesicht.

»Stimmt, Jochen-Schatz«, erwiderte sie frohgemut. Sie tätschelte seine Hand über den Tisch hinweg. »Zusammen mit diesem dicken Hitzkopf, der die Kellnerin immer so anbrüllt. Er kam fünf Minuten bevor wir gingen. So um kurz nach halb zehn. Erinnerst du dich?«

Die beiden schienen nur Augen füreinander zu haben. Muss Liebe schön sein, dachte Max schmunzelnd. Bei dem dicken Hitzkopf konnte es sich nur um den Burschen handeln, auf den ihn Monika wiederholt aufmerksam gemacht hatte. Derselbe Schwarzhaarige mit dem Kasernenhofton, der ihm auch vorhin im Aufzug begegnet war. Der war also kurz nach der Tatzeit ins Schwimmbad gekommen? Sagen musste das nichts. Doch es war allemal interessant. Monika traute ihm ja sogar einen Mord zu, was ohne jedes Motiv und ohne Beweise natürlich ein ausgemachter Schmarrn war.

»Schwarze kurze Haare?«, fragte er noch nach, um ganz sicher zu gehen.

»Ja. Der da hinten.« Trudi zeigte auf den Mann, der ein Stückweit von ihnen entfernt an dem Tisch rechts vom Eingang saß und ungeduldig mit seiner Gabel spielte.

»Aha.« Max sah kurz zu ihm hinüber und erkannte ihn sogleich. »Ist Ihnen dort unten sonst noch etwas aufgefallen? Geräusche? Stimmen?«, fuhr er fort.

»Geräusche, Stimmen. Hm. Lassen Sie mich mal genau überlegen.« Jochen legte die Stirn in Falten.

»Doch, da war was, Jochen-Schatz. Dieses laute Scheppern. Weißt du noch? Du hast noch gemeint, dass bestimmt eine Katze etwas umgeworfen hat. Erinnerst du dich?« Trudi hörte sich aufgeregt an. Sie kratzte sich nervös an der Wange, blickte mit funkelnden grünen Augen von einem zum anderen. Sie schien zu denken, dass sie gerade eben vielleicht eine sehr wichtige Entdeckung gemacht hatte.

»Stimmt, Schätzelein. Jetzt, wo du es sagst, fällt es mir auch wieder ein. Es war ein ziemlich lautes Geräusch.« Jochen senkte seine Stimme. »Ist denn etwas passiert? Wieder ein Toter?« Er blickte ängstlich drein.

»Nichts, was Ihnen Sorgen machen müsste«, erwiderte Max. »Ich bin sozusagen mit internen Ermittlungen beauftragt.«

»Aha.« Jochens Mund blieb offen stehen.

»Gab es noch andere Geräusche außer diesem Scheppern? Stimmen vielleicht?«

»Nein.«

Jochen schüttelte entschieden den Kopf. Trudi tat es ihm gleich.

»Haben Sie da unten zufällig jemanden gesehen?« Max trat unruhig von einem Bein auf das andere. Ein lautes Scheppern, sonst nichts. Manchmal erforderte die Arbeit als Ermittler schon extrem viel Geduld und Aufmerksamkeit.

»Nein, gesehen haben wir niemanden.« Jochen schüttelte erneut den Kopf.

»Nicht dass ich wüsste«, meinte Trudi.

»Wir sowieso nicht.« Hubert ließ ein Meer von Honig auf die gebutterte Semmelhälfte in seiner linken Hand fließen.

»Stimmt«, bestätigte Sonja.

»Sind Sie gar nicht zur Kur hier?« Max blickte Hubert neugierig an.

»Wieso? Schauen wir etwa so aus?«

»Ich mein bloß. Wegen dem Honig und den Rühreiern.«

»Nein. Keine Kur. Bloß Erholung und Wellness.« Hubert biss herzhaft in seinen süßen Nachtisch.

»Aha. Ja gut. Dann danke schön für Ihre Hilfe.« Max lächelte ihnen zum Abschied zu.

Wenn er ehrlich war, hatte er bisher nicht viel in der Hand. Da waren zwar der Jugo, Darko Serbe, Maria Hochfellner und Brigitte, die beide etwas mit Sollner hatten, eine halbe Handvoll Küchenpersonal inklusive dem aggressiven und missgünstigen Chef de Partie, Moser, Brigittes Rudi, Tanjas Igor und ganz bestimmt noch so einige andere gehörnte Ehemänner. Aber ein glasklarer

Verdächtiger war darunter bisher nicht auszumachen. Also musste er weiter nach neuen Spuren suchen und hoffen, dass ihm das Glück dabei hold war. Ansonsten würde diese Mörderjagd vielleicht niemals zu einem zufriedenstellenden Ende kommen.

Max steuerte den Tisch des übergewichtigen schwarzhaarigen Mannes an, den Trudi erwähnt hatte. Er saß alleine da und stopfte mit ärgerlichen Bewegungen einen Obstsalat in sich rein. Es sah so aus, als würde er die unschuldigen Früchte hassen wie die Pest. Dazu trank er Leitungswasser. Energetisiert natürlich. Und gefiltert. Was sonst. Energetisiertes und gefiltertes Leitungswasser war *die* Spezialität des *Chiemgauer Seehofs*.

Ein Ingenieur aus Tirol war vor Jahren vorbeigekommen und hatte die Anlage im Keller des Hauses eingebaut. Seitdem trank man hier das gesündeste Wasser der Welt. Zumindest wenn es nach dem Werbeprospekt im Zimmer oben ging.

Energetisiertes Wasser, Schamanensitzungen, Spezialalgen, Selbsterfahrungskurse. Max hatte seine Zweifel an den vielfältigen esoterischen Neuerungen, die einem inzwischen nahezu täglich präsentiert wurden. Wenn all diese Dinge so notwendig für die Menschheit waren und wirklich einem idealistischen naturverbundenen Geist entsprangen, warum um alles in der Welt waren sie dann so immens teuer? Für ihn sah es eher danach aus, als würde sich hier eine ganz gewiefte Mafia von eiskalten Geschäftemachern neue Marktnischen erobern und diese gnadenlos ausplündern. Aber wie hieß es doch gleich wieder so schön? Jedem Tierchen sein Pläsierchen.

»Grüß Gott, der Herr. Raintaler mein Name. Ich bin

hier der Hoteldetektiv und hätte einige Fragen an Sie. Haben Sie einen Moment für mich Zeit?« Max hielt dem Mann die Hand zum Gruß hin.

»Fragen? Was für Fragen?«, raunzte der Schwarzhaarige mit wabbelnden Backen. Max' dargebotene Hand ignorierte er.

»Zuerst mal wüsste ich gerne, wie Sie heißen.«

»Arthur Seibner«, erwiderte Arthur unfreundlich.

»Gut, Herr Seibner. Dann hätten wir das schon mal.« Max überhörte den pampigen Ton seines Gegenübers. Er notierte sich den Namen. »Ist Ihnen gestern Abend hier im Hotel etwas aufgefallen?«

»Und ob. Meine Suppe war kalt, dafür war der Salat welk, und das angeblich gesündeste Wasser der Welt war nichts weiter als eine widerwärtige lauwarme Plörre. Das ist mir aufgefallen.« Arthur schlug ärgerlich mit der Faust auf den Tisch. »Und dafür bezahlt man hier ein Vermögen. Unverschämtheit.« Sein Kopf nahm unverzüglich dieselbe hochrote Farbe wie vorhin im Aufzug an.

»Ich meinte eher im Kellerbereich unten.« Max grinste flüchtig. Da schau her, ein echter Choleriker, dachte er. Kein Wunder bei seinem offensichtlichen Bluthochdruck. Wenn er nicht aufpasst, explodiert er noch. Herrschaftszeiten, das gäbe einen schönen Fettfleck hier drinnen.

»Und warum sagen Sie das dann nicht gleich?«, blaffte Arthur im Ton eines Brigadegenerals.

»Da haben Sie recht, Herr Seibner. Entschuldigen Sie.«

»Nein. Im Kellerbereich ist mir nichts aufgefallen.« Arthur klang immer ruppiger und ungehaltener. »Ich war nicht im Keller.«

»Sie waren also nicht im Schwimmbad?«

»Im Schwimmbad?« Er zögerte. »Moment mal. Doch, da war ich. Muss nach halb zehn gewesen sein. Der einzige Spaß hier. War mir ganz entfallen. Sonst noch was?«

Der schwarzhaarige Riese schien sich jeden Moment mit einem wilden Schrei auf den blonden Thalkirchner Exkommissar stürzen zu wollen. Zumindest kam es dem so vor. Auf jeden Fall trat er sicherheitshalber schon mal einen halben Schritt zurück.

»Nein. Im Moment nicht. Wann reisen Sie denn wieder ab?«

»Also doch noch was«, geiferte Arthur.

»Na ja. Nur das Abreisedatum noch.« Herrje, geht der schnell an die Decke. Da bin ich ja der reinste Waisenknabe dagegen. »Dann ist auch wirklich Schluss. Versprochen.« Ob Monika am Ende doch recht hatte mit ihrer Vermutung, dass der Bursche sogar zu einem Mord fähig war?

»Am kommenden Sonntag fahre ich. Bin die ganze Scheißwoche noch hier und lasse mir diesen widerlichen Fraß vorsetzen.« Nachdem Arthur gesprochen hatte, ließ er den Kopf hängen und brütete dumpf vor sich hin.

»Na gut, Herr Seibner. Dann noch viel Glück beim Abnehmen. Auf Wiederschauen.« Max drehte sich um. Er ging auf den nächsten Tisch zu.

»Abnehmen am Arsch!«, hörte er Arthur hinter sich fluchen. »Drecksfraß ekelhafter. Davon bekommt man höchstens Pickel, aber nicht ein Gramm weniger Gewicht. Verdammter Scheißdreck! Leckt mich doch alle!«

Da hat einer aber richtig Spaß an seiner Diätkur, dachte Max kopfschüttelnd. Warum kommt er eigentlich hierher, wenn er gar nicht abnehmen will. Soll er doch lieber zu Hause bleiben und dort glücklich und zufrieden in sich reinfuttern. Wenn er sich weiter so aufregt, stirbt er garantiert bald an einem Infarkt. Noch lange vor der drohenden Herzverfettung. Oder war er der Krautkiller? Hatte er die Köche umgebracht, weil man ihn hier im Hotel so bösartig mit Salat und Gemüse traktierte? Zugegeben. Die These klang zwar etwas verrückt, aber während seiner Zeit bei der Kripo hatte es schon weit unmöglichere Theorien gegeben, die sich letztlich bewahrheitet hatten. Außerdem hatte sich Monikas untrügliches Bauchgefühl bisher selten getäuscht. Na ja. Oft genug war es auch anders herum gewesen. Aber auf jeden Fall würde er Arthur Seibner im Auge behalten. Soviel war sicher.

Er traf Franz an der Bar, um mit ihm Zwischenergebnisse auszutauschen. Sie hatten sich den Speisesaal zu Beginn ihrer Befragungsaktion untereinander aufgeteilt. Jeder eine Hälfte, Max allerdings ein bisschen mehr, weil Franz eigentlich Urlaub hatte und ihm aus reiner Gutmütigkeit half. Na ja, ein gutes Stück berufliche Neugier war natürlich auch dabei. Logisch.

»Bei mir war nichts Besonderes. Bis auf einen cholerischen Psychopathen, der nicht weiß, warum er hier ist. Ich bleib auf jeden Fall an ihm dran. Er kommt mir merkwürdig vor. Bei dir?« Max wischte sich mit einem Papiertaschentuch den Schweiß von der Stirn, nachdem er zwei schöne kühle Bier für sie beim Barkeeper bestellt hatte.

»Auch nichts wirklich Verwertbares.« Franz schüttelte den Kopf. »Eine Frau will Stimmen im Keller gehört haben. Aber ihr Mann meinte, dass es der Fernseher ihres Zimmernachbarn gewesen ist.«

»Verdammt noch mal. Zu viele Verdächtige, aber kein Schuldiger. Selten bescheuert«, ärgerte sich Max.

»Sollen wir alle noch mal ganz genau durchgehen?« Franz nickte dem Barmann dankbar zu, der gerade ihre Getränke brachte.

»Von mir aus. Mir geht zum Beispiel dieser Moser, der Chef de Partie, nicht mehr aus dem Sinn.« Max legte noch eine Kopfschmerztablette auf seine Zunge. Dann trank er erst mal einen großen Schluck. »Er war stinkunfreundlich und hat andauernd versucht, seine Kollegen anzuschwärzen«, fuhr er fort, während er sein halbleeres Glas auf den Tresen zurückstellte.

»Klingt aber nicht besonders verdächtig. Unfreundlich ist heutzutage so gut wie jeder, und Mobbing gehört sogar schon im Kindergarten zum guten Ton.« Franz trank ebenfalls.

»Trotzdem, irgendetwas stimmt mit dem Burschen nicht.«

Max' Handy machte sich bemerkbar.

»Max? Moni hier.«

»Servus, Moni. Was gibt's? Ist was passiert?« Er zog erschrocken die Brauen hoch.

»Nein. Aber Donatella weiß etwas. Ich gebe sie dir.«

Eine Weile lang hörte er nichts. Dann war die temperamentvolle Regensburgerin am Apparat.

»Max? Hallo, hier Donatella Höslinger.«

»Hallo, Donatella.«

»Hallo.«

»Ja, hallo. Hallo, hallo. Wolltest du mir nur *Hallo* sagen?« Er grinste leicht genervt. Zeit für lustige Telefonspielchen hatte er im Moment am allerwenigsten.

»Nein.« Glockenhelles Lachen am anderen Ende der Leitung. »Mir ist etwas eingefallen.«

»Aha.« Er hielt den Hörer ein Stück weit von seinem Ohr entfernt. Ihre mörderisch laute Stimme verschlimmerte auf der Stelle seine Kopfschmerzen.

»Ich habe gestern Abend jemanden in den Keller gehen sehen.« Sie sprach nun etwas leiser.

»Wann?« Er legte den Hörer wieder nah ans Ohr, um sie besser verstehen zu können.

»Kurz nach dem Essen. Gegen neun. Ich wollte mir an der Rezeption einen Prospekt holen.«

»Aha. Weißt du auch, wen du da gesehen hast?«

»Einen Koch.« Sie flüsterte nun fast unhörbar.

»Einen Koch. Na so was.« Natürlich hatte sie einen Koch gesehen. Spreizner wurde schließlich tot im Vorratsraum aufgefunden. Oder war es ein zweiter Koch gewesen, der nach Spreizner hinuntergegangen war? Moser zum Beispiel? »War er alt oder jung?«

»Sehr jung würde ich sagen. Es könnte ein Lehrling gewesen sein.«

»Da schau her, ein Lehrling. Interessant. Da werde ich doch gleich mal in die Küche schauen. Vielen Dank, Donatella. Du hast mir sehr geholfen.« Also doch nicht Moser. Schade, der unsympathische Kerl hätte Max gerade so schön in sein Täterprofil gepasst.

»Magst du deine Moni noch mal sprechen?«, erkundigte sich Donatella bestens gelaunt wie immer.

»Nein danke, Donatella. Passt schon. Ich habe viel zu tun. Viel Spaß beim Baden. Holt euch keinen Sonnenbrand. Servus.«

Sie legten auf.

»Ein Lehrling? Donatella?« Franz schaute ihn neugierig über den Rand seines Bierglases hinweg an.

»Schaut so aus, als müsste ich der Küche einen kurzen Besuch abstatten, Franzi.« Max nickte seinem alten Freund und Exkollegen kurz zu.

»Alles klar. Ich warte hier solange auf dich.«

29

Max verabschiedete sich von Franz. Er lief mit eiligen Schritten auf den Ausgang der Bar zu. Hoffentlich sind alle Lehrlinge da, sagte er sich. Schnell trabte er am Empfangstresen vorbei, an dem Maria Hochfellner gerade neue Gäste begrüßte. Sie winkte ihm freundlich zu. Er winkte kurz zurück, hastete aber gleich weiter.

In der Küche angekommen, versammelte er alle anwesenden Angestellten um sich herum.

»So, jetzt passt mal auf, Leute. Sind alle da?«

»Alle nicht. Vier Leute fehlen uns.« Der Chef de Partie Moser starrte Max ausdruckslos an. In der rechten Hand hielt er ein riesiges Fleischermesser.

»Das weiß ich auch, Witzbold. Wie viele Azubis gibt es hier?« Max schaute neutral zurück. Er ließ sich nicht die geringste Gefühlsregung anmerken.

»Wir sind zu dritt«, meldete sich Walter Meier zu Wort. »Der Gustl, der Ruppert und ich.« Er zeigte auf die zwei blonden jungen Burschen neben sich.

»Gibt es sonst noch junge Köche?« Max schaute von einem zum anderen. »Was ist mit Ihnen?« Er zeigte auf den Jungkoch Günter Burger.

»Ja, ich bin auch jung. Sieht man doch. Und?« Günter zuckte kopfschüttelnd die Achseln.

»Äh, ja, logisch, klar.« Max grinste verlegen. Saublöd von ihm. So hirnlos stellte er sich doch sonst nicht an. Egal, jeder hatte mal einen Aussetzer. Wahrscheinlich waren es die Folgen der Beule an seinem Kopf. »Wer von euch war gestern nach dem Abendessen im Keller? So gegen neun Uhr.«

»Ich.« Walter Meier hob die Hand wie in der Schule. »Ich sollte neues Putzmittel für den Ofen aus dem Vorratsraum holen.«

»Stimmt«, bestätigte der junge Jungkoch Günter. »Weil er es nicht gefunden hat, bin ich ihm kurze Zeit später gefolgt.«

»Habt ihr euch lange dort aufgehalten?« Max fixierte sie mit erfahrenem Kriminalerblick. Wenn sie logen, würde er das sicher bemerken.

»Zehn Minuten vielleicht«, meinte Günter. Er sah nicht so aus, als würde er die Unwahrheit sagen.

Walter nickte.

»Kann ich so bestätigen.« Moser nickte ebenfalls.

»Ihr wisst aber schon, dass der Herr Spreizner tot dort unten aufgefunden wurde.« Max schaute neugierig von einem zum anderen.

»Wissen wir«, erwiderte Walter. »Aber wir haben

ihm nichts getan. Wir alle haben ihn gemocht, den alten Grantler.«

»Und wieso sollte ich euch das glauben?« Max' Ton verschärfte sich. Er blickte streng drein.

»Als wir unten waren, räumte Herr Spreizner hier oben auf.« Walter stiegen die Tränen in die Augen. Offenbar hatte er den toten Souschef wirklich gemocht.

»Und wann ging er dann in den Keller?«

»Das haben wir doch alles schon der Kripo gesagt«, maulte Moser. Er sah ungeduldig auf die große Wanduhr, die direkt über dem Eingang hing. »Wir haben wirklich sehr viel zu tun, Herr Raintaler. Gerade weil es nur noch sehr wenige von uns gibt.«

»Sagen Sie es mir trotzdem noch mal.« Max machte nicht die geringsten Anstalten, seine Befragung einzustellen. Hier hatte es vier Kochmorde gegeben. Schon in ihrem ureigensten Interesse sollte die restliche Küchentruppe verdammt noch mal kooperativ sein.

»Er ging hinunter, nachdem die Jungs wieder hier oben waren.« Moser rollte genervt die Augen. »Sie hatten das Butterschmalz unten vergessen. Ich habe hier alles noch mal kurz kontrolliert und bin dann gegangen. Wie die Jungs auch. Der Spreizner wollte nur noch das Schmalz holen und dann auch heimgehen.«

»Hat jemand gesehen, dass Sie nach Hause gegangen sind?«

»Die Chefin. Ich schaue immer noch kurz bei ihr vorbei, bevor ich gehe.«

»Gibt es einen Hintereingang, der direkt in den Keller führt?«

»Ja, es gibt eine Stahltür, die man vom Parkplatz aus

erreicht.« Moser klang etwas freundlicher. Anscheinend hatte er endlich gemerkt, dass die Sache hier nicht unbedingt gegen ihn persönlich ging. »Die ist aber seit Jahren nicht mehr benützt worden. Irgendwer hat den Schlüssel einmal verschmissen. Neues Schloss wurde keins eingebaut. Ist auch kein Notausgang.«

»Aha. Na gut, meine Herren. Dann lassen wir es erst einmal gut sein. Wenn jemandem noch etwas einfällt, sofort bei mir oder Herrn Berger von der Kripo melden. Es geht unter Umständen um euer Leben, gut?« Max bedachte sie mit einem langen eindringlichen Blick.

»Alles klar, Herr Raintaler«, erwiderte Moser. »An die Arbeit, Jungs. Das Mittagessen muss vorbereitet werden. Hopp, hopp.« Er klatschte in die Hände.

Max kehrte zu Franz in die Bar zurück. Schade, dachte er. Es wäre so praktisch gewesen, wenn einer von denen in der Küche der Mörder wäre. Aber ganz so einfach ist es dann doch wieder nicht. Wie meistens halt. Verdammter Mist das alles. Aber halt, eins ist positiv: Meine Kopfschmerzen werden langsam besser. Bestimmt ist das Bier dafür verantwortlich. Am besten bestelle ich mir gleich noch eines.

»Na, wie war's?«, begrüßte ihn Franz, als er bei ihm angekommen war.

»Nichts. Keine wirkliche Spur. Alle haben ein Alibi. Wenn es einer aus der Küche war, haben ihn die anderen dabei unterstützt.« Max bedeutete dem Barkeeper, dass er noch ein Bier wollte.

»Du meinst, die eine Hälfte der Küche gegen die andere?« Franz schüttelte ungläubig den Kopf.

»Macht keinen Sinn, oder?«

»Nicht wirklich.«

»Ich habe Durst.«

»Na wie praktisch, dass dein Bier gerade angeschwebt kommt.«

Max bedankte sich artig beim Barkeeper und trank einen großen Schluck. Danach gibt es aber nur noch Wasser, Raintaler. Immerhin ist es noch nicht einmal Mittag und du bist quasi im Dienst.

»Herr Raintaler?« Jemand tippte ihm auf die Schulter.

»Ja?« Er drehte sich langsam um und blickte gleich darauf direkt in zwei wunderschöne türkisfarbene Augen. Sie gehörten zu einer höchst attraktiven brünetten Kellnerin. Sie war ungefähr so groß wie er, schlank, an den richtigen Stellen nicht zu schlank, und sie besaß ein reizendes, warmes Lächeln. Herrschaftszeiten, staunte er. Wieso ist mir die eigentlich noch nie aufgefallen? Weil du immer nur Augen für deine Monika hast, beantwortete er sich seine Frage gleich selbst.

»Ich bin die Vroni Tischler.«

»Hallo, Vroni.« Er ergriff ihre Hand und schüttelte sie länger als notwendig. »Was kann ich denn für Sie tun?«

»Vielleicht kann ich etwas für Sie tun«, erwiderte sie mit einer Stimme wie Samt.

»Äh, wie jetzt, …« Er errötete. Sie wird doch nicht auf mich stehen, dachte er. Obwohl, es soll immer wieder junge Dinger geben, die auf ältere Herren stehen. Na, das wäre doch noch was. Eine Kellnerin als Kurschatten, obwohl ich nicht mal auf Kur hier bin.

»Sie untersuchen doch die Morde an unseren Köchen?«, fuhr sie fort. »Auf jeden Fall hat mir das die Frau Hochfellner gesagt.«

»Ja, das stimmt.« Max nickte. Herrje, die ist aber wirklich ganz besonders nett, dachte er. »Wissen Sie etwas?«

»Na ja. Es gibt da zwei Damen, mit denen unser Peter Sollner zuletzt sehr eng liiert war.«

»Zwei? Ich dachte, es waren mindestens ein paar mehr.« Max grinste anzüglich, obwohl das im Moment in keiner Weise angebracht war. Er konnte aber nichts dagegen tun. Es war wie ein innerer Zwang.

»Nein, ich meine ganz konkret die Kordula Stricker aus Kufstein und die Martha Sander aus Reit im Winkel. Peter war mit beiden zusammen. Frau Hochfellner hat gemeint, dass ich Ihnen das unbedingt noch sagen soll.« Vroni strich mit einer anmutigen Geste eine Strähne ihres wunderbar glänzenden Haares hinter ihr rechtes Ohr.

»Da hat Frau Hochfellner auf jeden Fall recht gehabt.« Max grinste wie ein zufriedener Weihnachtsmann nach erfolgreich beendeter Geschenkzustellung. »Haben Sie zufällig die Adresse der beiden?«

»Nein, mehr, als ich Ihnen gesagt habe, weiß ich nicht.« Vroni schüttelte sanft das hübsche Köpfchen.

»Egal, Vroni. Haben Sie auf jeden Fall ganz vielen lieben Dank. Sie haben uns sehr geholfen. Stimmt's, Franzi?« Max wandte sich seinem Freund zu.

»Auf jeden Fall.« Franz nickte eifrig. Er lächelte dabei wie ein Honigkuchenpferd auf Ecstasy.

»Na gut. Dann noch einen schönen Tag.« Sie lächelte dankbar zurück.

»Auf Wiedersehen, Vroni. Hoffentlich bis bald.« Max ergriff erneut ihre Hand und hielt sie eine sehr, sehr lange Zeitlang fest.

»Mal sehen.« Vroni kicherte verlegen. Sie errötete nun ebenfalls. Dann machte sie sich los, drehte sich um und verließ die beiden Starermittler.

»Was hältst du davon?«, erkundigte sich Max bei Franz, nachdem sie verschwunden war.

»Wahnsinn. Eine Göttin, wenn du mich fragst. Fahrgestell, Augen, Mund, Stimme – der absolute Hammer.« Franz blickte immer noch mit halb offen stehendem Mund zum Ausgang hinüber, in dem die brünette Kellnerin längst verschwunden war.

»Nicht von ihr, Depp. Von Sollners neuen Geliebten.« Max verdrehte grinsend die Augen.

»Na ja. Er war sehr fleißig. Wissen wir doch.« Franz zuckte die Achseln.

»Aber die beiden kannte ich noch nicht. Vielleicht ist das Ganze ja doch ein Eifersuchtsdrama.« Max trank noch einen Schluck Bier.

»Bei dem vier Köche draufgehen? Geh, so ein Schmarrn.«

»Warum denn nicht? Wenn der Täter ein Psychopath ist, könnte er doch eine Art geisteskranke Sippenhaft vornehmen. Jeder, der den Sollner kannte, muss dran glauben.«

»Jeder?« Franz runzelte zweifelnd die Stirn. »Dann wäre nach den vier toten Köchen aber noch lange nicht Schluss. Sollner kannte bestimmt wesentlich mehr Leute.«

»Kann doch trotzdem sein«, beharrte Max auf seiner These. »Oder der Täter hat es nur auf die engsten Bekannten von Sollner abgesehen. Und das sind …«

»… seine Kollegen. Hm. Klingt zwar sehr gewagt und reichlich konstruiert, aber da könnte natürlich was dran sein.« Franz spielte mit dem Bierglas in seiner Hand herum.

»Besser als nichts ist es auf jeden Fall. Ich fahre am besten gleich nach Kufstein und nach Reit im Winkl. Kommst du mit?«

»Logisch, Kufstein ist herrlich, und nach Reit im Winkel wollte ich immer schon mal. Sollen wir uns ein Cabrio mieten? Wegen der schöneren Aussicht, meine ich.«

»Von mir aus.« Das ist wohl jetzt sein neues Hobby, dachte Max. Könnte teuer werden, wenn er in München immer noch nicht die Finger davon lassen kann.

»Gut. Super.« Franz rieb sich voller Vorfreude die Hände.

»Kannst du die Adressen der beiden Damen in München erfragen?«

»Logisch. Wozu bin ich Hauptkommissar?«

Sie tranken aus.

30

Sie nahmen die Landstraße über Kössen. Erstens ergaben sich hier immer wieder herrliche Ausblicke auf die faszinierende Alpenwelt. Zweitens zog es nicht so am Kopf wie auf der Autobahn. Max hatte trotzdem sicherheitshalber ein Halstuch umgelegt und einen Sonnenhut aufgesetzt. Bei einer leichten Gehirnerschütterung, wie er sie hatte, sollte man direkte Sonneneinstrahlung vermeiden. Das wusste er als erfahrener Hypochonder natürlich.

Eine gute halbe Stunde nach ihrem Aufbruch in Bad Endorf passierten sie den idyllisch im Kaiserwinkel gelegenen Walchsee. Das frische Gebirgswasser mit Trinkwasserqualität glitzerte einladend in der Sonne. Weiße Segelboote glitten darüber hinweg. Motorboote mit Wasserskifahrern kreuzten gelegentlich ihre Bahn.

»Kennst du die Sage vom Walchsee?« Max blickte Franz fragend an.

»Nein, du?«, erwiderte der kleine Hauptkommissar, während er einen mit mäßiger Geschwindigkeit dahinschleichenden Traktor überholte.

»Nicht so ganz.« Max schüttelte langsam den Kopf. »Ich weiß bloß, dass sich hier zwei Bauern wegen einem Wald gestritten haben sollen. Eines Tages kämpften sie wohl mitten in diesem Wald miteinander. Es blitzte und donnerte. Dann war es still, und dort, wo sie gekämpft hatten, gab es auf einmal eine Quelle. Die Bauern waren noch am selben Tag verschwunden. Bald darauf war der ganze Wald weg. Stattdessen war der Walchsee da.«

»Oder so ähnlich.« Franz lachte über die leicht wirr daherkommende Erzählung seines Freundes.

»Genau.« Max grinste nur. »Gott sei Dank wohnt diese Kordula Stricker außerhalb von Kufstein. Ich habe mir sagen lassen, dass es im Ort selbst schlecht mit Parken ausschaut.«

»Parkhaus halt.«

»Was meinst du, wann sind wir da?«

»20 Minuten werden wir schon noch brauchen.«

»Ist dir nicht heiß auf deiner Glatze?«

»Doch. Aber die Sonne fördert die Durchblutung meiner Gehirnzellen. Da kann ich besser denken.« Franz hob wie so oft den Oberlehrerfinger.

»Echt?«

»Echt.«

»Merkt man aber nichts davon.«

»Wart's nur ab. Kommt schon noch.«

»Na gut. Wie du meinst.« Max lehnte sich mit einem breiten Dauergrinsen im Gesicht in seinem Sitz zurück. Seine Kopfschmerzen wurden von Minute zu Minute besser. Allem Anschein nach handelte es sich wohl doch nicht um eine Gehirnerschütterung. Höchstens eine ganz leichte. Franz hätte sicher auch keine Gehirnerschütterung von dem Schlag bekommen, feixte er im Stillen in sich hinein. Wo nichts ist, kann schließlich auch nichts erschüttert werden.

Keine halbe Stunde später parkten sie drei Kilometer außerhalb von Kufstein vor dem Haus der Strickers. Klein, bescheiden, aber fein. Mit viel Liebe und Sorgfalt angelegte Blumenbeete im Vorgarten, und auch von dem großen dunkelbraunen Holzbalkon im ersten Stockwerk hingen prächtig blühende Pflanzen herunter.

Franz stellte den Wagen auf der gegenüberliegenden Straßenseite ab. Sie stiegen aus und gingen gemeinsam zum Eingang hinüber.

Max klingelte.

Wenig später öffnete sich die Tür. Eine kleingewachsene Frau in Jeans und T-Shirt mit einer riesigen Sonnenbrille auf der Nase lugte heraus.

»Ja bitte?« Sie reckte ihr Kinn nach oben, um besser zu Max hinaufsehen zu können.

»Frau Kordula Stricker?«

»Wer will das wissen?« Sie klang misstrauisch.

»Mein Name ist Raintaler. Ich bin Exkommissar und Privatdetektiv. Das hier ist Hauptkommissar Wurmdobler aus München.« Er zeigte auf Franz, der schräg hinter ihm stand.

»Polizei aus München? Ja was wollen Sie denn von uns?« Nun hörte sie sich äußerst beunruhigt an.

»Es geht um einen Bekannten von Ihnen.« Max senkte die Stimme. »Peter Sollner aus dem *Chiemgauer Seehof.*«

»Um den Peter? Was ist denn mit ihm?«, wollte sie flüsternd wissen. Anscheinend durften die Nachbarn den Namen nicht zu Ohren bekommen. Logisch.

»Er ist tot.« Max sprach ebenfalls leise.

»Was?« Sie riss sich erschrocken die Sonnenbrille vom Gesicht. Ein wunderschönes Veilchen kam darunter zum Vorschein. Ihr rechtes Auge blühte in allen Regenbogenfarben.

»Dürfen wir reinkommen?«

»Natürlich, kommen Sie. Schnell, bevor Sie jemand sieht.« Sie hielt ihnen die Tür auf. »Da hinten geht es in die Stube.« Sie zeigte auf die letzte Tür, die links von dem schwach beleuchteten Flur mit der langen Regalreihe auf der rechten Seite abging. Währenddessen stiegen ihr die Tränen in die Augen.

»Schön haben Sie es hier.« Max schaute sich mit respektvoll vorgeschobener Unterlippe in der halb traditionell, halb modern eingerichteten Stube um. Riesiger Bauernschrank, großer hell gebeizter Eichentisch, hölzerne Eckbank mit bunten Polstern, daneben eine moderne Couchlandschaft samt Fernsehsessel, davor ein riesiger Flachbildfernseher, über der Eckbank ein unauffälliges Kruzifix an der Wand, große Fenster, viel Licht.

»Setzen Sie sich.« Kordula deutete auf die Eckbank. Sie setzte sich zuerst und begann hemmungslos zu weinen.

»Wie ist es denn, ich meine, was ist ihm …?« Sie blickte Max aus weit aufgerissenen Augen an.

»Er wurde ermordet. Genau wie drei seiner Kollegen aus der Hotelküche.«

»Um Himmels willen! Ein Terroranschlag?« Sie zitterte von Kopf bis Fuß.

»Eher ein Serienkiller, so wie es ausschaut.«

Max und Franz setzten sich nun ebenfalls. Die Polster der Eckbank waren überraschenderweise bequemer, als sie auf den ersten Blick aussahen.

»Aber wer tut denn so etwas?« Sie schüttelte nach wie vor völlig fassungslos den Kopf.

»Genau das wollen wir herausfinden.«

»Das ist doch totaler Wahnsinn, so etwas.«

»Da gebe ich Ihnen recht.«

»Wollen Sie etwas trinken? Einen Kaffee?« Immer wieder schluchzend besann sie sich auf ihre Gastgeberrolle.

»Muss nicht sein, oder, Franzi?«

»Nein, wegen mir auch nicht.«

»Wo haben Sie das blaue Auge her, Frau Stricker?« Max schaute sie neugierig an.

»Ich bin gestürzt. Die Treppe hinunter.« Sie errötete.

»Aha. Muss ein schlimmer Sturz gewesen sein. Ist nur Ihr Auge verletzt?« Max ahnte, dass sie log. Wahrscheinlich hatte ihr Mann sie geschlagen. Aber wie die meisten Opfer dieser Art würde sie das wahrscheinlich niemals zugeben.

»Ja, ich bin damit saublöd gegen das Tischeck unten geknallt.« Sie klang unsicher.

»Was für ein blöder Zufall, genau aufs Eck. Dabei haben Sie aber noch Glück gehabt. Das Auge hätte auch kaputt sein können.« Er sah sie lange prüfend an. »Was können Sie mir über Ihr Verhältnis zu Peter Sollner sagen?«, fuhr er fort, nachdem sie seinen Blick nur schweigend erwiderte.

»Ich … ich habe ihn geliebt. Er war so weltgewandt und locker drauf. Es hat einfach Spaß gemacht, mit ihm zusammenzusein.« Sie holte ein Papiertaschentuch vom Couchtisch und schnäuzte sich kräftig die Nase.

»Hat Ihr Mann davon gewusst?«

»Um Gottes willen, nein.« Sie schlug in heller Panik die Hand vor den Mund. »Der hätte mich glatt umgebracht. Müssen Sie ihn auch noch befragen? Bitte tun Sie das nicht. Ich flehe Sie an.«

»Das kommt ganz darauf an«, mischte sich Franz ins Gespräch. »Wenn Sie unvorsichtig waren und er hat die Sache mit Sollner spitzgekriegt, dann müssen wir ihn auf alle Fälle befragen.«

»Aber ich sage Ihnen doch, er kann es nicht wissen.« Sie hob abwehrend die Hände. »Er hätte mich auf der Stelle erschlagen. So viel ist sicher. An einen Mann traut er sich doch gar nicht heran. Dazu ist er viel zu klein und zu feige.« Sie begann erneut zu weinen. Diesmal wohl allerdings eher aus Furcht vor ihrem Mann.

Aha. Von dieser Sorte war der Kerl also. Klein, feige und sadistisch. Widerlich. Max verzog angeekelt das Gesicht. Wieso blieben diese Frauen nur bei solchen miesen Monstern? Zum Beispiel Kordula hier könnte mit ihrem normalerweise bestimmt sehr attraktiven Äußeren doch jederzeit einen anderen bekommen. Schwer zu glauben, dass solche zwanghaften Bindungen aus Angst in unserer westlichen aufgeklärten Gesellschaft überhaupt noch möglich waren.

»Wo haben Sie sich denn mit Peter Sollner getroffen?«, machte er mit dem Verhör weiter.

»In Salzburg oder in Rosenheim. Nie bei uns in der Gegend. Das war mir viel zu gefährlich.« Sie presste die Hände auf ihre Schenkel, wohl damit sie endlich aufhörten zu zittern.

»Und es hat Sie niemand dabei erwischt? Keine Freundin, keine Bekannten? Wirklich niemand?«

»Wirklich niemand, Herr Raintaler. Das hätte ich doch auf alle Fälle zu hören bekommen. Und zu spüren.« Sie schnäuzte sich erneut.

»Und wieso wissen wir dann davon?«

»Keine Ahnung. Hat Peter mit jemandem darüber geredet?«

»So war es wohl. Aber die Dame, die uns eingeweiht hat, schaut nicht wie eine Erpresserin aus, stimmt's, Franzi?«

»Stimmt. Eher wie ein Engel.« Franz nickte.

»Na gut, Frau Stricker. Das war's auch schon. Dann hoffen wir mal, dass Sie nicht noch öfter im Keller gegen die Tischkante knallen. Falls noch etwas wäre, würden wir uns wieder bei Ihnen melden.«

»Da ist nichts, garantiert.« Ihre Stimme klang fest und ruhig. Sie hatte sich offenbar wieder im Griff.

»Ihr Wort in Gottes Ohr. In Ihrem eigenen Interesse. Auf Wiederschauen. Wir finden selbst hinaus. Bleiben Sie sitzen und ruhen Sie sich aus. Nicht dass Ihr Mann doch noch irgendeinen Verdacht schöpft.« Max stand auf. Er gab ihr zum Abschied die Hand.

»Auf Wiederschauen, Frau Stricker. Passen Sie auf sich auf.« Franz erhob sich ebenfalls.

Sie gingen.

Draußen im Auto schlug Max wütend auf die Konsole vor seinem Sitz. »Es sind solche verdammten sadistischen Wichser, die sich an schwachen Frauen vergreifen!«, zischte er, damit ihn die Nachbarn nicht hören konnten. »Ich hasse diese Schweine. Die Drecksau sollte man so verdreschen, dass er sich nicht mehr auskennt.« Tränen der Wut stiegen ihm in die Augen.

»Aber büßen darf es am Ende sie. So viel ist sicher, Max.« Franz machte ein ernstes Gesicht. »Solange sie ihn nicht selbst anzeigt, können wir nicht viel machen.«

»Verdammte Scheiße!«

»Das kannst du laut sagen.«

»Lieber nicht. Schauen wir, dass wir hier wegkommen.«

»Reit im Winkel?«

»Reit im Winkel.« Max atmete langsam und kontrolliert aus.

31

Martha Sander in Reit im Winkel hatte sich vor drei Wochen scheiden lassen. Ihr Mann war gleich darauf mit einer Jüngeren nach Kanada geflogen. Die Eltern der Neuen hatten dort wohl ein größeres Anwesen und eine Holzfabrik, in der Marthas Mann anfangen sollte. Er fiel somit genauso aus der Reihe der Verdächtigen wie sie. Zumal sie Max und Franz glaubhaft versicherte, nur gelegentlich mit Peter Sollner ihren Spaß gehabt zu haben. Mehr wäre von ihrer Seite aus niemals drin gewesen. Sie hätte seit einiger Zeit nicht die geringste Lust auf eine feste Beziehung. Zum Abschied drückte sie Max noch ihre Visitenkarte in die Hand, falls der gutaussehende Herr Exkommissar wieder einmal in der Gegend wäre. Es gäbe sehr nette verschwiegene Lokale hier, wo man ganz vorzüglich zu zweit essen könne.

Max und Franz kehrten am späten Nachmittag schwitzend ins Hotel zurück. Monika und Sandra waren ebenfalls wieder da. Sie saßen mit Donatella auf der Terrasse vor dem Speisesaal und genossen gemütlich einen Aperitif im Schatten eines der großen Sonnenschirme. Franz ging direkt aufs Zimmer. Er hatte keine Lust, Donatella zu begegnen. Max näherte sich den drei Damen von Weitem winkend.

»Ja hallo, Herr Detektiv. Arbeit für heute beendet?« Monika lachte ihm fröhlich zu.

»Schaut so aus«, erwiderte er und lachte ebenfalls.

»Gut schaust du aus mit deinem Sonnenhut.« Sandra

rutschte ein Stück, damit er auf dem freien Stuhl neben ihr Platz nehmen konnte.

»Oh, danke für die Blumen. Habe ganz vergessen, dass ich ihn aufhabe.« Max nahm seine Kopfbedeckung ab und legte sie vor sich auf den Tisch. »War nur wegen meinen Kopfschmerzen heute Morgen. Und dann die Sonne und der Fahrtwind …«

»Fahrtwind? Seid ihr etwa Cabrio gefahren?« Monika schaute ihn neugierig an.

Max nickte nur.

»Man gönnt sich ja sonst nichts.« Sandra trank einen Schluck von ihrem eiskalten Hugo.

»So ist es, Sandra. Dein Mann liebt nun mal die frische Luft.« Max grinste.

»Aber nur in teuren Autos. Wo ist er denn überhaupt?« Sie blickte verwundert drein.

»Er ist aufs Zimmer. War müde.«

»Zuviel Bier?«

»Gar keins.«

»Ach wirklich? Das hätte ich nicht gedacht. Sonst braucht er doch mittags schon sein tägliches Bier.«

»Sandra, wolltest du nicht damit aufhören?« Monika sah ihre Freundin streng an.

»Ja, ja. Ist ja schon gut.« Sandra errötete. Sie nahm gleich noch mal einen kräftigen Schluck Hugo.

»Und hast du deinen Mörder erwischt?«, erkundigte sich Donatella fast flüsternd bei Max in die entstehende Gesprächspause hinein.

»Leider noch nicht. Das Ganze ist weit schwieriger, als ich gedacht habe. Es gibt so gut wie keine Anhaltspunkte.«

»Und der Koch, den ich auf der Kellertreppe gesehen habe?« Sie spitzte neugierig die Ohren.

»Der war es leider auch nicht.« Max grinste humorlos. »Wie war euer Tag?«

Natürlich konnte er vor Donatella keine weiteren Einzelheiten seiner Ermittlungen ausplaudern. Das wäre höchst unprofessionell gewesen, und falls sie aus irgendeinem ihm bisher unbekannten Grund mit der Sache zu tun hatte, wäre es obendrein saudämlich gewesen.

»Super!« Monika strahlte übers ganze Gesicht. »Das Wasser im Simssee ist ein Traum. Ich bin dreimal ganz lange geschwommen.«

»Dann hast du doch bestimmt einen Riesenhunger.«

»Habe ich. Aber ich halte es noch aus bis zum Abendessen. Trink doch auch einen Hugo, Max. Der schmeckt wirklich sehr erfrischend.« Sie langte über Sandra hinweg und tätschelte ihm den Oberschenkel.

»Sehr erfrischend. Soso. Wie viele davon habt ihr denn schon?« Er runzelte die Stirn.

»Höchstens vier. Oder Mädels?«

»Ich hatte drei«, meinte Sandra.

»Ich vier.« Donatella hob grinsend ihr Glas.

»Ich auch vier.« Monika lachte.

»Ich glaube, ich versuche es lieber mit einer Hopfenkaltschale. Alte Gewohnheiten sollte man nicht zu plötzlich aufgeben, sonst nimmt es einem der Körper übel.« Max lachte ebenfalls. Er bestellte sich ein Helles bei der herbeigeeilten Kellnerin.

»Und wie geht es jetzt weiter mit deinen Mordfällen?«, wollte Monika wissen, als sich Donatella und Sandra wenig später kurz auf die Toilette verabschiedet hatten.

»Keine Ahnung, Moni. Es ist wirklich verzwickt. Ich habe keine brauchbare Spur. Kein brauchbares Motiv. Nur einen Haufen ziemlich guter Alibis. Sonst nichts.« Er schüttelte nachdenklich den Kopf.

»Wenn alles zu verworren ist, solltest du dich vielleicht mal ganz alleine irgendwo hier in die Pampa setzen und dem Wind zuhören.« Sie nahm seine Hand und streichelte sie. »Der hat dir schon so manches Mal etwas Wichtiges geflüstert, wenn du schwierige Fälle hattest. Erinnerst du dich?«

»Du meinst, bei der Sache mit den Prostituiertenmorden in Trudering draußen?« Er trank einen Schluck von dem Bier, das die Kellnerin natürlich längst gebracht hatte.

»Zum Beispiel, ja. Als du aus dem Perlacher Forst zurückkamst, hattest du plötzlich die Lösung.«

»Und das mit dem toten Mädchen in Südtirol?« Seine Miene hellte sich auf. Verdammt noch mal, sie hatte recht.

»Genau. Beide Male hast du dich irgendwo alleine in die Natur gesetzt und dir die Dinge in aller Ruhe durch den Kopf gehen lassen.« Sie klopfte ihm aufmunternd auf die Schulter.

»Und was hast du mir damals gesagt?«, fragte er.

»Ich? Keine Ahnung.« Sie zuckte die Achseln.

»Aber ich weiß es noch.« Er richtete sich ruckartig auf. »Manchmal muss man nur loslassen, dann ergeben sich die Dinge wie von selbst.«

»Das soll ich gesagt haben? Klingt gar nicht so dumm.« Sie grinste breit von einem Ohr bis zum anderen.

»Wenn ich dich nicht hätte.« Er sah ihr verliebt wie schon lange nicht mehr in die Augen.

»Dann hättest du bestimmt eine andere«, erwiderte sie kichernd.

»Niemals.«

»Ehrlich?« Sie rutschte ein Stück näher an ihn heran.

»Ehrlich.«

»Komm her.« Sie umschlang seinen Hals und küsste ihn ausgiebig.

»Also?«, erkundigte sie sich, nachdem sie wieder zu Atem gekommen waren.

»Was also?«

»Natur.«

»Ach so, du meinst, ich soll gleich …?«

»Logisch. Ich sehe dich beim Abendessen.«

»Na gut, Moni. Wie du meinst. Bis dann.« Er gab ihr ein Abschiedsküsschen auf die Wange. Dann machte er sich auf den Weg.

»Und lass dir keine auf den Kopf hauen!«, rief sie ihm nach.

»Ich werde mein Bestes tun«, antwortete er über die Schulter hinweg.

Zehn Minuten später spazierte er gemächlich durch den Wald, der sich nicht weit vom Hotel bis zum Langbürgner See hinzog. Anfangs begegneten ihm noch hie und da andere Spaziergänger, aber bald war er allein. Am Rande einer Lichtung auf einer kleinen Anhöhe fand er eine Bank und setzte sich. Die letzten Sonnenstrahlen verfingen sich gerade in den Fichten dahinter. Er kam zum ersten Mal in den letzten Tagen zur Ruhe.

Die Moni lass ich nie wieder los, sagte er sich. Sie ist das Beste, was mir je passiert ist. Von Anfang an hat sie mir gut getan. Auch wenn sie mich ums Verrecken nicht heiraten will. Soll sie ihren Freiheitswillen doch haben. Es gibt Schlimmeres. Hauptsache, sie bleibt bei mir.

Ihre erste gemeinsame Bergwanderung kam ihm in den Sinn. Es war im Ötztal gewesen. Sie wollten den Hinteren Spiegelkogel besteigen, hatten es aber nur bis zum Ramolhaus auf 2006 Metern Höhe geschafft, wo sie übernachteten. Am nächsten Morgen wurde das Wetter schlecht und sie mussten umkehren. Es war trotzdem eine grandiose Erfahrung für alle beide gewesen, und Monika hatte sich dabei als absolut gleichwertige Bergsteigerin erwiesen.

Aber nicht nur auf dem Berg waren sie bis heute ein Herz und eine Seele gewesen. Auch so hatten sie trotz all ihrer gelegentlich auftauchenden Querelen und Schwierigkeiten tief in ihren Seelen immer gewusst, dass sie sich liebten. In guten und in schlechten Zeiten. Keine noch so harte Zerreißprobe hatte es geschafft, sie auseinanderzubringen. Er hoffte inständig, dass das auch so bliebe. Er wollte mit ihr alt werden, für sie da sein, wenn es ihr nicht mehr so gut ging, und er wünschte sich, dass sie genauso dachte.

Seine Eltern kamen ihm in den Sinn, die vor vier Jahren bei einem Autounfall ums Leben gekommen waren. Natürlich hatte er sie geliebt. Wie alle Kinder ihre Eltern liebten, außer, es ging familiär irgendetwas gründlich in die Hose. Er fragte sich, wie manches Mal zuvor, ob es einen Himmel gab und ob es die beiden dort gut hatten. Würden sie von da oben aus zu ihm herunterschauen und stolz auf ihn sein? Würde er sie eines Tages wiedertreffen, wenn er selbst starb? Und die gute alte Tante Isolde, würde er sie ebenfalls dort wiedersehen? Könnte er sich dann endlich bei ihr bedanken? Sie war seine letzte Verwandte gewesen, bis sie vor zwei Jahren ebenfalls starb und ihm ihre kleine Eigentumswohnung gegenüber den Bauers samt einem kleinen Vermögen vermacht hatte.

Das Leben liebt dich, Raintaler. Du hast Glück gehabt mit deiner Familie und mit deiner Freundin. Außerdem bist du schlank, sportlich, gutaussehend und meistens zufrieden. Wer kann das so sonst schon von sich sagen? Irgendwo hapert es normalerweise doch immer.

Freue dich, heute ist der erste Tag vom Rest deines Lebens. Ein Jugendfreund hatte ihm diesen mutmachenden Spruch einmal zum Geburtstag geschenkt. Er stand auf einem rosa Plakat, auf dem ein kleiner weißer Hund Schuhplattler tanzte. Max hatte sich den Satz bis heute gemerkt. Die Wahrheit darin war essenziell. Der Jugendfreund war längst tot. Hatte den Spruch selbst nicht beherzigt und sich erschossen. Manchmal spielte das Leben eben verrückt.

Bestimmt gibt es im Himmel auch Platz für Selbstmörder, sagte sich Max jetzt. Warum auch nicht. Jeder macht Fehler, auch wenn sie mitunter fatal sind. Menschen sind halt nur Menschen.

Die Sonne ging unter. Er machte sich auf den Weg zurück ins Hotel, bevor es zu dunkel war, den kleinen Pfad, der ihn hergeführt hatte, zu erkennen.

Als er aus dem Wald heraustrat, wusste er, dass er die bestmögliche Lösung für seinen Fall gefunden hatte. So und nicht anders musste er vorgehen. Es war die einzige Möglichkeit, die ihm noch blieb.

32

»Na, wie war's?«, erkundigte sich Monika, als er fröhlich pfeifend das Zimmer betrat. Sie lag, bereits für das Abendessen umgezogen, auf der Tagesdecke am Bett und schaute fern.

»Gut, Moni. Sehr gut sogar. Danke. Du hast mir wieder mal riesig geholfen.« Er beugte sich zu ihr hinunter und küsste sie leidenschaftlich.

»Holla, holla«, rief sie, sobald sie wieder Luft bekam. »Vorsicht, Max. Ich habe schon die guten Sachen für den Speisesaal an.«

»Gute Sachen kann man auch wieder ausziehen.«

»Nein, bitte nicht.« Sie schob ihn weg. »Außerdem musst du erst mal duschen. Du müffelst.«

»Ich müffle?« Er richtete sich pikiert dreinblickend auf.

»Ja.« Sie grinste breit. »Nach dem Abendessen, okay? Wir können heute ja mal früher aufs Zimmer gehen.«

»Na gut. Nach dem Essen lasse ich sowieso die Bombe platzen.« Er machte ein geheimnisvolles Gesicht.

»Die Bombe?« Sie zog fragend die Brauen hoch.

»Ich weiß jetzt, wie ich den Kochmörder erwischen kann.«

»Hat der Wind also wieder mal gesprochen?« Sie lächelte hocherfreut.

»Der Wind, die Bäume, die Sonne. Alle zusammen. Dank dir.« Er warf ihr eine Kusshand zu und verschwand im Badezimmer.

Kurze Zeit später kehrte er angekleidet zurück. Sie begaben sich hinunter in den Speisesaal. Franz und Sandra warteten bereits an ihrem gemeinsamen Fenstertisch.

»Was trinkst du denn da?« Max zeigte auf den Hugo neben Franz' Teller.

»Sandra hat gemeint, ich solle mal einen anderen Drink als Bier probieren. Schmeckt gar nicht so schlecht«, erwiderte der kleine Hauptkommissar errötend.

»Und hat längst nicht so viel Kalorien wie Bier«, fügte Sandra eifrig nickend hinzu.

»Genau«, bestätigte Franz.

»Ach wirklich? Interessant.« Max blickte erstaunt von einem zum anderen. Wollte Franz nicht wieder auf seine normale Ernährung umsteigen? Bier, Nudeln, Fleisch, Pizza? Was mochte ihn wohl umgestimmt haben? Bestimmt hatte Sandra ihre Finger im Spiel. Wahrscheinlich hatte sie ihm auf dem Zimmer eindringlich ins Gewissen geredet. »Dann werde ich wohl der Einzige am Tisch sein, der Bier trinkt. Auch gut.«

Sie setzten sich zu ihnen. Als das Essen kam, staunte Max erneut. Franz hatte sich Fisch mit Gemüse bestellt. Dazu eine Weißweinschorle. Er versuchte sich daran zu erinnern, wann er Franz außerhalb des *Chiemgauer Seehofs* das letzte Mal Gemüse essen oder Weißweinschorle trinken gesehen hatte. Nichts. Keine Erinnerung vorhanden. Es musste Jahrhunderte her sein.

»Fisch soll ja sehr gesund sein«, meinte er mit Blick auf Franz' übersichtlichen Teller.

»Er macht klug und schlank«, erwiderte Sandra, noch bevor Franz den Mund aufmachen konnte. »Man kann es gar nicht oft genug sagen.«

»Genau«, bestätigte Franz. »Klug und schlank macht er, der Fisch. Der hier schmeckt fast so gut wie die Schwarzreiter aus dem Königssee. Aber nur fast.«

»Gesund ist er trotzdem«, fiel ihm Sandra ins Wort.

»Natürlich, Häschen. Gesund ist er allemal.« Er nickte eifrig. »Alle Fische sind gesund.«

»Eben.«

»Na dann guten Appetit allerseits.« Max machte sich hungrig über sein Kalbsschnitzel mit Bratkartoffeln her. Das kalte Bier dazu schmeckte ihm vorzüglich. »Nach dem Essen müsst ihr übrigens hier bleiben«, fuhr er wenig später fort. »Dann gibt es hier den großen Showdown.«

»Outest du dich als Diäthasser?« Franz lachte, schaute dabei allerdings gleichzeitig unsicher zu Sandra hinüber.

»Nein, Franzi. Ich präsentiere euch unseren Kochkiller.«

»Einfach so?«

»Genau.«

»Na, da bin ich aber mal gespannt.«

»Ich auch«, meinte Monika.

»Und ich erst«, fügte Sandra hinzu. »Dann wird es ja vielleicht doch noch was mit einem lustigen Urlaub zu viert.«

»Lustig?« Franz zog zweifelnd die Stirn kraus, bereute es aber im selben Augenblick. Hoffentlich hatte Sandra den kritischen Unterton in seiner Stimme nicht bemerkt. Das gäbe nur wieder Ärger.

»Natürlich.« Sie trank genüsslich einen Schluck von ihrem stillen Mineralwasser.

»Klar. Natürlich, Häschen.« Franz blickte lieber wieder auf seinen halbgegessenen Fisch hinab. Gott sei

Dank, sie hatte nichts bemerkt. Oder sie war großzügig darüber hinweggegangen. Genauso gut. Er atmete im Stillen auf.

Max schüttelte unmerklich den Kopf. Was ist denn nur mit dem Franzi los? Hat ihm Sandra mit der Scheidung gedroht? Oder hat sie ihm etwas versprochen? Jeden Abend Sex nach Wunsch? Herrschaftszeiten, da hat er heute Morgen gerade mal für fünf Minuten selbstbewusst unter dem Teppich hervorgeschaut und jetzt ist er schon wieder devot. Wo bleibt denn da die Gleichberechtigung? Der lernt es auch nicht mehr. Moni würde mich nie so behandeln. Weil sie Respekt vor mir hat. So wie ich vor ihr. Eben.

Wenig später suchte er Maria Hochfellner am Empfangstresen auf. Er bat sie, ihre Angestellten und alle Hotelgäste in einer halben Stunde in den Speisesaal zu bitten. Dort würde er den Mord an den vier Köchen aufdecken. Sie solle auch Hauptkommissar Berger und ein paar Uniformierte dorthin bestellen, damit die den Täter gleich festnehmen könnten. Herrschaftszeiten, hoffentlich geht mein Plan auch wirklich auf, dachte er unterdessen.

Als sich eine halbe Stunde später Berger und seine Leute, die gesamte Belegschaft sowie eine neugierige Gästeschar vor dem Tresen versammelt hatten, trat Max vor die insgesamt gut 60 Leute hin und begrüßte sie.

»Servus, meine sehr geehrten Damen und Herren. Sie werden sich vielleicht wundern, dass Frau Hochfellner Sie alle hierher bestellt hat«, begann er. »Aber das Ganze hat natürlich einen guten Grund.«

»Na hoffentlich«, hörte man es aus der Menge.

»Wehe, wenn nicht«, murmelte eine andere Stimme.

»Frechheit, einem derart den Abend zu versauen«, zischte jemand.

»Und diesen Grund werde ich Ihnen jetzt nennen«, fuhr Max ungerührt fort. »Ich weiß, wer die vier Köche des *Chiemgauer Seehofs* umgebracht hat. Nach unserer Befragung heute Morgen bin ich mir 100-prozentig sicher, dass es einer von Ihnen hier im Saal war.«

Geschockte Stille.

Na also, geht doch, dachte Max. Versuchsballon gestartet. Wenn sich der Täter wirklich hier im Hotel befand, was bei näherer Betrachtung der Sachlage mehr als nahe lag, würde er ihn nun bestimmt überführen. Er musste es nur schaffen, dass der oder die Schuldige sich selbst ans Messer lieferte, indem er oder sie sich von ihm zu einem Geständnis provozieren ließ. Eine andere Möglichkeit, den Fall aufzuklären, sah er nicht mehr. Wenn es funktionierte, gut. Wenn nicht, würde er sich eingestehen müssen, dass er nicht weiterkam. Die Idee zu seiner kriminalfilmhaften Inszenierung hier war ihm vorhin im Wald gekommen. Besser gesagt hatte sie ihm der Wind zugeflüstert. Gott sei Dank. Die gesamte vorherige Zeit über hatte er diese Möglichkeit gar nicht gesehen.

Blieb nur zu hoffen, dass der Mörder auch wirklich anwesend war. Bestimmt waren ein paar der Gäste noch nicht von ihren Tagesausflügen zurück oder bereits ausgegangen.

»Ich weiß auch ganz genau, warum der Mörder die vier Köche umgebracht hat«, provozierte er weiter.

Gespannte Stille. Man hätte im Moment eine Stecknadel auf den Boden fallen gehört, falls sie jemand dort hingeworfen hätte. Aber wer hatte schon unentwegt eine Stecknadel bei sich. Höchstens ein Schneider. Egal.

»Hier ist das Ergebnis meiner Nachforschungen: Der Mörder erkennt in den Leuten mit weißer Kochuniform Außerirdische.« Max beobachte die Menge. Ob der Täter diesen abgefahrenen Köder wohl schluckte?

Unruhiges Füßescharren und Gemurmel.

»Und weil er weiß, dass die Außerirdischen die Erde erobern wollen, fühlt er sich berufen, sie umzubringen. Um uns alle zu retten.«

Max sah, wie Berger den Kopf schüttelte. Leitner tippte sich unverhohlen an die Stirn. Franz und Monika standen schweigend mit offenem Mund da, wie einige der anderen Gäste auch. Ein Zimmermädchen kicherte hinter vorgehaltener Hand. Nur einer der Anwesenden schaute bierernst drein. Arthur Seibner. Er schien sich sogar regelrecht zu ärgern, wie sein rot angelaufener Kopf verriet. Max ging auf ihn zu und fixierte ihn.

»Und warum denkt er das?«, fragte er währenddessen in die Menge hinein. »Nun, ich kann es Ihnen verraten. Weil er selbst ein Außerirdischer ist. Von einem verfeindeten Planeten der Kochaußerirdischen.«

»Was reden Sie da bloß für eine dämliche Scheiße!«, platzte es unvermittelt aus Arthur heraus. »Sie haben doch keine Ahnung.«

»Warum das?« Max baute sich einen Meter vor dem dicken Mann mit dem grellroten Polohemd auf.

»Außerirdische gibt es nicht.«

»Ach wirklich? Wieso ärgert Sie das mit den Außerirdischen denn so? Alle anderen hier scheinen sich darüber zu amüsieren.« Max lächelte.

»Weil ich es nicht leiden kann, wenn jemand Scheiße redet. Genauso wenig, wie ich schlechte Köche leiden kann.« Arthurs dicke Backen wabbelten vor Aufregung.

»Und deswegen bringen Sie sie um?« Krasser Versuchsballon, Raintaler. Aber mal sehen. Vielleicht kommt ja was zurück. Dieser Seibner ist Moni schließlich bereits einige Male durch seine irre Art aufgefallen. Und dir auch.

»Wen bringe ich um?« Arthur reckte herausfordernd sein Kinn nach vorne.

»Die schlechten Köche.« Da ist doch irgendwas. Mach weiter, Raintaler. Es ist fast körperlich zu spüren, dass mit dem Kerl etwas nicht stimmt. Herrje, vielleicht hatte Monika die ganze Zeit über richtig vermutet und Seibner war tatsächlich der Mörder. Das wäre echt der Hammer: Max Raintaler mit einer total unüblichen, aber dennoch erfolgreichen Fallaufklärung. Auf den Spuren von Charlie Chan oder Hercule Poirot sozusagen. Natürlich hätte Monika auch ihren Anteil daran gehabt, und zwar nicht zu knapp. Die Dozenten an der Polizeihochschule würden auf jeden Fall kopfschüttelnd die Hände über dem Kopf zusammenschlagen, wenn sie es erfuhren.

»Wer sagt das?«, brüllte Arthur.

»Ich.«

»Schwachsinn.« Arthur stampfte vor Wut mit dem Fuß auf.

»Kein Schwachsinn. In Wahrheit glauben Sie nämlich doch an Außerirdische. Ich weiß das. Genauso wie jeder hier drinnen weiß, dass Sie kein Diätessen mögen. Vor allem das Bedienungspersonal.« Jetzt nur nicht nachlassen. Dranbleiben.

»Nichts wissen Sie. Man sollte Ihnen am besten gleich noch mal eins auf die Nuss geben. Aber kräftig. Und dann sollte man Ihnen endgültig das beschissene Maul stopfen. Jawohl!«

»Wie bitte? Was war das?« Da schau her, dachte Max. Jetzt habe ich dich, Bursche. Das hätte dir nicht herausrutschen dürfen. Damit hast du dich klar verraten.

»Sie haben es doch gehört.« Arthur verschränkte trotzig die Arme vor der Brust.

»Woher wollen Sie denn wissen, dass man mir einen Schlag auf den Kopf verpasst hat?«

»Ich weiß es eben.« Arthur zuckte mit nach wie vor verschränkten Armen die Achseln.

»Das können Sie aber gar nicht wissen.«

»Kann ich eben doch.«

»Aber nur, wenn Sie es selbst waren. Halten Sie mich etwa auch für einen Außerirdischen?«

»Nein, für ein nervendes Arschloch halte ich Sie.« Arthur spuckte Max die Worte zornig ins Gesicht.

»Das Arschloch sind Sie selbst, Herr Seibner. Sie haben Ihre Emotionen nicht im Griff. Und strohdumm sind Sie obendrein.« Mach weiter, Raintaler. Du hast ihn am Haken. Gleich verliert er total die Nerven.

»Was? Dir haue ich gleich eins auf die Fresse. Dann bist du bald da, wo ich deine Kochfreunde hinbefördert habe. Das kannst du mir glauben, du mieser Wichser.« Arthur hatte mit einem Mal einen völlig irren Blick. Weißer Schaum trat aus seinem Mund. Er zitterte am ganzen Körper vor Hass und Wut.

Für einen Moment lang wurde es totenstill um sie herum.

»Also doch«, sagte Max langsam. Er blickte Arthur Seibner unverwandt in die Augen.

»Leitner. Führen Sie den Mann ab.« Hauptkommissar Berger hatte die Situation sofort überrissen. Er warf Max einen anerkennenden Blick zu.

»Ihr Schweine!«, brüllte Arthur Seibner, während er von vier Beamten aus dem Saal geführt wurde. »Das werdet ihr noch büßen, ihr beschissenen Grasfresser! Alle miteinander werdet ihr sterben. Braven Bürgern einen solchen kalorienarmen ekelhaften Drecksfraß zu servieren. Tod allen Diätköchen!«

»Herrje, wenn es nicht so schrecklich wäre, könnte man ihn fast verstehen«, murmelte Franz vor sich hin.

»Was sagst du da?«, erkundigte sich seine Frau neben ihm mit hellwachem Blick.

»Nichts, Sandra. Unwichtig. Ich bin schockiert.« Er bemühte sich, seiner Stimme einen möglichst entrüsteten Klang zu geben.

»Das bin ich auch. Bringt der Kerl die Köche um, weil er keine Diätküche mag. Nicht zu fassen. Die Wahnsinnigen werden immer wahnsinniger.« Sie schüttelte verständnislos den Kopf.

Hauptkommissar Berger näherte sich Max. Er schüttelte ihm die Hand. »Gut gemacht, Herr Raintaler. Ohne Sie hätten wir den Kerl wohl nie erwischt. Das Motiv ist wirklich zu verrückt.«

»Sind wohl doch nicht ganz so blöd, die Großstadtcops?« Max zeigte mit einem stolzen Siegerlächeln im Gesicht zunächst auf Franz, der inzwischen mit Sandra und Monika neben ihm stand, und dann auf sich selbst.

»Ganz und gar nicht. Kommen Sie doch morgen mit

Ihren Freunden nach Traunstein. Ich lade Sie zum Weißwurstfrühstück ein. Um elf?« Berger schaute ihm offen und ehrlich ins Gesicht. Er schien seine bisherige Grantelei gründlich zu bereuen.

»Gerne, wenn der Rest der Truppe mitmacht, sind wir pünktlich da. Ich sage Ihnen noch Bescheid.« Max lächelte ihm versöhnlich zu.

»Wunderbar. Dann können Sie mir auch erklären, wie Sie letztlich auf diesen Seibner kamen.«

»Ich kam nicht auf ihn. Er kam auf mich. Ist sozusagen auf meine Provokation reingefallen.«

»Und wenn er nicht hier gewesen wäre, sondern unterwegs oder bereits zu Hause?«

»Hätte ich ihn wohl auch nicht erwischt. Die Chancen für mich standen irgendwo bei 60 zu 40, schätze ich mal.«

»Duselbruder.« Berger grinste kopfschüttelnd.

»Dusel muss auch sein«, gab Max lächelnd zurück. »Das Glück des Tüchtigen sozusagen.«

»Auf Wiederschauen, Herr Raintaler.«

»Wiederschauen, Herr Berger.«

»Gratuliere, Max. Das hast du wirklich toll gemacht.« Monika gab ihrem ganz privaten Privatdetektiv einen dicken Kuss auf die Wange.

»Ohne dich und dein untrügliches Bauchgefühl hätte ich es nicht geschafft.« Er gab ihr ebenfalls einen Kuss. Einen besonders dicken. Auf den Mund.

»Habt ihr was dagegen, wenn wir zwei noch ein bisschen feiern gehen?« Franz schaute Max, Monika und Sandra fragend an.

»Du und Sandra?« Max zog erstaunt die Brauen hoch.

»*Ich* und du.« Franz blinzelte ihm verschwörerisch zu. »Wir wollten doch noch diese Sache mit dem *In and Out* klären.«

»Was gibt es denn da noch zu klären?«

»Du weißt schon.« Franz presste bedeutungsschwanger die Lippen aufeinander.

»Ach das. Ja logisch.« Max wusste natürlich nicht, was Franz meinte, aber er merkte genau, dass er besser gute Miene zum bösen Spiel machte. Wahrscheinlich wollte sich Franz mit ihm über Sandra aussprechen. Doch, doch. So musste es sein. »Macht es dir was aus, Moni?« Er lächelte sie verliebt an.

»Nein, feiert ihr ruhig euren Triumph. Ich bin sowieso müde von der vielen Sonne.« Sie gähnte demonstrativ.

»Müde? Also hättest du gar nicht … ich meine, wie vorhin auf dem Zimmer versprochen, äh …?«

»Morgen ist auch noch ein Tag, Max.« Sie grinste wissend.

»Ich lege mich auch hin. Viel Spaß, ihr zwei.« Sandra hakte sich bei Monika unter. »Trink nicht zuviel Weinschorle, Franzi. Das schadet deinem empfindlichen Magen.«

»Natürlich, Häschen. Dem Magen soll nichts schaden. Alte Chiemgauer Bauernregel.« Franz lachte albern.

Max schüttelte den Kopf. Ich glaube, er hat mir ganz dringend etwas zu erzählen, sagte er sich.

Maria Hochfellner stand wie aus dem Nichts vor ihnen. Sie umarmte Max dankbar. »Lieber Herr Raintaler. Vielen lieben Dank. Sie sind ein Genie«, sagte sie mit deutlicher Rührung in der Stimme. »Das hätte der Berger nie geschafft. Ich möchte Sie und Ihre Freunde bitten, für den Rest der Woche meine Gäste zu sein. Und Ihr Honorar bekommen Sie natürlich auch. Gut?«

»Fantastisch, Frau Hochfellner. Danke schön. Da macht das Feiern heute Abend gleich doppelt so viel Spaß. Was meinst du, Franzi?«

»Absolut. Auch ich möchte mich ganz herzlich für dieses großzügige Angebot bedanken, gnädige Frau.« Franz schüttelte ihr kräftig die Hand.

»Dann noch einen schönen Abend, die Herren.« Mit einem Lächeln der Erleichterung auf den Lippen drehte sie sich um und scheuchte ihre Belegschaft an die Arbeit.

Als sie im *Alten Wirt* ankamen, setzten sie sich an den Tisch, an dem sie letztes Mal mit ihren Begleiterinnen gesessen waren.

»Sag mal, Franzi. Was war denn vorhin mit dir los? Du und Sandra, ihr wart so anders.« Max zögerte erst gar nicht. Unangenehme Dinge sollte man nicht auf die lange Bank schieben, wusste er. Sonst türmten sich bloß immer noch mehr Probleme vor einem auf.

»Genau das wollte ich dir erzählen«, erwiderte Franz.

»Wusste ich's doch. War also totaler Schmarrn mit dem *In and Out*?«

»Logisch.«

»Alles klar. Sag schon, was ist passiert? Warum warst du vorhin so untertänig zu deiner Königin?« Max spitzte neugierig die Ohren.

»Sandra hat mir ein Cabrio versprochen, wenn ich aufhöre, Bier zu trinken, zu rauchen und fett zu essen.«

»Ein Cabrio? Sie dir?«

»Genau.«

»Und wer soll das Ding bezahlen?«

»Ich natürlich. Sie gibt ja nur ihre paar Yogastunden.« Franz stierte betrübt auf die dunkel gebeizte Tischplatte.

»Superdeal.« Max grinste schadenfroh.

»Das ist mir vorhin auch klar geworden. Warum bin ich nur immer so langsam im Kopf, Max.«

»Keine Ahnung, Franzi. Aber solang die Verbrecher, die du jagst, noch langsamer sind, passt es ja.« Max musste aufpassen, dass er vor Lachen nicht jeden Moment unter den Tisch rutschte. Dieser Franzi Wurmdobler ist wirklich einmalig, sagte er sich. Wenn es ihn nicht gäbe, müsste man ihn glatt erfinden. »Willst du denn unbedingt so ein Cabrio?«

»Na ja. Schön wär's schon … so an der frischen Luft, ohne groß dabei herumlaufen zu müssen.«

»Reicht es nicht, wenn du dir ab und zu mal eins leihst? So viele regenfreie Tage haben wir doch hier in Bayern eh nicht.«

»Meinst du?« Franz machte große Augen.

»Meine ich.« Max nickte entschieden.

»Dann sollte ich es vielleicht besser lassen mit dem Cabrio, oder?«

»Das musst du wissen. Ich täte mir jedenfalls keins anschaffen. Erst recht nicht, wenn ich dann kein Bier mehr trinken darf.«

»Hm.« Franz betrachtete nachdenklich seine Fingernägel.

Der auskunftsfreudige Ober, der sie bereits letztes Mal bedient hatte, näherte sich ihnen.

»Einen Diätschweinsbraten?«, erkundigte er sich dienstbeflissen, als er vor ihnen stand. Er richtete seine Frage an Franz. Offensichtlich hatte er den kleinen glatzköpfigen Münchner Hauptkommissar gleich wiedererkannt.

»Nix Diät. Semmelknödel und Kartoffelknödel dazu, bitte«, erwiderte der postwendend.

»Und zwei Bier.« Max lachte laut.

»Über die Nachspeise reden wir dann später.« Franz grinste selig über beide Backen.

ENDE

MICHAEL GERWIEN
Mordswiesn

978-3-8392-1421-3 (Paperback)
978-3-8392-4155-4 (pdf)
978-3-8392-4154-7 (epub)

»Packender, feuchtfröhlicher Raintalerkrimi mit spannenden Informationen über Oberbayern und die Wiesn.«

Ende September. Das weltberühmte Oktoberfest ist in vollem Gange, die Stimmung im Bierzelt kocht. Exkommissar Max Raintaler und sein alter Freund Franz Wurmdobler bekommen jeweils 100 Euro von einem ihnen fremden Immobilienwirt aus Grünwald geschenkt. Einzige Bedingung: Sie müssen das Geld noch am selben Abend vertrinken. Keine zwei Stunden später ist der edle Spender tot. Er wurde mit einem Maßkrug erschlagen. Max und Franz machen sich gemeinsam auf die Suche nach dem Täter.

MIACHEL GERWIEN
Isarhaie

978-3-8392-1386-5 (Paperback)
978-3-8392-4093-9 (pdf)
978-3-8392-4092-2 (epub)

»Packend, urig, humorvoll!«

Der Münchner Exkommissar Max Raintaler stolpert auf dem Nachhauseweg vom Griechen in Untergiesing über die Beine einer auf dem Boden liegenden, toten Frau. Offenbar wurde sie erstochen. Max ruft per Handy seinen alten Freund bei der Kripo zur Hilfe. Am nächsten Morgen wacht er in einer Gefängniszelle auf und weiß nicht mehr, wie er dort hingekommen ist. Wieder auf freiem Fuß nimmt Max die Ermittlungen auf, die ihn in die höchsten Kreise der Stadt führen …

Das Neueste aus der Gmeiner-Bibliothek

Unsere Lesermagazine

Bestellen Sie das kostenlose KrimiJournal in Ihrer Buchhandlung oder unter www.gmeiner-verlag.de

Informieren Sie sich ...

www ... auf unserer Homepage:
www.gmeiner-verlag.de

@ ... über unseren Newsletter:
Melden Sie sich für unseren Newsletter an unter www.gmeiner-verlag.de/newsletter

f ... werden Sie Fan auf Facebook:
www.facebook.com/gmeiner.verlag

Mitmachen und gewinnen!

Schicken Sie uns Ihre Meinung zu unseren Büchern per Mail an gewinnspiel@gmeiner-verlag.de und nehmen Sie automatisch an unserem Jahresgewinnspiel mit »mörderisch guten« Preisen teil!